"나는 에바.
잘 부탁해."

Yomu Mishima

미시마 요무

illustration

토모조

제3보스

"라이엘 녀석, 또 멋대로 뭔가
저지르려는 것 같지 않아?"

노웸, 아리아,
소피아 세 사람은
차분한 분위기의
찻집에서 합류했다.

세레스의 오른손에는 레이피어가.
그리고, 왼손에는 론도가 뽑았던
단검이 쥐어져 있었다.

언니 미란다는
여동생 샤논의 침대에서
여동생에게 무릎베개를
받고 있었다.

자이언트 웜은
입을 크게 벌리고
나를 먹어치우기 위해
대기하고 있었다.

“라이엘 님!”

INTRODUCTION

모험가로서 미궁 토벌에

참가하게 된 라이엘 일행.

그러나 상상 이상으로 곤란한 일의 연속입니다.

미궁에 들어가도 앞지르기 당해서 수입은 없음.

대항심을 불태우는 젊은 모험가 파티.

다른 모험가들의 방해를 받아 미궁 토벌에 고생하게 됩니다.

거기서 역대 당주들은 라이엘에게 비책을 알려주지만,

그 내용에 라이엘 일행도 곤혹스러워하게 됩니다.

역대 당주들이 라이엘에게 알려준 비책이란?

라이엘 일행은 미궁 토벌에서 벌 수 있을까?

그리고 미궁 안에서 일어난

신기한 현상에 담긴 의미란?

보옥 안의 역대 당주들을 의지하여

재촉 받고, 말려들어가는 라이엘.

목표는 흑자!

그런 라이엘 일행이

맞이하는 결말이란—.

세븐스

7th

3

미시마 요무 지음

토모조 일러스트

이경인 옮김

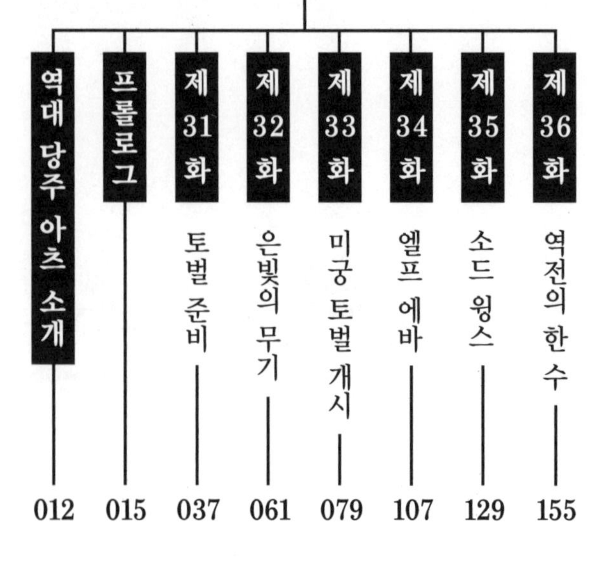
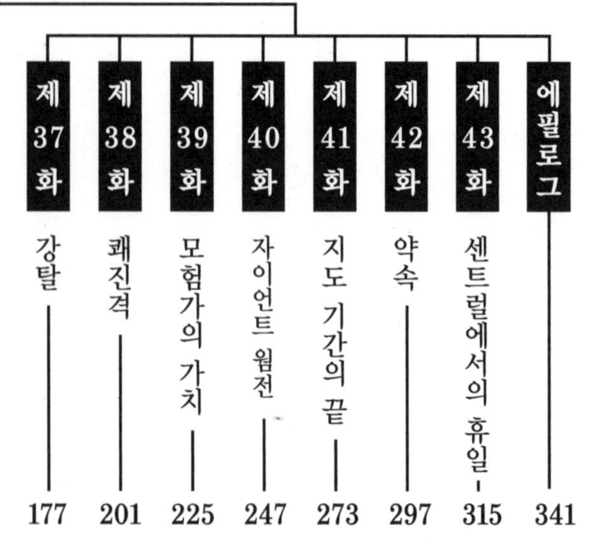

illustration 토모조

CONTENTS

초대

버질 월트

1단계 풀 오버

육체 강화. 자신의 신체능력을 1할에서 2할 향상시킨다.

2단계 리미트 버스트

한계를 넘어선 힘을 끌어내지만, 몸에 걸리는 부담은 무시.

3단계 풀 버스트

몸에서 푸른 불꽃을 뿜어내며 신체능력을 배로 끌어올린다.

2대

크라셀 월트

1단계 올

타인에게 아츠를 사용하게 해주는 아츠. 자신을 중심으로 구형으로 된 공간을 인식하는 것도 가능하기 때문에 사각을 없앨 수 있는 부차적인 효과가 메인.

2단계 ???

3단계 ???

3대

슬레이 월트

1단계 ???

2단계 ???

3단계 ???

4대

마크스 월트

1단계 스피드

이동속도의 안정적인 향상.

2단계 ???

3단계 ???

5대

프레더릭스 월트

1단계 맵

주변의 지도를 머릿속에
선명하게 볼 수 있다.

2단계 ???

3단계 ???

6대

파인즈 월트

1단계 서치

주변의 적과 아군을 판별.
드롭 같은 위치도 확인할 수 있다.

2단계 ???

3단계 ???

7대

브로드 월트

1단계 ???

2단계 ???

3단계 ???

프롤로그

신인 모험가들이 모이는 도시 다리온.

7월을 목전에 앞두고, 계절은 본격적으로 여름을 맞이하려 하고 있었다.

모험가들은 강한 햇살 아래에서 피부 노출이 적은 차림을— 즉, 두껍게 입고 있다. 이건 밖으로 나와 마물과 싸우는 모험가라면 당연한 일이다. 피부 노출이 많으면 그것만으로도 맨살을 마물에게 드러내게 되니까. 금속 무구를 가진 자는 천을 덮어서 열이 오르는 것을 막고 있다.

도시 안에서는 시원한 차림을 하면 된다고 생각할지도 모른다. 하지만 자기가 가진 무구나 방어구는 모험가에게는 장사 도구이자 재산이다. 떼어놨다가 도둑맞으면 눈뜨고 볼 수 없는 참사다.

결과적으로, 후덥지근한 차림새의 집단이 땡볕을 걷게 된다.

그것이 다리온에서는 익숙한 광경이었다.

지금부터 밖으로 나가서 마물을 잡으려는 나【라이엘 월트】 역시 아침부터 두껍게 입어서 땀범벅이 되어가고 있었다. 푸른 앞머리가 땀에 조금 젖어서 이마에 달라붙었다.

"더, 더워……."

5인 파티.

사이드 포니테일이 특징인 마법사【노웸 폭스즈】가 내게 물통을 건넸다. 가보인 은색으로 빛나는 지팡이는 천으로 감았고, 감색 로브의 후드까지 걸치고 있었다.

"라이엘 님. 수분 보급은 자주 하도록 유의해주세요. 염분도 그렇고요."

나를 걱정해주는 전 약혼자 노웸은 친가에서 쫓겨난 나를 바지런히 돌봐주는 유능한 여성이다.

물통을 받아서 안에 있는 물을 입에 머금자, 지도원인【젤피】씨가 내게 주의를 주었다. 보라색 머리는 쇼트커트로 잘랐고, 가죽제 갑옷에 검과 방패를 쓰는 전투 스타일.

다리온에서는 베테랑 모험가 중 한 명이다.

"너무 많이 마시지는 마. 그리고, 물은 입에 머금고 나서 입 안을 축이며 천천히 마시도록."

베테랑다운 어드바이스를 해주고 있지만, 젤피 씨의 일은 우리를 한 사람 몫을 하는 모험가로 만드는 것이다.

그 때문에 높은 급료를 지불해서 지도원으로 고용했다. 그 자금 출처는 노웸의 혼수품을 팔아치운 돈이다.

이렇게까지 바지런히 애써주는 노웸에게 나는 고개를 들 수가 없었다. 그 점은 너무나도 미안하지만 노웸의 생각에는 아무래도 찬성할 수 없는 부분이 있다.

하렘 사고라도 해야 좋을지, 노웸은 내 주변에 여성을 모으려고 한다. 이게 아무래도 이해할 수 없다.

시선을 돌리자 파티에 들어오고 나서 어느 정도 지난 두 여성 모험가의 모습이 있었다.

붉은 머리가 바깥쪽으로 곱슬한 【아리아 록워드】는 건강한 팔다리를 로브로 가리고, 창을 어깨에 짊어진 채 기운차게 걷고 있었다.

아리아 씨의 시선 너머에는 문을 연 과일가게가 있었다.

"저기, 과일 같은 거 좋지 않아? 수분 보급도 되잖아."

이 더위 속에서 로브를 입고 있는데도 기운찬 아리아 씨가 과일을 가리켰다.

바라보니 모험가들 몇 명이 구입하고 있었다. 얼음이 든 물에 붉은색 과일이 떠 있어서 실로 먹음직스럽게 보인다.

검은 로브를 입은 【소피아 라우리】는 천으로 감은 커다란 배틀 액스를 짊어지고 있었다.

아리아 씨가 가리키는 방향을 보고는 조금 고민하고 있었다. 분명 먹고 싶은 거겠지.

"하, 하지만, 지금 구입해서 휴식 때 먹으려면 더위 탓에 맛이 없어질 텐데요."

성실한 소피아 씨다운 생각이다.

그에 대해 아리아 씨가 반론했다.

"여기서 먹으면 되잖아. 물도 절약할 수 있고, 게다가 이 더위잖아? 컨디션 관리의 일환이라 생각하면 돼."

이런 더위다. 도시 바깥에서 점심을 먹을 때는 식사가 목을 넘어가지 않을 가능성도 있다. 먹을 수 있을 때 확실히 먹고 체력을 보존하는 건 중요한 일이다.

그러자 젤피 씨가 주변에 들키지 않게끔 내 등을 때렸다. 돌아보자 구입하라는 듯이 눈으로 시선을 보냈다.

……내가 사는 건가.

지갑을 꺼내서 인원수만큼 구입했다. 가게 아주머니는 물을 털어내고 나서 웃으며 내게 과일을 건네줬다.

뺨에 대자 얼음물에 잠겨있던 과일은 차가웠다. 뺨의 열을 식혀준다.

“서서 먹는 건 예의에 어긋나는 게 아닐까요?”

소피아 씨가 조금 곤란한 듯이 말하며 주저했다. 그러나 아리아 씨가 거리낌 없이 먹는 걸 보고 살짝 깨물었다.

그리 크지 않은 과일은 과육 부분이 거의 없었다. 조금 신맛이 나는 맛이 몸에 스며들었다.

아리아 씨가 과일가게 옆에 있는 쓰레기통에 씨를 버리며 노웸을 봤다. 노웸이 과일을 깨무는 입가가 묘하게 생생하게 느껴지는 것 같다.

“노웸이라면 얼음을 만들어서 물통에 넣을 수 있지 않아? 그러면 차가운 마실 것을 언제 어디서든 마실 수 있을 텐데.”

그걸 듣자 노웸이 곤란한 표정을 지었다. 젤피 씨도 아리아 씨를 보며 조금 어이없어했다.

소피아 씨가 입가를 닦고 씨앗을 쓰레기통에 넣으며 설명했다.

“모르시나요? 마법으로 만든 물은 마시면 배가 탈이 나요.”

그걸 들은 나는 놀란 표정을 지었다.

“어?”

어이없어하는 듯도 하고 딱한 사람을 보는 듯한 시선이 나와 아리아 씨에게 돌아왔다. 그렇게 비상식적인 소리였나?

그러자 목에 건 푸른 보옥에서 나 말고는 들리지 않는 목소리가 들려왔다. 그건 월트가의 가보이며, 되살아난 역대 당주들의 기억—.

7인— 아니, 지금은 6인이 된 역대 당주들이 각각 어이없다는 목소리로 내게 반응을 보였다.

2대인 【크라셀 월트】는 내가 상식이 없는 것을 위험하다고 느낀 모양이다.

『너, 그런 것도 모르는 거냐? 싸우는 와중에 설사가 일어나면 큰일이라고.』

가벼운 말투의 3대 【슬레이 월트】는 웃고는 있었지만 역시 다른 이들과 마찬가지로 곤란한 듯했다.

『확실히 이건 심하네. 다만, 저지르기 전에 안 된다는 걸 알아서 다행이야. 설사는 농담이 아니라 사활문제거든.』

안경을 쓴 4대 【마크스 월트】도 마찬가지로 나를 질책했다.

『마법으로 만든 물 같은 걸 마시면 짐짝 확정이니까요. 라이엘, 주변 아이들에게 배설 처리를 시키게 될 겁니다.』

필요할 때 말고는 입을 열지 않는 5대 【프레더릭스 월트】 역시 내가 너무 못나서 잠자코 있을 수 없었던 모양이다.

『……적진에 숨어들어서, 마법으로 만든 물로 전부 교체해버린 적이 있어. 그 후에는 참 끔찍했지. 라이엘, 절대로 마시지 마.』

이 사람, 적진에 숨어들어서 무슨 짓을 한 거야?

6대인 【파인즈 월트】가 크게 웃었다.

『한 번 실패하면 싫어도 깨닫긴 하지만. 그 한 번이 돌이킬 수 없는 실패가 되지 않아서 다행이구나, 라이엘.』

확실히, 몰랐다면 물이 없다고 하면서 마법으로 준비했을지도 모른다.

7대 【브로드 월트】가 헛기침을 했다.

『마법도 만능은 아니다. 라이엘, 그런 점을 똑똑히 기억해두도록 해라.』

오늘도 역시 동료나 선조님들 앞에서 무지함을 드러낸 나는 어깨를 떨궜다. 그러자 젤피 씨가 앞으로 걸어 나왔다.

“자, 가자. 저녁까지는 돌아와야만 하니까.”

다리온을 나와서 그날 중에 돌아올 수 있는 곳으로 가 사냥을 한다. 그게 최근의 일과가 되어있었다.

단지, 인근의 마물 토벌은 돈벌이가 한계에 봉착했다. 당일에 돌아오는지라 시간이 없는 것과, 다리온 주변에 있는 마물이 짭짤하지 않기 때문이다.

젤피 씨는 조만간 숙박하며 마물 토벌을 나갈 예정이라고 말해주었다. 그렇다면 지금 이상으로 벌 수 있을지도 모른다.

4대가 보옥 안에서 한숨을 내쉬며 곤란한 듯이 말했다.

『지금이야 자금에 여유가 있습니다만, 이대로 가면 조금 큰 일이군요. 다리온에서는 마물 토벌을 해도 그다지 벌 수 없습니다. 지금 상태를 유지하는 게 고작이겠죠.』

다리온은 치안도 좋고, 영주인 벤틀러 씨가 기사나 병사를 파견해서 마물 토벌을 적극적으로 하고 있다.

그 때문에 모험가 쪽에서 보면 치안은 좋아도 돈벌이가 적다. 대신 도시에서 할 수 있는 일은 여러모로 충실한지라 벌 수 있는 곳이 많았다.

초심자를 위한 도시라 불리는 것도 있어서 초심자에게는 다정하다. 그러나 초심사를 탈피하면 부족해지는 도시이기도 했다.

6대가 내게 의견을 보냈다.

『라이엘. 지도 기간도 이제 곧 끝난다. 너는 슬슬 다음에 해야 할 일을 생각해봐야 할 거다. 다리온에서 한동안 머물지, 아니면 어딘가 다른 곳으로 이동할지.』

지도 기간은 3개월.

2주일 정도 연장됐지만, 이제 한 달 정도 지나면 끝이다.

내가 한 사람 몫을 한다고는 생각되지 않지만, 그럼에도 모험가로서 먹고 살 수 있는 방법은 배울 수 있었다.

"……앞으로라."

조금 고개를 들고 푸른 하늘을 올려다본 나는 이마의 땀을 닦으며 향후에 대해 고민했다.

—다리온 모험가 길드.

2층에 있는 접수대에는 세 명의 직원이 나란히 앉아 수속을 맡고 있다.

그중에서도 눈에 띄는 것은 금발벽안의 미소녀 【산토아 마이에】……가 아니라, 근육이 우락부락하고 대머리인 거한 【호킨스】다.

셔츠 위에 조끼를 걸치고 있고, 겉모습에 맞지 않게 친절하고 정중하게 모험가들을 대하고 있다. 본인은 무척 성실한 직원이며, 다리온에 머무는 베테랑 모험가들도 경의를 표하고 있다.

그렇지만 겉모습이 험상궂기 때문에 신인 모험가들은 꺼려하는 경향이 있다.

본인도 그걸 알고 있기는 하지만 이것만큼은 어떻게 할 수가 없다.

다른 두 명에 비해서 한가함을 주체하지 못하고 있는 호킨스가 자기 책상 주변을 정리하기 시작하는데, 카운터 안에서 직원이 황급히 나오더니 호킨스에게 다가왔다.

"왜 그러십니까?"

젊은 남성 직원은 호킨스에게 몇 장의 서류를 건네며 설명했다.

"영주님의 사자가 찾아왔습니다. 호킨스 씨에게도 회의에 참가해달라는 지시가 나왔고요."

받은 서류를 슬쩍 훑어본 호킨스가 눈썹을 찡그리며 주름을 잡았다.

'이건…… 요즘 많군요.'

자료는 다리온 주변에 미궁이 탄생했다는 보고서였다. 남성 직원과 접수를 교대한 호킨스는 바로 길드 회의실로 향했다.
걸어가면서 자료를 확인하고 미궁의 규모나 특징을 훑어봤다.
'그다지 자세한 건 알아내지 못했군요.'
막 발견되어서 조사도 제대로 되지 못한 미궁이지만 규모는 그렇게 크지 않다고 한다.
토벌에 걸리는 시간은 2주일에서 1개월이 예상된다고 적혀 있었다.
단지, 여기서 문제가 하나.
'영주님의 병사는 이제 막 귀환했으니 다시 파견하는 건 어렵겠죠.'
다리온에서는 최근까지 두 개의 미궁이 존재했으며 하나는 영주의 군세가, 또 하나는 영주의 군세와 길드가 협동으로 토벌을 나갔었다.
최근이 되어서 하나의 토벌이 완료되어 나머지 하나만 남게 되었다.
단지, 막 돌아온 병사들을 다시 내보내서 토벌을 하리라고는 생각하기 힘들었다.
'우수한 모험가나 규모가 큰 파티는 미궁 토벌로 나가 있으니까, 남은 모험가 분들로 대응한다면…… 어려울지도 모르겠군요.'
호킨스는 남은 모험가 중에서 미궁 토벌이 가능한 이들을 떠올렸다.
미궁 토벌 경험이 풍부하고 믿음직한 이들은 지금 다리온에는 적다. 아무래도 질이 떨어지는 모험가들을 보내게 된다.

어떻게 해야 할지 고민하던 중, 젤피가 이끄는 라이엘 일행이 문득 떠올랐다.

'라이엘 일행은…… 안 되겠군요. 아직 지도 기간 중이라 경험이 풍부하다고는 할 수 없어요. 돌발적인 대처도 필요해질 테니, 참가는 삼가야겠죠.'

실력적으로 문제는 없더라도 미궁이라는 곳은 뭐가 일어날지 알 수 없는 곳이다. 게다가 막 탄생해서 정보가 적은 미궁은 무척 위험하다.

호킨스는 회의실 문까지 오자 자세를 다잡고 노크했다.

'아무튼 간에, 바빠지겠군요.'

앞으로 바빠질 것을 각오하고, 호킨스는 영주인 벤틀러가 보낸 사자와의 회의에 참가했다—.

다리온에 돌아온 우리는 땀이나 모래, 마물의 체액으로 더러워져 있었다.

길드 1층에서 소재를 팔고 마석을 길드 직원에게 넘겨준 이후, 직원이 젤피 씨에게 말을 걸었다.

"젤피 씨. 나중에 2층으로 와주시겠습니까? 조금 문제가 생겨서, 여러모로 상담드릴 것이 있는데요."

젤피 씨는 조금 곤란한 표정을 지었다. 직원의 모습을 보고 또 귀찮은 일을 떠안을 거라 생각한 거이리라.

"저기 말이야. 이쪽은 지도 기간 중이라고. 몇 번이나 빠져

나가면 곤란한데? 이번에는 무슨 일이 있었던 거야?"

첫 번째는 도적 토벌, 두 번째는 영지간 트러블. 확실히 지도 기간 중인데도 젤피 씨는 호출되는 기회가 많다.

"그게, 또 미궁이 탄생한 모양입니다. 인원을 모으려고 해도, 지금 현재도 다른 미궁을 토벌 중이라 머릿수가 부족하거든요."

미궁이라는 말이 나오자 보옥 안이 떠들썩해졌다.

역대 당주들이 순차적으로—.

『미궁! 좋군. 어쩌면 우리에게도 찬스가—.』

『가능성은 있네.』

『흠, 그러면 여러모로 준비가 필요하겠군요.』

『이번만큼은 참가해두고 싶어.』

『이야~ 기대되는군요.』

『두근두근하군요.』

미궁이 탄생하면 그곳을 관리하는 영주는 골머리를 썩는다고 들었다. 그러나 월트가는 조금 축제 감각이었다.

사실 토벌이 가능하다면 영주로서는 짭짤한 이야기일지도 모른다. 요즘은 그런 생각이 든다.

아무래도 역대 당주들의 머릿속에는 젤피 씨가 참가한다면 우리도 참가한다는 흐름이 되어가는 모양이다.

3대가 나를 재촉했다.

『자, 라이엘도 회의에 참가해봐.』

기대하는 역대 당주들. 아무래도 내 의견은 들을 생각이 없

는 것 같다.

나는 젤피 씨에게 말을 걸었다.

"저기, 저도 그 회의에 참가해도 되나요? 왠지 즐거워 보이는데요."

그러자 직원과 젤피 씨가 몸을 돌려 믿기지 않는다는 표정으로 나를 바라봤다. 젤피 씨가 왼손으로 얼굴을 덮었다.

"아~ 참가하는 편이 좋을지도 모르겠네. 라이엘은 내 고용주고, 내가 억지로 참가한다면 그 편이……. 하지만, 즐거워 보인다는 게 뭐야. 즐거워 보인다는 게! 놀러가는 게 아니거든."

그 말을 듣고 놀랐다.

역대 당주들의 이야기로는 기대된다는 분위기였는데…….

"죄, 죄송합니다."

나는 잘 받아들이지 못했지만 아무튼 사과했다.

젤피 씨가 그런 내게 설명을 하려 했지만, 「아니, 됐어. 길어질 것 같으니까」라며 포기했다. 그리고 「그 전에」라며 일단 전원이 목욕탕에 가기로 했다. 확실히 이 더러운 몸을 씻지 않으면 아무래도 진정이 되지 않는다. 나와 젤피 씨는 개운해진 뒤에 다시금 회의로 향하게 되었다.

—노웸, 아리아, 소피아 세 명은 목욕탕을 나와 일단 해산한 뒤 차분한 분위기의 찻집에서 다시 합류했다.

라이엘이 오고 나서 식사를 할 예정이라, 노웸은 음료수만 주문하고 시간을 때우고 있었다.

창가 자리에서 밖을 보니 사람들이 거리를 걷고 있었다. 밖에서 돌아온 모험가들을 보고 인상을 찌푸리며 코를 부여잡고 떨어지는 주민들의 모습이 보였다.

땀투성이, 흙투성이, 피투성이, 그런 모험가들에게 접근하려는 사람은 적다.

원래 모험가 길드는 도시 입구 부근에 놓여있는 게 정상이다.

다리온의 모험가 길드는 도시 전체적으로 보면 끝부분에 있지만, 다리온 자체가 확장을 계속하고 있는지라 점차 모험가 길드 주변에도 건물이 늘어나기 시작했다.

그런 광경을 보던 노웸에게 아리아가 테이블에 기댄 자세로 말을 던졌다.

"라이엘 녀석, 또 멋대로 뭔가 저지르려는 것 같지 않아?"

소피아는 바른 자세로 주스를 마시면서 품행이 나쁜 아리아를 곁눈질했다.

"그런 것보다도 그 자세는 좀 어떻게 안 됩니까?"

딱딱한 소피아의 주의를 받은 아리아가 등을 펴자, 노웸은 두 사람을 보며 키득 웃었다.

'예전보다 꽤나 사이가 좋아졌네요.'

노웸은 저번 영지간 문제를 해결한 무렵부터 두 사람의 마음속 거리가 가까워진 것을 느끼고 있었다.

예전처럼 어색한 느낌이 없고, 하고 싶은 말을 할 수 있게 되어가고 있다.

"그러네요. 라이엘 님도 월트가의 핏줄, 이라는 걸까요."

뭔가 떠올랐는지 소피아가 복잡한 표정을 지었다.

"들은 적이 있어요. 월트가에서는 미궁이 나오면 기뻐한다더군요. 원래대로라면 골치가 아파야 할 미궁도, 반세임 최강의 영주 귀족 앞에서는 실력을 시험할 자리에 지나지 않는다고…… 그냥 소문이겠죠?"

불안한 소피아 앞에서 아리아가 수상해했다.

"라이엘의 친가는 그렇게 굉장해? 이름 정도는 들어본 적 있지만, 이쪽은 궁정 귀족에도 월트가가 있으니까."

원래대로 거슬러 올라가면 궁정 귀족에서 독립한 것이 영주 귀족 월트가다. 궁정 귀족의 말단인 월트가는 본가에 해당한다.

소피아가 아리아에게 설명했다.

"굉장하다고나 할까, 붕 떠있다고나 할까, 아무튼 유명하죠. 센트럴에서는 소문이 들리지 않은 건가요?"

아리아가 고개를 갸웃했다.

"굉장하다는 건 알고 있지만, 궁정 귀족 출신인 내게 월트가는 센트럴의 본가보다 분가인 지방 영주 쪽이 더 뛰어나다는 것 정도밖에는 모르거든. 뭔가 굉장한 일화라도 있어?"

그러자 노웸이 음료수를 한 모금 마셔서 입 안을 축이고는 눈을 빛냈다.

그리고, 기다렸다는 듯이 술술 말을 늘어놓기 시작했다.

"굉장하다고 하면, 성립부터 굉장한 일화가 넘쳐나는 게 월트가에요. 일단 영주 귀족 월트가의 시조인 버질 님은 단독으로 드래곤을 쓰러뜨린 드래곤 슬레이어이시고, 2대이신 크라셀 님은 수수하고 눈에 띄지는 않았지만 월트가의 기반을 다지신 분이죠. 그 2대님이 단련한 병사를 이끈 것이 의장으로 유명하신 3대 슬레이 님인데, 돌격해온 만의 군세를 고작 수십 명만으로도 막아내셨어요. 4대이신 마크스 님은 전장 이력은 다른 분들에 비해 떨어지지만, 내정 수완이 대단하신 분이셨죠. 설명하자면 시간이 걸리니까 할애할게요. 5대이신 프레더릭스 님은 불명예스러운 별명도 있으시지만, 전장에서는 귀신이라 불리고 계셨어요. 6대이신 파인즈 님은 도량이 크셔서, 월트가의 영지를 넓히고 타국과의 전쟁에서도 활약하셨죠. 7대, 라이엘 님의 할아버님이신 브로드 님은 반세임 왕가의 상담자 지위에 오르시고 혼란에 빠진 반세임에서 종횡무진의 활약을—."

멈추지 않는 노웸에게 아리아와 소피아가 양손을 들며 항복 포즈를 취했다. 그리고 고개를 내저으며 노웸의 설명을 중단시켰다.

"스톱! 스톱! 알았으니까. 아무튼 라이엘의 친가가 굉장하다는 건 이해했어!"

소피아가 헛기침을 하며 이야기의 흐름을 변경했다.

"그, 그건 그렇고 늦어지네요. 느닷없이 상세한 이야기를 나눌 거라고는 생각되지 않으니까, 참가유무만 확인할 거라 생각했습니다만."

라이엘이 아직까지 길드에서 돌아오지 않은 걸 떠올리고 노웸도 고개를 갸웃하며 뺨에 손을 댔다. 아직 이야기할 게 남아서 아쉬운 마음이 있지만 무리해서 계속할 생각도 없었다.

"그러네요."

노웸의 마음속에는 불안감이 있었다.

평소에는 철부지 같고 못난 부분이 많은 라이엘이지만, 여차하는 국면에서는 믿음직한 모습을 보인다.

의욕을 내면서 어떤 문제라도 해결하는 그 자세를 노웸도 흐뭇하게 생각하고 있지만, 이번에도 그런 부분이 나온 게 아닐까 하는 생각이 들기 시작했다.

'아무 일도 없으면 좋겠는데요…….'

노웸은 라이엘이 문제를 일으키지 않을까 걱정하면서 기다렸다—.

『웃기지 마라!』

『용서 못해. 이런 건 절대로 용서 못해!』

『말도 안 됩니다!』

『…….』

『이게 어찌 된 일이냐…….』

『이러니까 모험가 길드 녀석들은!』

불쾌해진 6인의 역대 당주들.

길드 회의실에서 미궁 토벌 회의에 참가했는데, 결과적으로 여섯 명이 격노하는 형태가 되고 말았다.

젤피 씨나 호킨스 씨는 나를 보며 어이없어했다.

"라이엘. 당연한 일이잖아. 지도 기간 중인 너희를 미궁 토벌에 참가시킬 수는 없어."

이 자리에 불려나온 모험가는 젤피 씨만이 아니었다.

마찬가지로 지도원으로서 모험가를 지도하는 베테랑 남자 모험가가 한 명.

다른 우수한 모험가는 현재도 미궁 토벌을 계속하고 있어서 얼굴을 내밀지 못한 모양이다.

역대 당주들의 의견을 대변해서 나도 참가를 요청했는데—.

"라이엘. 아무리 그래도 인정할 수는 없습니다. 참가인원은 확실히 부족하긴 합니다. 하지만 라이엘의 일행은 경험이 부족합니다. 다리온에서는 그런 모험가를 참가시킬 수 없어요."

성실한 호킨스 씨다운 대답 앞에서 나도 쩔쩔맬 수밖에 없었다. 그러나 그런 건 역대 당주들에게는 아무런 관계도 없다.

기대하던 미궁 토벌이 무산되자 역대 당주들은 격노했다.

검은 머리에 갈색 피부를 가졌고 배가 나온 중년 남성이 나를 보며 웃었다.

"젤피 아가씨가 단련해주고 있다는 젊은이는 활기가 넘치잖아. 소싯적 아가씨가 떠오르는구만."

남자의 이름은【대럴】.

창을 쓰는 모험가로, 다리온에서는 베테랑 중에서도 연상에 속한다고 한다. 20년에 가까운 경험과 실적이 있고, 젤피 씨도 고개를 들지 못하는 사람인 것 같다.

"시끄러워. 이 중년 아저씨야! 옛날하고는 다르다고!"

젤피 씨의 신인 시절을 알고 있고, 그중에는 부끄러운 과거도 있을 거다. 그 때문에 젤피 씨는 이 사람이 거북한 것이리라.

대럴 씨는 팔짱을 끼고 턱수염을 왼손으로 만지면서 나를 보며 끄덕였다.

“『귀족 집 바보 아들』이라든가 『바람둥이』라든가 이런저런 소문이 돌고 있다만, 이렇게 보니 나쁘지 않잖아. 호킨스, 참가하게 해주면 어때?”

호킨스 씨가 곤란한 표정을 지었다.

“대럴 씨, 아무리 그래도 그건―.”

젤피 씨가 머리를 난폭하게 헝클면서 내 손을 잡고 회의실에서 나가려 했다.

“자, 가자. 그리고 우리는 참가하지 않을 테니까 나머지는 멋대로 이야기를 진행하라고.”

“기다려주세요, 젤피 씨.”

나를 난폭하게 잡아끌고 회의실 문을 닫은 젤피 씨는 그대로 평소보다 큰 보폭으로 화난 듯이 복도를 걸었다.

나는 조심조심 미궁 토벌에 참가하지 않는 이유를 물었다.

“그렇게나 안 되는 건가요?”

젤피 씨의 의견은 변하지 않았다.

“안 돼. 겨우 제대로 벌 수 있게 되어서 기분이 들뜬 것 같은데, 미궁 토벌은 그렇게 간단한 게 아냐. 좀 더 경험을 쌓고 나서 도전해야 해. 지금 상태로 도전하는 건 그냥 바보야.”

『엑?!』

젤피 씨의 의견에 2대가 놀라서 목소리를 높였다. 다른 역대 당주들도 납득하지 못하는 모습이다.

아무래도 젤피 씨가 보기에는 역대 당주들도 전부 바보인 것 같다.

"잘 들어. 미궁에는 각각 특징이 있어. 마물 숫자가 극단적으로 많다, 적다. 쓸데없이 넓다, 좁다 등등. 그 밖에도 이런 저런 특징이 있어서 절대적인 공략법 같은 게 없어. 거길 신인인 너희가 참가해서 잘 할 수 있으리라고는…… 아니, 라이엘 너라면 가능할지도 모르지."

요 몇 달 사이 의외로 내 평가는 오르고 있었다.

젤피 씨는 내가 다수의 아츠를 사용하는 것을 파악하고 있다. 그러나 그것만으로는 안 되는 모양이다.

"문제는 다른 세 명이야. 노웸은 그나마 괜찮을지도 모르지만, 남은 두 명은 정말로 문외한보다는 낫다는 정도야. 게다가 나를 포함해서 다섯 명. 숫자가 부족해."

그러자 3대가 의욕을 내며 말했다.

『그럼 숫자를 모으면 괜찮은 거지? 라이엘, 내게 생각이 있어.』

그 말을 들은 나는 3대의 생각을 전하기 위해 젤피 씨에게 제안했다.

"아는 파티에 부탁해서 숫자를 모으는 건 어떤가요? 여덟 명 정도 있다면 충분하리라 생각하는데요."

그러나 젤피 씨의 의견은 변하지 않았다.

"안 되는 건 안 돼. 자, 오늘은 돌아가고 내일은 쉬어. 수고했어."

계단을 내려가 2층 접수에 도착하자 젤피 씨는 등을 돌려 손을 흔들고는 떠나버렸다.

보옥 안의 역대 당주들은 아무래도 분노가 가라앉지 않는 모양이다.

7대가 거칠게 외쳤다.

『이런 호기를 이대로 놓치겠다는 거냐! 저번에는 여러모로 문제가 있어서 단념했다만, 이번만큼은 단념할 수 없다! 게다가 라이엘에게는 첫 미궁 토벌이라고! 방해를 하다니……. 이러니까 모험가는 싫은 거다.』

2대도 같은 의견인 것 같았다.

『그렇지. 게다가 이런 건 빨리 경험해두는 편이 나아. 이런 건 그저 실력 시험인 것을…….』

3대는 자기 의견이 기각당한 것이 분한지 불만을 늘어놓았다.

『이상하잖아. 지금 멤버라면 충분히 할 수 있어! 라이엘도 「성장」했으니까, 지금까지 이상으로 우리의 아츠를 쓸 수 있을 텐데!』

역대 당주들의 아츠가 기억되어 있는 보옥은 사용자인 내게 사용법을 가르쳐주고 서포트를 해주는 뛰어난 도구다.

동시에 보옥 안에는 역대 당주들이 기억으로서 되살아나서, 내 마력을 흡수하며 소란을 부리는 저주받은 도구라는 측면도 겸비하고 있다.

탄식을 내쉰 나는 그대로 노웸이 기다리는 가게로 향하기로 했다. 합류해서 식사를 마치고, 내일에는 뭘 할까…….

그렇게 생각하던 중, 6대가 의미심장하게 웃었다.

『뭐, 여러분…… 진정하시지요. 어쨌거나 미궁 토벌을 할 권리는 영주의 것입니다. 그 영주에게 의뢰를 받은 길드가 움직이는 거니까, 길드의 판단에는 따를 수밖에 없겠죠.』

오늘의 6대는 왠지 순순하다고 생각하고 있는데, 다른 역대 당주들도 불길하게 웃었다.

3대는 평소보다 시커멓고, 그리고 가벼운 목소리로 말했다.

『그러네. 길드의 말이라면 어쩔 수 없네. 응. 단념하자. 하지만…… 영주에게 부탁하면 안 된다, 라고는 하지 않았지?』

5대가 나지막하게 중얼거렸다.

『저번 영지간 트러블에서도, 아직 보수의 추가분을 받으러 가지 않았으니까.』

7대도 기분이 좋아졌다.

『사람을 멋대로 부려먹었지 않습니다. 대가는 받아야겠죠. 자, 라이엘…… 내일이 기대되는구나.』

아무래도 벤틀러 씨에게 직접 부탁하러 갈 모양이다.

내가 이 사람들을 조금 무섭다고 생각하고 있는데, 2대도 같은 마음이었던 것 같다.

『너희들. 왠지 무서운데…….』

2대의 솔직한 의견에 나도 동의하지 않을 수 없었다.

제31화 토벌 준비

나는 아침 일찍 다리온에 있는 영주【벤틀러 로베니아】의 저택으로 찾아갔다.

초대받지 않은 손님이라는 느낌으로 저택 안으로 안내를 받아 기다리기를 약 10분. 벤틀러 씨가 가신을 데리고 내 앞에 나타났다.

"이런 아침 일찍부터 어쩐 일이십니까, 라이엘 공."

벤틀러 씨는 작고 통통한, 언뜻 보면 사람 좋아 보이는 남성이다. 그러나 역대 당주들의 말로는 외모와 같은 사람은 아닌 모양이다.

실제로 그런 부분을 다리온에 오고 나서 몇 번이고 봐왔다. 아리아 씨의 아버지를 처벌할 때나, 영지간 분쟁이 벌어질 것 같은 곳에 나를 보낸 일도 그렇다.

내가 일어나서 무례를 사과하고 인사를 마친 뒤에 가능한 한 상쾌한 웃는 얼굴을 만들었다.

물론 6대의 지시다.

『그래, 웃는 얼굴이다. 명심해라. 절대로 웃음을 무너뜨려선 안 돼.』

무척 신바람을 내는 6대의 지시대로 나는 벤틀러 씨와 교섭을 시작했다.

"실은 미궁이 출현했다고 들어서요. 탄생한지 얼마 되지 않았다든가…… 꼭 토벌에 참가하고 싶다는 부탁을 드리러 찾아왔습니다."

내 부탁을 들은 벤틀러 씨가 손끝으로 턱을 긁적였다.

"그건 또 뭐랄까. 유감입니다만, 이미 모험가 길드에 의뢰를 한지라…… 제가 끼어들 수가 없습니다. 원래대로라면 제가 기사나 병사를 파견해야겠지만, 이제 막 돌아온 그들을 다시 보내는 것도 가혹한 처사겠죠. 그러니 꼭 가고자 하신다면 길드 쪽에 이야기를—."

길드에 맡겼으니 그 방침에는 참견하지 못한다는 벤틀러 씨.

확실히 잘못되지는 않았지만, 전혀 참견하지 못하는 건 아닐 거다. 이 토지는 벤틀러 씨의 것이니까.

6대는 즐거워 보였다.

『귀찮으니까 쫓아내려고 생각하고 있군. 하지만…… 유감이구나! 우리 월트가는 끈질기거든!』

그건 좋은 건가? 마음속으로 그렇게 중얼거리면서 나는 마침 떠올랐다는 동작을 보이며 입을 열었다.

"그건 그렇고, 저번 페이건가, 마이니가 영지에 갔던 파견은 간담이 서늘하던데요. 한 발짝만 잘못 디뎠다면 전장이 되었을지도 몰랐으니까요. 이야~ 잘못이 일어나지 않아서 다행이네요."

내가 그렇게 말하자 벤틀러 씨의 눈썹이 꿈틀 움직였다.

"보수는 확실히 지불해 드렸을 텐데요."

웃는 얼굴로 몸짓 손짓을 섞으며 말을 이었다.

"페이건가는 벤틀러 씨의 소중한 양자니까요. 이쪽도 할 수 있는 일을 했을 뿐이죠. 이후에는 어떤가요?"

벤틀러 씨 뒤쪽에 선 가신이 나를 노려봤지만, 나는 싱글벙글 웃으며 대응했다.

솔직히 말해서 내심은 당장 돌아가고 싶다.

벤틀러 씨가 탄식을 내쉬었다. 그리고 소파에 깊숙하게 앉아서 나를 바라봤다.

"그 이후, 조금은 생각을 고쳤는지 편지 같은 게 왔습니다. 뭐, 당장은 무리더라도 앞으로는 양자로서 노력해주겠죠. 확실히, 상상 이상의 성과였습니다."

나는 웃으며 끄덕였고, 벤틀러 씨가 앉으라는 듯이 손짓을 했기 때문에 맞은편 소파에 앉았다.

조금 복잡한 표정의 벤틀러 씨가 고민하면서 입을 열었다.

"그래서, 라이엘 공은 뭐가 목적이십니까? 정말로 미궁 토벌을 생각하고 있으신지, 아니면 보수를 얹어 받으시려는 건지……. 혹은, 다른 뭔가입니까?"

여기서는 순순히 말하기로 했다.

"아뇨, 단순하게 미궁 토벌에 참가할 수 있도록 말씀을 해주신다면, 그 이상은 바라지 않습니다."

벤틀러 씨가 의아한 표정을 지었다.

"괜찮으십니까? 미궁 토벌은 확실히 일확천금을 노릴 수 있습니다만, 빗나가는 일도 많지요. 고생한 보람이 없는 미궁도 많다고 들었습니다만."

그러자 보옥 안의 역대 당주가 소란을 부렸다.

『귀중한 실력 시험을 할 수 있는 곳이잖아.』

『그렇고말고.』

『당첨인 쪽이 기쁘긴 하지만요. 좋은 훈련이 됩니다.』

『찾아내면 아무튼 토벌이잖아?』

『뭘 모르는군. 정말로 뭘 모르는구나. 이 애송이는!』

『남자라면 미궁이 있다면 일단 토벌한다. 그런 것이건만.』

명백하게 벤틀러 씨의 생각과는 다른 역대 당주들.

나는 신경이 쓰여서 물어봤다.

"벤틀러 씨는 미궁이 발생하면 기쁘지 않으신 건가요?"

전부터 생각하던 건데, 나를 철부지라고 말하는 역대 당주들도 실은 꽤나 세간의 상식과는 어긋나있는 게 아닐까?

내 질문에 벤틀러 씨가 양손으로 얼굴을 덮었다.

"……라이엘 공도 월트가 출신, 이라는 겁니까."

"네?"

내가 곤혹스러워하자 벤틀러 씨가 덤덤히 설명해주었다.

"많은 영주들에게 미궁만큼 성가신 건 없습니다. 확실히 재보는 매력적일지도 모르지만, 그걸 얻기 위해 대체 얼마나 많은 피해가 생길지 생각만 해도 골치가 아파지죠. 매번 손익이 맞아떨어지는 것도 아니고요. 그렇다고 해서 방치도 할 수 없죠. 미궁이 탄생해서 발견되면, 방치하기보다는 토벌하는 게 그나마 낫다는 정도입니다."

미궁은 탄생 후 방치하면 폭주를 일으키고, 안에서 너무 늘어난 마물들이 바깥으로 뛰쳐나온다. 수천, 수만이나 되는 마물이 방출되는 거다.

그렇게 되면 작은 마을이나 도시는 그대로 삼켜져서 끝장난다. 심할 때는 나라조차 멸망할 수도 있다.

때때로 신수(神獸)라 불리는, 마물이 아닌 생물이 미궁을 파괴한다는 소문은 있지만…… 그걸 기대하며 방치할 수 없는 것이 현 상황인 모양이다.

"그런가요?"

내가 그렇게 말하자 벤틀러 씨가 힘차게 끄덕였다.

"그런 겁니다! 뭐, 다른 가문이 내심 어떻게 생각하고 있는지는 모르겠습니다만, 재미있다고 생각하는 이들은 적겠지요."

벤틀러 씨의 말을 들은 나는 보옥을 손끝으로 쥐었다. 역대 당주들이 꽤나 얼버무리면서 말을 꺼내고 있었다.

『이, 이상한데. 내 때는 조금 축제 분위기였다만…….』

『탄생한지 딱히 얼마 되지 않았으니까, 간단히 토벌할 수 있고.』

『벌려고 생각하면 딱히 미궁에만 눈을 돌릴 것도…….』

『……다른 가문은 이런 식으로 생각하고 있었나.』

『낭만이 부족하군요.』

『정말 그렇습니다.』

……역시 세간 일반적으로 봐서, 월트가는 비상식적인 부류인 모양이다.

벤틀러 씨가 나를 앞두고 말을 이어갔다.

"좋습니다. 그럼 미궁 토벌 참가 건은 길드에 말을 해놓겠습니다. 단지, 그 후의 성가신 일들까지는 봐드릴 수 없습니다. 이번에는 정말로 길드 주체니까요."

역대 당주들의 가치관에 조금 의문이 남지만, 아무튼 목적도 달성했기에 나는 벤틀러 씨에게 인사를 하고 저택을 나왔다.

남자들의 은신처 같은 간식가게 【시엘】.

그곳에서 지인 두 사람을 부른 나는 케이크를 먹으며 합동 미궁 토벌을 제안했다.

남자 두 사람— 다리온에서 알게 된 검사 【론도】와 창술사 【라프】 두 사람은 케이크를 먹으며 내 이야기를 들었다.

론도 씨는 호청년으로, 상쾌한 분위기다. 케이크보다 내 이야기에 흥미가 있는 모양이었다. 조금 씁쓸한 맛의 차로 입안의 단맛을 씻어내면서 내게 질문했다.

"그렇군. 확실히 라이엘 일행은 다섯 명. 우리는 세 명. 뭉친다면 여덟 명이니 나름대로 숫자가 돼. 하지만, 정말로 가능하겠어? 아직 상세한 사항이 정해지지 않았는데 느닷없이 참가한다고 해도……."

고민하는 론도 씨에게 단 것을 무척 좋아하는 라프 씨가 케이크를 먹으면서 내 이야기에 호의적인 의견을 냈다.

"괜찮네. 우리만으로는 참가할 수 없지만, 협력하면 참가할 수 있다는 거잖아. 론도, 나는 참가하고 싶어. 미궁 토벌은 빨리 경험해두고 싶거든. 게다가 이런 기회, 좀처럼 없다고."

두 사람과 마법사【레이첼】을 포함한 3인 파티는 다리온에 오고 나서 알게 된 사이다.

그 후에도 얼굴을 마주하면 인사나 잡담을 나누고, 때로는 이렇게 테이블을 둘러앉는 정도로는 사이가 좋은 모험가 파티다.

론도 씨는 잠시 고민하면서 차를 마셨다. 세 사람뿐인 파티라고는 해도, 론도 씨가 리더다.

론도 씨가 앞으로의 일을 생각하며 참가 유무를 판단하는 건 당연한 일이었다.

나도 의견을 내세웠다.

"솔직히 이번에는 무리하게 벌려고 하기보다는, 참가해두고 싶은 게 가장 큰 이유에요. 미궁 토벌에 참가했다는 실적을 만들기 위해서라고나 할까요."

라프 씨가 시시한 듯이 말했다.

"뭐야, 좀 더 욕심을 내라고. 너도 그 귀여운 애들을 먹여 살리기 위해서는 다소 무리하는 것도 필요할 거 아냐."

나는 노골적인 헛기침을 하고는 라프 씨를 게슴츠레 바라봤다.

"저기 말이죠. 아리아 씨도 소피아 씨도 연인이라든가 그런 관계가 아니거든요. 제가 돌봐주고 있는 게 아니니까요."

라프 씨는 히죽히죽 웃었다.

"그럼 좋겠지만. 론도, 그보다도 어쩔 거야?"

내 제안에 대해 고민하던 론도 씨는 한 번 천장을 보고는 팔짱을 끼며 자세를 고쳐 나를 봤다.

"참가하겠어. 단지, 그것에는 조건이 몇 가지 있어."

"당연하네요. 그래서, 조건이 뭔가요?"

나도 자세를 고치자 론도 씨는 몇 가지 조건을 내세웠다.

"고마워. 우선 참가할 수 있다는 확약을 갖고 싶어. 그게 없다면 준비를 해도 의미가 없으니까. 그리고, 언제까지 세부사항이 정해지는지도 알려줬으면 좋겠어. 나머지는 그저, 토벌 때 우리도 가능한 한 미궁 안에서의 실전에 참가시켜줘. 짐 지키기만 하는 상황은 시시하니까."

내가 끄덕이자 론도 씨가 안심한 듯이 웃었다.

"다행이네. 뭐, 이것저것 정해지지 않으면 계획도 세울 수 없고, 상황에 따라서는 변경도 생각할게. 하지만, 권유해줘서 고마워."

라프 씨가 주먹을 쥐며 승리의 포즈를 취했다.

"좋았어! 이걸로 우리의 꿈에도 한 발 다가섰네."

나는 두 사람을 보며 고개를 갸웃했다.

"꿈인가요?"

론도 씨가 쑥스러워했다.

"그래, 우리의 꿈이라고나 할까, 목표야. 기왕 모험가가 되었으니까. 일류를 노리고 싶고, 가능하다면 자유도시 베임에서 활약하고 싶어. 전에도 말했지만, 그건 본심이야."

베임— 모험가의 본고장이라 불리는 대도시다.

라프 씨도 론도 씨에게 동의했다.

"활약해서 명성을 높이겠어. 지금은 라이엘 너에게도 지는 정도지만, 언젠가 사람을 늘려서 이름 있는 파티를 만들 거야."

두 사람은 그렇게 말하며 자리에서 일어섰다.

"자, 나는 레이첼에게 이 이야기를 전하러 갈게. 라이엘, 세부사항 확인은 잘 부탁해."

두 사람이 계산을 마치고 가게에서 나가자 나는 남은 케이크를 먹기로 했다. 2대가 론도 씨와 라프 씨에 대해 이야기했다.

『목표를 가지는 건 좋은 일이지. 라이엘, 꽤 좋은 친구가 생겼구나.』

내가 살짝 입을 열었다.

"친구인가요?"

2대가 웃었다.

『그래. 긍정적이고, 게다가 실력도 있고 장래성도 있지. 어쩌면 다리온을 나가더라도 장래에는 재회하게 될지도 몰라.』

그걸 듣고 떠올렸다. 론도 씨 일행은 다리온에서 모험가로서의 준비를 다진 뒤에 다음 단계로 가려 한다는 것을.

다리온에서 나가는 거다.

이별이 가깝다고 생각하니 초대가 떠올라서 조금 가슴이 아파졌다. 그걸 깨달았는지 4대가 격려해주었다.

『살아있으면 언젠가 만날 기회도 있을 겁니다. 그리 침울해하지는 마세요.』

고개를 끄덕인 나는 남은 케이크를 먹었다.

단지, 2대가 말한「친구」라는 말이, 조금 쑥스러우면서도 기뺐다.

자, 오늘은 휴식을 이용해서 이것저것 준비를 했는데, 슬슬 길드 쪽에 벤틀러 씨에게서 받은 서류를 전해주러 가지 않으면 안 된다.
"벤틀러 씨의 허가도 받았고, 게다가 인원 문제도 해결. 나머지는 뭐가 있을까요?"
길드로 이어지는 한산한 길을 걸어가며 입을 열자 보옥 안에서 대답이 돌아왔다. 목소리의 주인은 3대다.
『지금은 정보가 부족하니까, 참가를 전하기만 하면 돼. 내일이 되면 젤피에게도 전해질 거라 생각하고. 이야~ 기대되네.』
미궁 토벌에 참가하기 위해서 지방 영주와 면회하고 동료를 모았다. 젤피 씨가 내일이 되어 사정을 알게 되면 격노하지 않을까?
그건 싫다고 생각하며 걸어가고 있는데, 장을 보던 노웸 일행을 발견했다.
"아, 노웸."
내가 말을 걸자 노웸이 돌아보며 크게 손을 흔들었다. 손에는 여러 짐을 들고 있었고, 아리아 씨와 소피아 씨도 함께였다.
그러자 4대가 조금 전과는 분위기가 확 달라져서 경계하며 목소리를 꺼냈다.
『라이엘! 세 사람이 다가옵니다. 아무래도 장을 보고 돌아오는 모양이네요. 준비는 됐습니까?』

준비? 고개를 갸웃하고 싶은 걸 참고 보옥을 손끝으로 굴리자 4대가 절규했다. 「성장」해서 마력은 늘었지만, 이렇게 외치면 점점 깎여나가므로 봐줬으면 좋겠다.

『칭찬하는 겁니다! 장을 보고 와서 평소와 다른 저 아이들을 칭찬하는 거죠! 알겠습니까. 긴장을 놓아서는 안 돼요.』

왜 이렇게까지 경계하는 걸까. 반대로 의아하게 생각하고 있는데 5대가 4대를 바보 취급하듯이 웃었다.

『라이엘. 공처가의 말이야. 들어줘.』

들어달라고는 하고 있지만, 어딘가 바보 취급하는 분위기가 있었다. 뭐, 5대는 그다지 말을 하려 하지 않으므로 이런 사정은 언젠가 물어보기로 하자.

세 사람을 보자 평소에 마물을 잡으러 바깥에 나갈 때와는 다른 차림을 하고 있었다. 노웸은 상의를 벗었고, 아리아 씨도 마찬가지라 피부 노출이 많다.

소피아 씨만큼은 로브는 벗었지만 롱스커트에 더해서 피부가 드러나지 않는 옷을 입고 있었다. 배틀 액스를 짊어지고 있지 않기에 왠지 부족한 느낌이랄까, 평소와 다른 건 명백했다.

"라이엘 님. 오늘은 아침부터 외출하셨던데요. 용무는 마치셨나요?"

노웸의 말에 내가 고개를 가로저었다.

"아니, 앞으로 몇 군데 들를 곳이 있는데…… 세 사람, 오늘은 장보기?"

아리아 씨가 짐을 들어올렸다.

"일용품이야. 옷이라든가 이것저것. 무기라든가 방어구라든가 도구라든가, 그런 것만 살 수는 없으니까."

흐~응 하는 느낌으로 납득하고 있는데 4대의 낮은 목소리가 들렸다.

『라이엘. 우선은 평소 복장과 다른 부분을 칭찬하세요. 이번에는 그거면 충분합니다.』

내게 많은 걸 원해봐야 어쩔 수 없다, 그런 분위기로 4대가 의견을 주었다.

나는 뺨을 손끝으로 긁적이며 말했다.

"왠지 평소와는 달라서 신선하네. 평소에는 밖으로 나갈 때의 옷차림밖에 보지 않고, 끝난 뒤의— 목욕하고 나올 때하고도 다른 차림이니까?"

어떻게든 평소와 다르다는 말을 전하자 아리아 씨가 그 자리에서 빙글 돌았다.

"그, 그래? 조금 비쌌으니까 살지 말지 고민했는데. 소피아 것도 귀엽지?"

소피아 씨 쪽을 보자 우물쭈물하고 있다. 롱스커트에 위에는 레이스가 달린 셔츠라는 모습이다.

평소의 로브 차림하고는 다르지만 이쪽도 성실한 느낌이 전해지는 복장이다.

"잘 어울린다고 생각해."

"가, 감사합니다!"

소피아 씨는 얼굴을 붉히고는 왠지 부끄러워하며 대답했다.

그리고 마지막으로 노웰을 보자 그녀는 미소를 지었다.

……곤란한데. 어디를 칭찬해야 좋을지 모르겠다.

평소의 차림에서 상의를 벗은 형태다. 상의가 다른 건가, 아니면 스커트인가…… 신발이 다른가? 하지만 전에 봤던 적이 있는 옷 같은데…… 모르겠다.

4대가 어드바이스를 주었다.

『머리모양. 오늘은 사이드 테일의 뿌리를 땋아서 묶고 있습니다.』

"오늘 머리모양도 왠지 괜찮네. 평소와 달라서."

노웰이 살짝 웃었다.

"감사합니다. 맞다, 라이엘 님도 함께 식사를 하지 않으시겠어요? 시간적으로도 딱 좋고요."

점심을 먹기에는 괜찮은 시간이다. 하지만 나는 아까 케이크를 막 먹었다.

"미안. 방금 론도 씨네하고 막 케이크를 먹었거든."

아리아 씨가 아쉬워했다.

"좋겠다~. 케이크라면 시엘 말이지? 거기, 지금 우리는 들어가고 싶어도 못 들어가니까."

남자들의 은신처 같은 가게라서 여성이 들어가면 남성진들이 곤란해진다. 아리아 씨는 그걸 알고 있기에 예전에 일하던 가게이긴 하지만 얼굴을 내밀지 못하는 모양이었다.

선물로 뭘 사가면 좋을지 고민하면서 나는 길드 쪽을 가리켰다.

"잠시 길드에 용건이 있으니까 가볼게. 세 사람 다 조심해서 가."

그렇게 말하며 헤어진 나는 길드 2층으로 발을 옮겼다.

—라이엘과 헤어진 세 사람은 그대로 식사를 하기 위해 적당한 가게로 들어갔다.

소피아는 피부 노출이 적은 옷을 입었기 때문에 조금 땀을 흘렸다. 그걸 손수건으로 닦으면서 신경 쓰인 점을 입에 담았다.

"라이엘 공이 이런 날에 길드에 용건이라니 어떻게 된 걸까요? 뭔가 일이 있다면 저희도 도와드리는 게 좋지 않을지?"

가게 안을 바라보던 아리아가 시선을 노웸에게 돌렸다.

"노웸은 뭔가 들은 거 없어? 미궁 토벌에 참가하지 못하게 됐으니까 불평이라도 하러 갔다……는 느낌은 아니었던 것 같은데."

노웸은 싱글벙글 웃으며 바른 자세로 앉아있었다.

"아무튼 일이 있는 것도 아니니까 괜찮다고 생각하는데요. 미궁 토벌은 참가하지 못하는 것 같지만, 그렇게까지 아쉬워하시지는 않았어요."

소피아는 그 말을 듣자 손가락을 입술에 대고는 조금 고개를 숙이며 생각에 잠겼다.

"전부터 신경이 쓰였는데, 그렇게까지 해서 미궁 토벌에 참가하고 싶은 걸까요? 아뇨, 일확천금의 꿈이 있는 건 사실이니 부정할 생각은 없습니다만……. 라이엘 공이 그렇게까지

돈에 집착하는 걸로는 보이지 않는달까……."

모호한 태도를 취하는 소피아를 아리아가 부정했다.

"그래? 저번 영지 문제 때도 보수로 미궁 토벌을 처음으로! 라고 했었고, 역시 남자아이라면 참가하고 싶은 거 아닐까? 그보다, 라이엘이 의욕을 내는 타이밍은 잘 모르겠어. 평소에는 의욕이 없어 보이는데, 이렇게 진심을 내면 굉장하다고나 할까……."

아리아는 자기가 하고 싶은 말이 정리가 되지 않아서 주변에 전해지지 않는 걸 답답하게 생각하는 낌새였다.

소피아는 생각했다.

'역시 월트가의 전통이니까 자신도 미궁 토벌을 하고 싶다는 걸까요? 그렇다 해도 억지로 참가하려는 것치고는 의욕이 넘치는 것 같지도 않았는데…… 이상한 사람이군요.'

소피아 쪽에서 보면 라이엘은 철부지였다.

소피아도 세상일을 잘 모르지만 라이엘은 그 이상이다. 진심을 내면 굉장하다는 걸 알고 있지만, 평소와의 낙차가 커서 의문으로 느끼고 있었다.

고민하는 소피아에게 노웸이 말했다.

"뭐, 월트가 운운은 제쳐놓더라도, 미궁 토벌은 모험가에게는 중요하고, 커다란 일 중 하나에요. 그야말로 대명사라도 해도 좋을 정도니까요."

세상에 나도는 많은 이야기 속에서 주인공이 미궁 토벌에서 전설의 무구나 방어구를 손에 넣는 것은 정평이 나 있다.

그에 동경심을 가진 젊은 모험가도 있고, 라이엘도 예외는 아니라고 할 수 있으리라.

"가문을 잇지 못하는 귀족 자제가 모험가가 되어 일확천금을 노리는 건 드문 이야기도 아니고요. 뭐, 일확천금이라고 하면 거의 미궁 관련이니, 신분 상승을 위해 미궁에 도전하는 건 어쩔 수 없는 일일지도 몰라요."

단지, 그 꿈을 좇던 수많은 젊은 모험가들이 무리를 하다가 미궁에서 목숨을 잃는 것도 사실이었다.

그렇기에 다리온에서는 길드가 관리하고, 참가하는 모험가도 선발한다. 다른 곳에서는 이런 식으로 토벌을 진행하는 일이 적을 것이다.

아리아가 기지개를 켰다.

"모험가도 되어보니까 의외로 수수하네. 이야기에 나오는 듯한 마물 토벌이라든가, 난이도가 높은 의뢰라든가…… 그런 건 실제로 있어도 받지를 못하고."

신용도 없거니와 실적도 없는 라이엘 일행에게는 아직 젊은이가 그리는 모험가다운 의뢰는 들어오지 않는다.

'아뇨. 의외로 많은 것 같은 기분도 드는데요.'

소피아는 라이엘과 만난 이후의 일을 떠올리면서 의외로 젊은이가 그리는 모험담을 실행하고 있다는 걸 알아챘다. 단지, 그럼에도 라이엘의 평가는 다리온에서는 미묘하다.

영웅 같은 이명이 붙지도 않고, 확실히 수수하다면 수수할지도 모른다.

노웰이 살짝 웃었다.

"괜찮아요. 라이엘 님을 따라간다면, 분명—."

"오래 기다리셨습니다!"

거기서 점원이 주문한 요리를 가져왔다.

다음날.

길드 2층에 모인 우리를 기다리던 것은 호킨스 씨의 부름이었다. 회의실로 들어가자 분위기는 나빴다.

왼손으로 얼굴을 누르며 곤란한 표정을 짓는 호킨스 씨에게는 미안한 기분이 들었다.

젤피 씨는 나를 계속 노려보고 있을 정도다.

게다가 론도 씨 파티도 와서 묵묵히 상황을 살피고 있다.

아리아 씨가 팔꿈치를 살짝 치며 내게 설명을 요구했다.

"잠깐, 뭐야 이 분위기."

"아뇨, 뭐…… 조금 뒷공작을 해서요."

내가 그렇게 말하자 호킨스 씨가 헛기침을 했다.

"으음~ 드리고 싶은 말도 있습니다만, 우선은 중요한 사항부터 설명하도록 하죠. 라이엘의 파티는 미궁 토벌에 참가하는 게 허가되었습니다. 동시에, 다른 파티와 합동 참가라는 형태로 론도 씨 일행의 참가도 허가가 나왔습니다."

그걸 들은 소피아 씨가 나를 빤히 바라봤다. 론도 씨 일행은 참가가 결정되어서 기뻐하고 있었다.

"설마, 어제 길드에 용건이 있다고 했던 건……."

나는 시선을 돌리며 끄덕였다.

"……벤틀러 씨에게 참가의 조력을 부탁했고, 론도 씨 일행에게 협력을 요청한 뒤에 길드에 얼굴을 내밀어서요."

노웸도 나를 놀란 표정으로 바라봤다. 잠자코 이야기를 진행했던 건 미안한 기분이 들지만, 보옥 안은 내 기분과는 반대로—.

『좋았어! 이걸로 나머지는 정보를 듣고 준비를 하면 되겠군.』

『우리에게 불가능은 없어.』

『얼마나 벌 수 있을까요.』

『귀여운 마물은 없으면 좋겠네…….』

『우선은 식량이나 무기, 할 일이 많겠군요!』

『하지만, 영주로서는 참가해본 적이 있다 해도 모험가의 토벌 방식이 우리와 같을 거라고는 할 수 없습니다. 여기서는 젤피에게 확실하게 확인을 해보도록 하죠. ……내키지는 않습니다만.』

부들부들 떨면서 나를 노려보는 젤피 씨에게 여러모로 물어볼 필요가 있는 것 같다. 좀 봐줬으면 좋겠다.

호킨스 씨가 말을 이었다.

"미궁의 추가정보입니다만, 역시 소규모군요. 숲속에 발생한 미궁으로, 계층은 없고 넓은 미궁인 모양입니다. 마물의 종류도 고블린이나 오크, 그리고 곤충류가 몇 종류 확인되었다는 보고가 있었습니다. 미궁 안의 변화는 소규모라고 합니다. 단, 자주 변화가 일어난다고 하니 조심할 필요가 있겠죠."

미궁의 규모— 그건 넓이가 아니라 계층을 의미하는 것이다. 지상, 지하로 퍼지는 미궁은 10층 정도 되면 중규모로 불린다. 50을 넘어가면 대규모 취급이다. 이번 미궁의 계층은 하나. 아무리 넓다 해도 규모는 작다고 판단하게 된다.

또한, 잊어선 안 되는 것이 미궁 안의 변화다. 미궁은 내부를 바꿔서 사람이 공략하기 어렵게 만든다. 이번 미궁은 통로나 방의 변화는 작지만 빈번하게 변화가 일어나므로 주의가 필요한 모양이다.

호킨스 씨가 자료를 보면서 차례차례 설명을 했다.

"이번에는 완전히 길드 주체의 토벌이 됩니다. 그 때문에 후방지원 말고도 종군 상인에게도 말을 걸었습니다. 길드의 공인은 바이런 씨 쪽에 있으니 그 밖의 사람들이 온 경우에는 그다지 이용하는 건 추천 드리지 않습니다. 뭐, 대다수의 상인은 다른 쪽 미궁에 모여 있으니 올 것 같지는 않지만요."

그걸 듣고 젤피 씨가 꺼림칙한 표정을 지었다. 종군 상인— 모험가나 용병, 영주의 군세를 따라다니며 미궁에서 장사를 하는 사람들이다. 가만히 있어도 모인다고 하지만, 지금은 다른 쪽 미궁에 몰려있는 모양이다. 규모로 따지면 다른 쪽 미궁이 더 크고 시간이 걸린다고 하니까.

"바이런 영감이 지휘하는 건가……."

아무래도 아는 사람인 것 같다. 젤피 씨의 모습을 봐서는 뭔가 문제가 있어 보이는 느낌이다.

호킨스 씨가 젤피 씨에게 주의를 주었다.

"어디까지나, 지휘하는 건 길드입니다. 그리고 이번에는 제가 직원 대표로서 참가합니다."

호킨스 씨도 참가한다는 걸 듣자 젤피 씨가 놀렸다.

"험상궂은 나리는 접수에 있는 쪽이 좋을 거라 생각하는데. 뭐, 이쪽으로서는 안심이지만 나리를 파견하다니 길드도 무슨 생각인지 원……."

호킨스 씨는 실은 모험가 상대의 억지력이라고나 할까, 위압감을 주기 위해 접수에 배치되고 있었던 것 같다. 본인도 신경 쓰고 있는지 「친절, 정중을 유의하고 있습니다만」이라며 어깨를 으쓱했다.

"현지에서도 무구 구입 등은 가능하지만 가격에는 주의해 주세요. 사전에 확실히 준비를 해두시길. 그리고 보물상자에 관해서입니다만, 손에 넣은 모험가에게 소유권이 주어집니다. 단, 마물의 소재나 마석에 관해서는 전부 길드 쪽에서 매입하도록 하겠습니다. 또한, 최심부 방의 재보에 관해서는 일부를 길드에—."

들어보니, 미궁 토벌의 특별단가라고 해서 마석이나 소재는 평소보다 싸게 후려친다고 한다.

라프 씨가 고개를 갸웃했다.

"보물은 찾아낸 녀석의 것, 그 이외의 평범한 벌이는 평소보다 싸게 매입한다는 거야?"

불만스러워 보이는 라프 씨에게 호킨스 씨가 설명했다.

"그 대신, 후방지원은 길드 쪽에서 맡겠습니다. 식사, 잡무에는 곤란하시지 않을 겁니다. 그걸 위한 비용이라고 판단해 주셨으면 합니다."

후방지원을 맡아준다면 길드에게도 보답이 필요하겠지. 내가 마음속으로 납득하자 라프 씨도 고민하면서 끄덕였다.

"그럼 다음 설명을. 출발 말입니다만, 일주일 후를 예정하고 있습니다. 현지 도착까지는 이틀 정도 걸리겠죠. 토벌기간은 예상으로는 2주일 정도가 될 겁니다.

론도 씨가 2주일이라고 듣고 놀랐다.

"규모가 작은데도 꽤 시간이 걸리는군요."

젤피 씨가 그런 론도 씨에게 설명했다.

"도착하고 나서 야영지 설영(設營), 그리고 물 확보나 주변의 안전 확보. 할 일이 많으니까, 도착하고 나서서 2주일 동안 얼마나 안에 들어갈 수 있을지 알 수 없어."

도착 후 바로 미궁 안에 들어가지는 않는 모양이다.

"출발까지만 해도 꽤 기간이 필요하네요."

내가 그렇게 말하자 호킨스 씨가 그쪽 설명도 해주었다.

"네, 실제로 안에 들어가는 모험가 분들은 50명 전후겠지만, 그 후방지원에는 200명에서 300명 가까운 인간이 움직이니까요. 이래 봬도 서두르는 편입니다."

그걸 들은 나는 놀라움을 감출 수 없었다.

보옥 안에서는 3대가 감탄했다.

『호오, 꽤 사람을 모으네. 뭐, 모험가 중에서 사람을 모으면 된다는 거겠지. 하지만 꽤나 후방지원이 충실하네.』

7대도 그쪽이 신경 쓰이는 모양이다.

『우리 때라면 인원은 좀 더 적었겠죠.』

아무래도 영주와 길드는 미궁 토벌에도 차이가 있는 것 같다.

호킨스 씨가 우리에게 자료를 나눠줬다.

"그럼, 이쪽에 세부사항을 정리한 자료를 준비했습니다. 확인해주세요."

모두 나눠준 호킨스 씨는 일이 있는지 서둘러 회의실을 나갔다.

레이첼 씨가 노웰에게 말을 걸었다.

"고마워, 노웰. 덕분에 우리도 미궁 토벌에 참가할 수 있겠어."

"네, 네에……."

쓴웃음을 지은 노웰에게는 이유가 있었다. 웃는 얼굴로 내게 다가오는 젤피 씨를 봤기 때문이다. 단, 젤피 씨의 눈은 웃고 있지 않다.

"라이엘, 설명해주겠어? 나는 안 된다고 했지?"

나는 도움을 요청하기 위해 주변에 시선을 보냈지만 다들 회의실에서 나갔다. 노웰은 아리아 씨와 소피아 씨를 데리고 가는 형태로 밖으로 나갔다.

레이첼 씨도 노웰의 등을 밀며 방을 나갔다.

마지막으로 나를 보면서 「힘내」라며 웃어줬다.

보옥 안의 역대 당주들에게 도움을 요청했지만, 여섯 명 모두 그럴 경황이 아니었다.

『기대되는군!』

『기대되네!』

『마음껏 벌어보죠!』

『귀여운 마물만 없다면 아무래도 좋아.』

『최심부 방에 드래곤이 있다면야.』

『적어도 그리폰 정도는 있어줬으면 좋겠군요.』

마지막으로 전원이 입을 모아서—.

『기대가 되는군요!』

—그렇게 말하며 떠들어댔다.

나는 젤피 씨에게 설교를 듣고, 최종적으로 밥까지 사주게 되었다.

제32화 은빛의 무기

미궁 토벌에 참가하는 게 정해진 우리는 젤피 씨의 지도하에 서둘러 준비를 진행하게 되었다.

장을 보러 나온 나는 메모를 보며 까먹고 사지 않은 게 없는지 확인했다.

인파가 많은 거리를 걸으면서 갈색 주머니에 든 식량을 봤다. 치즈 같은 보존하기 좋은 게 많다. 그 밖에도 여러 가지 것들이 들어있다.

"식사는 길드가 준비해주는 게……."

불만을 늘어놓으며 그것들을 구입하는 내게 역대 당주들의 반응은 갖가지였다.

2대는 젤피 씨의 의견을 따라야 한다고 말했다.

『경험자의 의견은 따라야 해. 그보다, 우리라고 해도 판단할 수 없는 부분이 많으니까.』

역대 당주들은 영주라는 입장에서 미궁 토벌을 한 적은 있어도, 모험가로서는 처음으로 참가하는 거다.

모험가의 방식을 모르기에 지시를 따르며 상황을 살피려는 것 같다.

6대는 사람이 모이지 않는 게 답답한 모양이다.

『한 마디 하면 사람이 모이는 우리와는 다른가.』

영주라는 입장도 있어서 그런지, 역대 당주들이 미궁 토벌을 선언하면 병사도 후방지원 인원도 영지 내에서 모였다고 한다.

나도 인원은 갖고 싶지만, 신용할 수 있는 인물은 론도 씨 일행 말고는 요청할 사람이 없었다.

그러던 때, 5대만이 다른 의견을 냈다.

『그건 그렇고, 「그것」을 시험해봐야 하지 않을까? 돌아오고 나서 이것저것 있어서 시험해보지 못했으니까. 미궁 토벌 전에 쓸 수 있는지 없는지 판단만큼은 해두고 싶어.』

그것— 초대가 내게 모든 아츠를 맡기고, 그리고 역할을 마치고 보옥 안에서 사라졌을 때 남긴 은빛의 무기, 대검을 말한다.

희귀금속으로 만들어진 보옥의 장식 부분. 어떤 금속을 써서 어떻게 가공했는지는 모르겠지만, 보옥이 무기로 변하는 것 같다.

초대가 아츠 말고 내게 남겨준 것들 중 하나다.

3대가 5대의 의견에 찬성했다.

『확실히 중요하네. 지금의 라이엘은 사브르를 무기로 삼고 있으니까, 튼튼한 상대에게는 대처할 수가 없어. 그 대검을 쓸 수 있다면 어느 정도의 상대는 문제가 없어질 거고.』

허리에 찬 사브르를 바라보며 생각에 잠겼다.

몇 번 무기를 변경하려고 생각해봤는데, 아무래도 발을 내딛지 못했다. 게다가 가장 익숙한 무기가 좋은 것도 사실.

실제로 칼날이 통하지 않는 상대에게는 마법을 사용하면 된다.

『성장』을 경험한 지금의 나라면 전투 중에 쓰러질 일도 없을 거다. ……없을 거라고 생각하고 싶다.

4대가 의견을 정리했다.

『그럼, 일 때문에 바깥에 나갈 때보다는 휴일이 더 좋을지도 모르겠군요. 노웸에게 권유해서 밖으로 나가볼까요.』

“노웸을?”

아리아 씨와 소피아 씨를 제쳐두고 노웸 한 명을 데려가는 이유를 알 수 없었다. 젤피 씨가 있다면 여러모로 어드바이스를 받을 가능성도 있다.

“일을 하고 돌아올 때 시험하는 느낌이면 안 되는 건가요?”

그러자 4대가 탄식을 내쉬었다.

『눈치가 나쁘군요, 라이엘. 덤으로 둘이서 외출을 하라는 겁니다. 뭐랄까, 피크닉 감각으로.』

노웸과 둘이서 외출을 하라는 것 같다. 그렇게까지 신경 쓸 필요가 있는지 고민하고 있는데, 5대가 내게 말했다.

『됐으니까 가. 평소부터 함께 행동하고 있긴 하지만, 이것과 그건 달라. 그래, 오늘은 날씨도 좋으니까 이대로 권유를 해봐.』

역대 당주들의 재촉을 받은 나는 장을 다 보고 노웸에게 권유해서 외출을 하기로 했다.

여관으로 돌아가서 짐을 놓은 나는 노웸을 데리고 도시 밖으로 나왔다.

먹을 것과 마실 것을 구입하고, 가벼운 차림으로 밖으로 나와 다리온 근처에 있는 경치 좋은 곳으로 가서 나무그늘에 앉아 이야기를 나눴다.

“뜻밖이었어요. 라이엘 님께서 권유를 해주시다니.”

기뻐하는 노웸을 보자 어째서인지 마음이 아팠다. 실은 역대 당주들의 재촉을 받아서 그렇다고는 말할 수가 없어서…….

“그, 그런가? 오늘은 날씨도 좋고, 예정도 끝났으니까.”

웃으며 얼버무리자 보옥 안에서도 놀리는 목소리가 들렸다. 2대부터 순서대로—.

『노웸, 꽤나 즐거워 보이네. 실은 기다렸던 거 아닐까?』

『라이엘은 낚인 물고기에는 먹이를 주지 않는 타입이야?』

『찔려버리시죠. 여자의 적 같으니라고.』

『……그런 태도는 좋지 않아.』

『뭐, 이쪽도 천천히 공부를 시키는 방향으로 가죠.』

『요즘은 아리아나 소피아에게 주의를 기울여서 노웸이 방치된 느낌이었으니까요.』

딱히 노웸을 방치하고 있다는 의식은 없었다. 단지, 매일매일 아침부터 밤까지 얼굴을 마주하고 있어서 신경을 쏟지 못했던 것도 사실이다.

마음속으로 반성하면서, 나는 노웸의 이야기를 듣기로 했다.

“그러고 보니, 요즘은 어때? 그 있잖아, 아리아 씨라든가 소피아 씨라든가? 얼마 전에 이런저런 일이 있었으니까, 최근까지 삐걱거리고 있기도 했고……."

바로 최근까지 두 사람과는 제대로 대화를 할 수 없었다.

특히 아리아 씨는 화가 난 건지 말도 들어주지 않는 상황이었다.

최근이 되어서 겨우 원래대로 돌아갔지만, 때때로 거리감을 느끼기도 한다.

노웸은 내 얼굴을 보며 곤란한 표정을 지었다.

그렇게 심각한 문제가 있었던 건가?

"뭐, 그게…… 아무리 저라도 옹호해드릴 수는 없어요. 그건은 아리아 씨가 화내는 것도 무리는 아니었으니까요. 아, 그래도 딱히 라이엘 님을 싫어하는 건 아닐 거예요. 아리아 씨도 소피아 씨도, 라이엘 님을 의식하고 있으니까요."

미움 받지 않는다는 걸 알게 된 것만으로도 고맙다.

삐걱거리는 상태로 일을 함께 하는 건 지치니까.

3대가 어이없다는 목소리를 냈다.

『달이 아름답네요, 에서부터 죽어도 좋다는 대답이 나왔는데 말 그대로의 의미로 받아들인 라이엘이 잘못이지. 그건 우리도 옹호해줄 수 없어.』

뭐가 잘못이었던 걸까?

역대 당주들에게 물어도 대답을 가르쳐주지 않았다.

"그건 다행, 일까? 뭐, 미움을 받는 건 역시 기분이 침울해진다고나 할까, 뭐랄까."

다리온에 오고 나서 친해진 사람들. 그런 사람들에게 미움을 받는 건 지금의 내게는 마음이 아프다.

노웰이 미소 지었다.

평소보다 가벼운 차림에다 조금 꾸미고 있는 노웰은 살짝 다른 것만으로도 신선하게 느껴졌다.

"이쪽은 딱히 문제가 없어요. 세 명이서 나름대로 친하게 지내고 있으니까요. 얼마 전에는 함께 외출도 했고, 처음보다는 마음을 터놓고 있어요."

셋이서 장을 보러 나가는 정도로는 사이가 좋아진 모양이다. 그걸 듣고 안심하자 5대의 목소리가 들렸다.

『말 그대로의 의미로 받아들이지 마.』

어딘가 실감이 담긴 한 마디.

그래도 세 사람이 친하게 지내는 것은 좋은 일이니 기뻐해두자.

"그래. 다행이네."

"네. 그러니까 안심해주세요, 라이엘 님."

그대로 잡담, 아니 이런저런 것들을 이야기하던 중에 노웰이 앞으로의 예정을 물었다. 다리온에서 지도 기간이 끝을 맞이하면 싫어도 앞으로의 방침이 중요해진다.

"라이엘 님. 이대로 다리온에 한동안 머무르실 건가요? 금전적으로는 여유가 있으니, 지금의 저희라면 다른 곳에 이동해서도 살아갈 수 있을 거라 생각하는데요."

극단적으로 특수한 기능이 필수적인 토지를 제외하면 지금 멤버들로 어디를 가든 나름대로 성과를 얻을 수 있을 거다.

다리온은 신참 모험가들에게는 다정한 도시다. 그러나 말을 바꿔 보면 어느 정도 실력을 가진 모험가에게는 부족한 도시이기도 하다.

나는 하늘을 올려다보며 대답했다.

"아직 정하지 못했지만, 지도 기간이 끝나면 다리온을 나가려고 생각 중이야. 벤틀러 씨도 그러길 바라는 것 같고."

벤틀러 씨에게 백작가의 전 적자인 나는 성가신 녀석이다. 계속 눌러앉아 있는 걸 바라지는 않겠지.

그러자 노웸이 어떤 제안을 했다.

"그럼, 다음에는 학술도시를 추천할게요."

"학술도시? ……아람사스 말이야?"

학술도시 아람사스는 반세임 왕국의 지배하에 있는 특수한 도시다. 영주가 없는 것도 그렇지만, 최대의 특징은 미궁을 보유하고 있다는 것이다.

학술도시라 불리는 만큼 학원이라는 교육기관도 존재한다.

"어? 다음에는 학원에라도 입학하라고?"

내가 그렇게 묻자 노웸은 고개를 가로저었다.

"아뇨, 아무리 그래도 금전적으로 여유가 없어요. 헛수고라는 생각은 들지 않지만, 입학해서 몇 년이나 배우는 건 금전적으로 어렵겠죠."

그럼 어째서? 그렇게 생각하던 중 노웸이 이런저런 것들을 알려주었다.

"아람사스는 학원이 유명하지만, 그 밖에도 도서관이나 서

당이나 도장 등을 목적으로 사람이 모인다고 해요. 모험가에 필요한 기능을 알려주는 서당이나 도장도 많으니까, 미궁에 도전하면서 뭔가를 배우기에는 알맞지 않을까요?"

거기서 도서관이라는 말을 들은 3대가 달려들었다.

『역시 도서관은 매력적이지.』

7대가 떠올리면서 설명했다.

『영주가 없는 것도 희귀한 사례지만, 그곳은 조금 별난 미궁을 보유하고 있을 겁니다. 학자가 많고, 그런 이들이 모여 도시를 만들었기에 학술도시가 되었다고 들었습니다.』

그걸 들은 3대가 내게 말했다.

『라이엘! 아람사스로 가자! 분명 그곳에서 많은 걸 배울 수 있을 거야! 뭣하면 장기 체류도 시야에 넣자!』

이 사람, 자기가 책을 좋아한다고 내게 아람사스를 권유했다.

2대가 조금 어이없어했다.

『그보다도, 다리온보다는 조금 살기 힘든 도시로 이동하는 편이 낫지 않을까?』

다리온보다 살기 힘들다는 건 모험가로서 일하기 쉬운 도시라는 거겠지.

나는 노웸에게 대답했다.

"생각해볼게. 하지만, 아람사스라……."

이미지로는 학자가 많고, 그곳에서 배우러 오는 귀족 자제 등이 많다는 것이 개인적인 감상이다.

다음 활동 장소로 고르지는 않는다 해도, 언젠가는 들러보는 것도 나쁘지 않을지도 모른다.

"라이엘 님. 그러고 보니 또 하나 용건이 있으시지 않은가요?"

노웹의 말에 바로 정신을 차리고 일어나면서 보옥을 움켜쥐었다. 너무 느긋하게 있어서 당초 목적을 잊어버릴 뻔했다.

"맞아. 이걸 시험해볼 예정이었어."

노웹은 내가 가진 보옥을 사랑스럽다는 듯이 바라봤다. 그리고 여러 가지를 가르쳐주었다.

"희귀금속 중에는 형태를 바꾸는 것이 있다고 들었어요. 라이엘 님이 가지신 『옥』의 장식 부분도, 어쩌면 그런 부류일지도 모르겠네요."

"그래? 듣기로는 폭스즈가에서 헌상 받은 거라고 하던데."

7대가 그런 이야기를 했었다. 헌상 받은 희귀금속을 써서 가보인 옥에 장식을 달았다고.

노웹이 곤란한 표정을 지었다.

"저도 거기까지는 듣지 못했어요. 죄송합니다."

꽤나 예전 일이니까 모르더라도 어쩔 수 없을지도 모른다.

"잘 될 거라고는 생각하지만……."

그렇게 말한 나는 그늘에서 나와 노웹에게서 거리를 벌렸다. 뭐가 일어날지 모르니까 일단 떨어졌다.

보옥을 오른손에 쥐고 거기서 대검을 이미지했다.

초대가 남겨준 참마도 같은 대검을 세세하게 이미지하자 보옥이 뜨거워지는 것이 느껴졌다.

사슬이 목에서 풀리고 오른손에 얽히면서 점차 목걸이의

무게가 아니게 되어갔다. 오른손을 앞으로 내밀자 은빛 금속이 꿈틀대며 형태를 갖췄다.

『이건 또, 꽤나…….』

목걸이의 금속량과 눈앞에서 대검의 형태를 취해가는 은빛 금속— 총량이 명백하게 달라서 그것만으로도 놀라웠다.

그리고 잠시 지나자, 보옥이 박힌 대검이 모습을 드러냈다. 초대가 사용하던 대검과 비슷한 부분이 많고, 보옥 안 원탁의 방에 떠있는 대검 그 자체다.

한손으로 들 수가 없어서 왼손을 뻗어 양손으로 잡고 대검을 들어올렸다.

태양빛을 받아 반짝이는 대검을 올려다봤다. 내 키만 한 대검은 무척이나 믿음직한 모습으로 보였다.

"굉장해. 게다가 손에도 잘 맞…… 응?"

바로 이변을 깨달았다.

"잠깐, 잠깐만!"

자루를 양손으로 움켜쥐고 있는데도 대검이 혼자 멋대로 떨렸다. 마치 날뛰는 것처럼 무게를 늘리면서 내게서 마력을 빨아들였다.

2대가 당황했다.

『이봐, 뭐야 이건—.』

3대가 냉정하게 내게 지시를 내렸다.

『라이엘. 바로 해제해. 상태가 이상— 앗!』

대검은 내 마력을 모조리 빨아들이고 있었다. 역대 당주들의 목소리가 끊어졌다.

무게나 진동을 견디지 못하고 칼끝을 바닥에 내리려고 하자, 마력을 빨아낸 대검이 나를 무시하고 힘차게 지면에 격돌했다.

무지막지한 소리를 내며 지면이 파이고, 흙이 튀고, 충격으로 지면이 흔들리는 기분이 들었다. 흙을 뒤집어써서 진흙투성이가 되었지만 그런 걸 신경 쓸 여유는 없었다.

"라이엘 님!"

멀리서 노웸이 나를 부르는 목소리가 들렸지만 그때는 이미 대검은 보옥의 모습으로 돌아갔고, 나는 파인 지면 위에 쓰러졌다.

보옥 안에서는 역대 당주들의 목소리가 들려오지 않았다.

오른손에 감은 사슬 부분. 그리고 손바닥에 들어간 보옥을 흐릿해지는 의식 속에서 바라봤다. 오랜만에 마력 고갈로 쓰러져버린 모양이다.

"……마력을 송두리째 빨아들여 버렸어."

내 말을 전혀 들어주지 않는 의지를 가진 대검은 위력은 있어도 다루는 게 어려운 무기였다.

저녁.

정신이 들자 나무그늘에서 노웸이 무릎베개를 해주고 있었다.

"괜찮으신가요? 라이엘 님."

걱정하는 노웸이 이마를 어루만졌다. 몸은 땀범벅, 피로가

심하다. 그래도 일어서지 못할 정도는 아니었다.

"……얼마나 정신을 잃고 있었어?"

주변이 오렌지색으로 물들고 있어서 꽤 시간이 지난 것처럼 느껴졌다. 노웸은 안심한 듯이 웃으면서 대답했다.

"세 시간 정도일 거예요."

나는 세 시간이나 정신을 잃고 있었나. 그 사이에 노웸이 줄곧 간병을 해준 모양이다.

미안한 기분이 들었다.

"내가 권유했는데, 폐까지 끼치고…… 미안."

그렇게 말하자 노웸은 고개를 가로저었다. 반짝이는 듯한 갈색 머리는 오렌지색 빛을 받아서 평소와 다른 인상을 받았다.

"아뇨. 저도 즐거웠으니까요. 단지, 그 무기는 가급적 사용하지 않는 편이 좋을지도 모르겠네요. 보아하니 폭주하는 것 같았으니까요."

손에 잘 맞고 파괴력도 있는 은빛의 대검. 그러나 다루기가 힘들고, 마력을 있는 대로 빨아들이는 성가신 무기다.

나는 눈을 감았다.

문제가 있는 대검과 초대의 모습이 겹쳐보였다.

"잘 쓸 수 있으면 편해질 텐데. ……한동안, 연습해볼게."

아직 마력이 회복되지 않은 건지 보옥에서 역대 당주들의 목소리는 들리지 않았다.

노웸이 걱정해줬다.

"너무 무리는 하지 말아주셨으면 좋겠는데요."

나는 상반신을 천천히 일으켰다.

"하지만, 이대로 있을 수도 없으니까."

처음에는 편리한 무기가 늘어났다고 생각했지만, 아무래도 이 은빛의 대검은 문제가 많다. 지금의 내가 사용하면 확실히 쓰러지고 만다.

어찌어찌 일어나서 그대로 심호흡을 했다.

대검의 일격으로 파인 곳을 보며 머리를 긁적였다.

"좀 더 떨어진 곳에서 시험해보지 않으면 안 되겠네."

일격의 위력은 매우 강력해서, 그곳에는 몇 미터 규모의 크레이터가 생겨나 있었다. 아직까지 발밑이 휘청거리는지라 노웸이 일어나 나를 부축해주었다.

"괜찮으신가요? 아직은 쉬시는 편이 좋지 않을까요?"

나는 고개를 가로저었다.

"아냐, 됐어. 돌아가면 천천히 쉴게. 목욕탕에도 들어가야지."

전신이 더러워져서 옷을 살짝 털자 모래가 바닥에 떨어졌다.

노웸의 부축을 받으면서, 나는 탄식을 내쉬며 내심 중얼거렸다.

마음대로 되지 않는 일들밖에 없네.

—다리온의 거리는 새로 탄생한 미궁 이야기로 들끓고 있었다.

모험가들이 이용하는 술집에는 일확천금을 꿈꾸는 젊은 모험가들이 미궁 토벌에 참가할 수 있겠다면서 크게 기뻐하며 떠들어댔다.

그런 모습을 젤피가 씁쓸한 심정으로 보고 있었다.

"태평하기도 하지. 이쪽은 예상 밖의 참가로 골치가 아픈데."

술을 들이킨 젤피는 컵을 테이블에 내리꽂듯이 놓았다. 누구의 눈으로 봐도 기분이 좋지 않은 게 명백해서 다가오는 사람이 없었다.

그저, 분위기를 읽지 않은 한 중년 모험가가 다가올 때까지는 말이다.

"왜 그래. 괜찮아. 젊은 애들은 그 정도가 딱 좋다고. 어설프게 약삭빠르면 멋대로 자신의 한계를 정해버려서 성장을 못하니까."

다소의 무모함은 필요하다며 웃고 있는 남자는 대릴이었다. 젤피에게 다가가서 함께 술을 마셨다.

"아니면 문제라도 있는 거냐? 꽤 유능한 녀석으로 보이던데."

대릴은 라이엘을 보고 유능한 녀석이라는 인상을 받은 모양이었다. 그것 자체는 젤피에게도 기쁜 일이다.

자신이 단련한 모험가가 인정을 받은 거니까.

"미덥지 못한 부분도 많긴 하지만. 그래도 할 때는 하는 녀석이니까, 이번 일도 뭔가 생각이 있었던 거겠지. 하지만, 아직 일러."

젤피는 딱히 심술로 미궁 토벌 참가를 반대한 게 아니다.

실제 문제로서, 이제 막 탄생해서 정보가 적은 미궁은 위험이 많다. 게다가 평범한 마물 토벌과는 다른 면도 많다. 다른 파티와 합동으로 움직일 필요도 있다. 라이엘은 그런 경험이 압도적으로 부족했다.

대럴이 입을 크게 벌리며 웃었다.

"젤피 아가씨도 옛날에는 무리만 하고 있었는데 말이지. 이야~ 그립다니까."

젤피가 신인이었을 무렵부터 대럴은 모험가로서 베테랑이었다. 원래대로라면 다른 도시로 떠나더라도 이상하지 않은 실력을 당시에도 갖고 있었다.

그러나 대럴은 다리온에서 나가지 않았다.

"옛날이야기라니 노인네 같잖아."

젤피가 놀리자 대럴은 술을 한 모금 마시고 다시 웃었다.

"그야 그렇지. 내 아들들도 독립해서 가정을 가졌으니까. 이제 손주도 있으니, 나도 할아버지라고."

그걸 들은 젤피가 뭐라 말 못할 표정을 지었다.

'40대에 손주도 있는 거냐. 나는 이제 겨우 결혼하는데.'

이야기를 돌리기 위해 젤피는 대럴에게 물었다.

"그런 할아버지가 언제까지 현역을 계속할 셈이야? 몸도 여러모로 한계에 가까울 텐데."

모험가들로 북적대며 시끄러운 술집에서 대럴은 젤피에게 대답했다.

"역시 수입도 나빠지긴 했지. 하지만, 얼마 전에 길드에 그만두겠다고 상담을 했더니 지도원이 되지 않겠느냐는 말을 들었었거든. 젊은 녀석들을 몇 쌍 정도 지도했는데, 그것도 힘들어졌어. 그러니까 이번 일로 은퇴야."

싱글벙글 웃으며 은퇴를 입에 담은 대럴에게 젤피는 추가로 술을 주문해서 다음 말을 물었다.

"앞으로의 예정은? 이제 노후는 느긋하게 지낼 생각이야?"

"그래, 지금 단련하고 있는 녀석들이 이번 미궁 토벌을 끝으로 내 지도에서 풀려나거든. 그걸로 끝이지. 은퇴하면 병사라도 될까 생각 중이야. 영주님에게서 길드를 통해서 이야기가 왔어. 문지기나, 어느 대기소에서 대기하는 나날이겠지."

대럴 정도로 경험 풍부한 모험가도 드물고, 행실도 평판도 좋으므로 영주가 병사로 고용할 생각인 모양이었다.

젤피는 그걸 듣고 조금 안심했다.

세상에는 은퇴하고 나서 밥줄이 끊어지는 모험가도 적지 않기 때문이다.

"그래. 그건 다행이네."

축하의 뜻으로 술이라도 살까 생각했는데, 대럴이 젤피에게 물었다.

"그런데 아가씨. 네 쪽의 젊은 녀석들과 내 쪽의 젊은 녀석들…… 어느 쪽이 위라고 생각해?"

놀리는 듯한 대럴의 말에 젤피는 라이엘 일행을 떠올리고 즉답했다.

"이쪽이겠지. 경험 부족이긴 해도 그걸 보충하고도 남을 만큼 재능이 넘쳐나. 마법사가 두 명, 그 중 한 명은 전문, 한 명은 검사야. 남은 두 명도 아츠 소유자. 이놈이고 저놈이고

다 우수하다고.”

바로 얼마 전까지 도랑 청소나 마물 해체에 울상을 짓던 미덥지 못한 라이엘 일행. 그러나 최근에는 모험가다워졌다.

대럴은 히죽거리고 있었다.

“뭔데?”

“아니, 내 쪽은 그야말로 재능 같은 게 있는지 없는지 모르겠어. 하지만, 그 녀석들 꽤 괜찮다고 생각하거든. 뭐, 단련을 시켰으니까 정이 붙어서 그렇게 생각하는 걸지도 모르지만. 어때? 다음 미궁 토벌, 어느 쪽이 보다 성과를 내는지 승부해보지 않겠어?”

대럴이 승부를 신청하자 젤피가 꺼림칙한 표정을 지었다.

‘이 녀석한테 내기에서 이겨본 적이 없단 말이지.’

옛날부터 젤피는 내기에서 대럴에게 이겨본 적이 없었다. 그걸 떠올리고, 승부를 신청한 대럴이 승리를 확신하고 있다는 것을 깨달았다.

‘뭐, 라이엘 일행은 조금 뼈아픈 경험을 해보는 게 좋을지도. 지더라도 은퇴 기념으로 한 턱 내는 거라고 생각하면 나쁘지 않아.’

“좋아. 그 승부…… 받아주겠어.”

이렇게 대럴이 단련한 모험가 파티와 라이엘 일행의 경쟁이, 떠들썩한 술집 한구석에서 결정되었다.

제33화 미궁 토벌 개시

몇 대나 되는 짐마차나 짐차가 대열을 이루고, 수많은 인간들이 이동했다.

내리쬐는 태양. 정체된 공기. 말과 그 분뇨 냄새.

도중까지는 가도를 나아갈 수 있었지만, 미궁이 사람의 편리성을 고려해서 탄생하는 것도 아닌지라…….

“하나~ 둘!”

나, 론도 씨, 라프 씨 세 명이서 바퀴가 끼어버린 짐마차를 뒤에서 밀어서 움직이려 했다.

걷기 힘든 초원은 푸른 풀들이 허리 부근까지 자라나 있었다.

“바퀴에 잡초가 끼네.”

론도 씨가 땀을 닦으며 바퀴가 부서지지 않았는가를 확인하고, 얽힌 풀을 단도로 잘랐다. 주변을 둘러보자 마찬가지로 곤란해 하는 짐마차가 많았다.

경계를 위해 주변을 둘러보자 소피아 씨가 마실 것을 가져와주어서 론도 씨 쪽에도 나눠줬다.

“받으세요.”

“고마워요.”

받아서 단숨에 마시자 조금 기분이 편해졌다.

보옥 안에서는 2대의 어이없어하는 목소리가 들려왔다.

『미리 풀을 치워놓든가, 그런 방법은 얼마든지 있었을 텐데 말이야.』

4대는 조금 다른 의견을 냈다.

『이동할 때 어차피 길이 생길 거라 생각한 게 아닐까요? 뭐, 확실히 효율은 나쁘다고나 할까, 뭐랄까.』

내 아츠를 사용해서 지나가기 쉬운 곳을 찾는 건 가능하다. 그러나 주변에도 사람이나 짐마차가 있기 때문에 우리만 따로 행동할 수는 없다.

빌릴 수 있었던 짐마차에는 우리가 사용할 짐이 실려 있었다. 물이나 식량, 갈아입을 옷에 필요한 도구, 그리고 예비 무기 등등.

5대는 조금 전부터 짜증을 내고 있었다.

『계획이 너무 안 좋은 거 아냐? 먼저 도착한 녀석은 뭘 하고 있는 거지? 조금쯤은 뒤에 오는 녀석들을 생각해줬으면 좋겠네.』

조사를 위해 모험가 파티가 선발대로 갔다고 들었다.

나아가지 못하는 집단. 확인을 위해 선두 집단으로 갔던 젤피 씨가 돌아오면서 손을 옆으로 흔들었다.

"한동안 휴식이야. 선두 짐마차 몇 개를 못 쓰게 됐어. 말에 슬라임이 달라붙어서 날뛰었다고 하지 뭐야. 아아, 정말 최악이네."

예정으로는 오늘 낮에는 이미 도착해야만 했는데, 지금이 그 낮이다.

"먼저 사람을 보내서 지나가기 쉬운 길을 확인하는 편이 낫지 않았을까요?"

내 의견에 젤피 씨도 찬성했다. 찬성은 했지만 코웃음을 쳤다.

"그 녀석들의 지시를 따라서 이동했더니 이런 결과가 된 거야. 정말이지, 문외한들을 쓰지 말았으면 좋겠어."

근처의 바위에 앉은 라프 씨가 젤피 씨에게 물었다.

"먼저 미궁에 도착한 녀석들은 뭘 하고 있는 거죠?"

젤피 씨는 소피아 씨에게서 물을 받아서 단숨에 마시고는 입가를 닦으며 대답했다.

"그쪽은 센트럴에서 파견된 모험가 파티야. 이것저것 조사 관련으로 우수한 마구를 가지고 있긴 하지만, 기본적으로 해주는 건 미궁 조사지 잡일이 아니라더라."

센트럴에서 온 것은 특수한 기능을 가진 특별한 모험가들이며, 아무래도 이쪽이 부탁해서 와준 입장인 모양이다.

잡일 같은 걸 해줄 리가 없다는 뜻이다.

7대가 코웃음 쳤다.

『흥, 역시 모험가 따위는 못 써먹겠군.』

3대도 같은 의견이었다.

『7대의 경우는 편견이 심하지만, 나도 같은 의견이야. 어차피 길이 생긴다든가, 헛수고라든가 생각하지 말고 제대로 해줬으면 좋겠어.』

4대가 살짝 웃었다.

『뭐, 현장에서는 필수인 부분도 서류로만 보면 헛수고처럼 보이는 것이 많으니까요. 무슨 일이건 최고의 결과가 최적이라고는 할 수 없는 법입니다.』

최고의 결과가 최적은 아니라는 말에 나는 고개를 갸웃하고 싶어졌다. 그보다도 움직이지 않는 집단이 언제 움직이기 시작할까…… 그게 신경 쓰였다.

우리 후속 짐마차는 무척 커다랗고 훌륭했다. 그리고 그곳에서 사람이 내려왔다.

"뭐지?"

론도 씨가 놀라고 있었다. 라프 씨도 마찬가지고, 나도 똑같았다.

내려온 사람들은 저마다 기지개를 켜거나 어깨를 풀고 있었다. 놀란 이유는 전원이 여성이었으며 모험가다운 차림을 하고 있지 않았기 때문이다.

화려한 드레스 차림. 추가로 가슴이 트였고, 그 중에는 허벅지까지 보이는 슬릿이 들어간 드레스를 입은 여성도 있다.

우리가 놀라서 보고 있는데 또 한 명— 이번에는 남성이었지만 노인이 내려왔다. 모자를 쓴 작은 체구의 노인은 부드러운 표정으로 내게 말을 걸었다.

"실례. 여자아이들도 지루한 것 같아서. 밖으로 나와서 기분 전환을 시켜주고 있는 거라네. 그런데, 아직도 전진할 수 없을 것 같은가?"

노인의 질문에 내가 당황하며 대답했다.

"네?! 아아, 네. 선두에서 짐마차가 못 쓰게 된 것 같아서,

한동안 움직이지 못하는 것 같아요."

노인은 모자를 벗고 이마를 눌렀다.

"그건 곤란한데……. 이크, 자기소개를 하지 않았군. 나는 【바이런】. 이 집단에 종군 상인으로 따라왔지. 뭔가 볼일이 있다면 말을 걸어주게나. 식량부터 무기, 술, 그 밖에도 뭐든지 갖추고 있으니까."

바이런이라는 이름을 댄 노인은 엄지로 자기 뒤에 있는 짐마차를— 아니, 창녀들을 가리켰다.

6대가 웃었다.

『호오, 저건 참 꽤…….』

5대는 어이없어했다.

『이 녀석은 정말이지……. 라이엘. 조심해. 이런 상인이 다루는 상품은 뭐든지 가격이 평소보다 비싸니까. 몇 할 정도가 아니라 배의 가격을 붙이는 녀석도 있어.』

바가지? 그렇게 생각하고 있는데 젤피 씨가 이쪽을 눈치챈 모양이었다.

"너, 바이런 이 빌어먹을 영감!"

거친 욕설을 내뱉은 젤피 씨에게 놀랐지만, 바이런 할아버지는 웃었다.

"뭐냐, 젤피로군. 네가 있다는 건, 네가 단련시키고 있는 젊은이들인가?"

성큼성큼 걸어온 젤피 씨는 쉬고 있는 창녀나 바이런 할아버지에게 시선을 보내면서 굳어진 미소를 지었다.

"오도 가도 못하는 와중에 장사 선전이신가? 고생도 많으시지."

"나 같은 상인은 매일의 노력이 중요하거든. 게다가 젊은 녀석들의 스트레스 발산은 중요하지 않겠나."

바이런 할아버지의 말에 6대가 웃으면서 동의했다.

『바로 그거야! 중요한 일이라고.』

그걸 듣고 5대와 7대가—.

『칫!』

『정말로 열 받는 소리로군요.』

6대…… 여성관계에서 뭔가 문제라도 안고 있었던 건가? 뭐, 역대 당주 중에서 가장 잘 놀았을 것처럼 보이는 것도 사실이다.

언젠가 물어보려고 생각하고 있는데, 젤피 씨가 노웸 쪽을 불렀다.

그렇게 노웸, 아리아 씨, 소피아 씨, 레이첼 씨— 네 사람을 세워놓고는 바이런 할아버지를 손으로 쫓아내는 동작을 취했다.

"이쪽은 그런 건 충분하다고."

바이런 할아버지가 네 사람을 보며 웃었다.

"이거 실례. 하지만, 상품은 그 밖에도 있지. 마음이 내키면 들러주게나."

바이런 할아버지는 손을 흔들며 다른 짐마차 집단으로 향했다. 창녀들도 바이런 할아버지에게 맞춰서 이동했다.

아무래도 정말로 선전 목적이었던 것 같다.

"놀랐네."

"정말이야."

론도 씨와 라프 씨가 그렇게 말하자 레이첼 씨가 뺨을 실룩거렸다.

"그런 것치고 두 사람 다 뚫어져라 보고 있던데?"

두 사람이 레이첼 씨에게 변명을 시작하자 젤피 씨가 우리에게 주의를 줬다.

"종군 상인에게 이것저것 조달할 때는 잘 생각해 봐. 경우에 따라서는 정가의 두 배에서 세 배로 뛰는 것도 가능하니까. 벌어들인 돈을 빨리지 않도록 주의하라고."

역대 당주들과 똑같은 말을 하니까 분명 틀림없는 거겠지.

단지, 위험한 곳인지라 딱히 근처에 물건을 살 수 있는 곳은 없다. 이용하려면 바이런 할아버지 쪽밖에 없을 것 같다.

소피아 씨는 현재 상황을 받아들이지 못했는지 아리아 씨에게 물었다.

"저기, 조금 전 여성분들은……."

아리아 씨가 당연한 듯이 대답했다.

"창녀야. 그보다, 여기까지 와서 장사를 하는 근성은 대단하네."

창녀라는 말을 듣자 조금 전 이야기를 떠올렸는지 소피아 씨가 나를 바라봤다. 귀까지 새빨개져서 입을 뻐끔거리고 있었다.

"라, 라이엘 공도, 서, 설마 이용, 이용하시는 건가요!"

그런 소피아 씨에게, 들릴 리가 없는데도 대답한 것은 3대였다.

『유감! 라이엘에게 그럴 배짱은 없어.』

확실히 이용해본 적은 없지만 그런 식으로 말하면 아무래도 화가 난다.

"이용해본 적은 없어요."

그러자 소피아 씨는 안도했다. 왜 저러지?

노웰은 곤란한 듯이 웃으면서 주변을 보며 말했다.

"슬슬 움직이려는 것 같네요. 여러분, 준비를 할까요."

선두 집단이 움직였다. 우리는 휴식을 마치고 이동을 재개하게 되었다.

저녁.

늦게나마 목적지에 도착한 우리는 야영 준비에 들어갔다.

텐트를 치고, 짐을 확인하며 내리고, 그리고 식사를 했다.

음식을 담당한 것은 이동을 포함한 미궁 토벌 기간 중에 길드에서 수배해준 요리사였다.

단지, 식사 내용은 솔직히 말해 심각했다.

채소와 콩 수프에 딱딱한 빵뿐.

사치스러운 소리를 하면 끝이 없겠지만, 그렇다 해도 심각하다고밖에 할 수 없다. 무엇보다 양이 적었다.

"왠지 적은 것 같은데……."

불만을 늘어놓자 젤피 씨가 나를 노려봤다.

"그러니까 이것저것 사놓으라고 한 거야. 그보다도, 요리사를 원망하지 마. 그쪽도 평소에는 좀 더 맛있는 밥을 만들 수 있어. 이런 환경에다 제대로 된 식재료도 없으니까 이렇게 되는 거야."

주변을 돌아보자 숲이 무성하고, 바위가 굴러다니고, 근처에는 작은 숲이 있다. 마을도 없고, 물가도 멀다.

론도 씨가 어깨를 떨궜다.

"가장 가까운 강까지 몇 킬로미터라고 들었는데, 5킬로미터에서 6킬로미터는 되는 것 같아. 물을 뜨러 가는 것만으로도 큰일이야."

젤피 씨가 덤덤히 설명해주었다.

"근처에 물가가 있어서 사람이 살 수 있을 것 같으면 이대로 개척까지 하는 게 일련의 흐름이지. 하지만, 이렇게 살기에 적합하지 않은 장소라면 미궁 토벌 후에는 철수하며 끝이야."

그러나 2대에 한해서 말하자면 좀 달랐다.

『……깊은 숲속까지 들어가면 물가도 있을 것 같긴 하지만, 찾아서 쓸 수 있나 확인하는 것도 귀찮겠군.』

뭐, 있어도 물을 뜨러 가는 건 내 일이 아니다.

그쪽은 후방지원을 위해 고용된 모험가들이 담당하고 있다. 미궁에 도전하는 모험가들은 잡일을 하지 않을 수 있다고 한다.

"자, 그럼 내일의 설명을 할까. 내일은 본격적인 미궁 토벌 전에 조사대의 보고를 들을 거야. 그 후에는—."

젤피 씨의 설명을 들은 나는, 그런 일을 하면 미궁을 자극하지 않는지 의문으로 생각했다.

다음날.

미궁 토벌 첫날을 맞이했다.

미궁의 세부사항을 확인한 우리는 역할을 정하고 미궁 입구에서 대기하고 있었다.

40명에 가까운 모험가가 미궁 앞에 기다리고 있는 것은, 마물들이다.

함정을 설치하고, 입구 주변에서 일부러 소란을 일으켜서 마물들을 끌어낸다. 그렇게 나온 것들을—.

"온다!"

이름 모를 모험가의 큰소리를 계기로 노웸은 지팡이를 들고 마법 준비에 들어갔다. 레이첼 씨도 마찬가지다.

남은 이들은 무기를 들고 대기했다. 미궁 입구— 나무들이 마치 문을 형성하듯이 얽혀있는 부자연스러운 입구에서 다섯 명의 모험가가 뛰쳐나왔다.

직후, 입구에서 고블린에 오크, 그리고 곤충형 마물이 우글우글 나왔다.

거기서 화살을 겨눈 모험가, 마법을 준비하던 마법사들이 일제히 공격을 날려서 마물들을 날려버렸다.

살아남은 마물은 없는 것 같아서 우리는 어깨의 힘을 뺐다.

"……아침부터 이것의 반복이네요."

그랬다. 아침부터 이 행동을 몇 번이나 반복하며 수많은 마물을 쓰러뜨렸다. 미궁을 자극하지 않도록, 그리고 단숨에 날려버린다.

확실하게 미궁 안의 마물들은 줄어들겠지만, 이걸로 괜찮은지 고개를 갸웃하고 싶어진다.

보옥 안.

5대는 그 광경을 보고는—.

『토벌 방법 자체는 그다지 변함이 없네.』

그런 말을 중얼거렸다.

후방을 보니 고급스러운 천으로 만든 로브에 보석을 덕지덕지 붙인 모험가가 손가락으로 가리키며 뭐라 지시를 내리고 있었다.

그걸 확인한 모험가가 이쪽으로 와서 지시를 전했다.

"종료다. 이걸로 미궁 안의 마물 숫자는 줄었다. 내일부터 본격적인 미궁 토벌이다. 그리고, 일부 파티 말고는 이대로 인근의 안전 확보를 위해 마물 토벌을 가줘."

첫날은 주변에 있는 마물 토벌도 우리의 일인 모양이다.

야영지 주변에는 파수꾼을 맡은 모험가들도 있다. 그러나 어디까지나 파수꾼이라, 그다지 야영지에서 움직이지는 않으려는 모양이었다.

"왠지, 상상했던 것과 달라."

내 말에 론도 씨도 쓴웃음을 지었다.

"뭐, 덕분에 미궁 안의 마물이 줄어서 효율적이기는 하지만 말이야. 그건 그렇고, 여기서 손에 넣을 수 있는 소재나 마석은 전부 길드 몫인가."

아침부터 100을 넘는 마물과 싸웠고, 그것들은 전부 길드의 몫이 되었다. 뭐, 누가 쓰러뜨렸는지 알지 못하는 상황인지라 분배 같은 걸로 다투는 것도 바보 같으니 이러는 편이 좋을지도 모른다.

젤피 씨가 검을 넣고, 방패를 짊어지고는 우리에게 지시를 내렸다.

"자, 당장 할당된 곳으로 가자. 라이엘, 마물을 찾아봐."

지시대로 아츠를 사용했다. 보옥이 약간 열을 띠는 느낌이 들었다.

5대의 아츠【맵】.

6대의 아츠【서치】.

두 개의 아츠가 내 머릿속에 주변 지도와 붉은색과 푸른색, 그리고 노란색 광점이 꿈틀대는 광경을 보여줬다.

푸른색은 아군, 붉은색은 적— 노란색은 어느 쪽도 아닌 경우다.

"이쪽이네요. 숫자는…… 전부 열여섯이고요."

아리아 씨와 소피아 씨는 텐트 쪽에서 짐을 지키고 있다. 그 때문에 나, 젤피 씨, 노웸, 론도 씨 파티가 지금의 멤버였다.

라프 씨가 내 쪽을 봤다.

"라이엘의 아츠는 편리하네. 저기, 어떤 게 가능한 거야?"

그러자 레이첼 씨가 지팡이로 라프 씨를 살짝 때렸다.

"라프, 그건 매너 위반이거든. 상대의 아츠를 함부로 캐물으면 안 돼."

"알았다고."

론도 씨가 내게 사과했고, 나는 쓴웃음을 지으며 신경 쓰지 않는다고 답했다.

그렇게 이동을 개시하자 도중에 대럴 씨가 참가한 파티를 찾았다.

리더인 남성 모험가는 조금 곱슬한 보라색 머리를 가졌고, 가죽제 갑옷을 입고 금속제 방패를 들었다.

검과 방패의 전투 스타일은 젤피 씨와 똑같다. 금속제 방패에는 검에 날개가 달린 문장 같은 것이 그려져 있었다.

대럴 씨가 손을 흔들었다.

"그쪽도 힘내라고."

우리도 손을 흔들었지만, 대럴 씨와 행동을 함께 하는 모험가들은 우리를 발견하자 어째서인지 노려보고 있었다.

"뭐야, 저 녀석들?"

라프 씨가 의아한 듯이 말하자 젤피 씨가 입을 열었다.

"이크, 말하는 걸 잊었는데, 실은 내기를 했거든. 이번 미궁 토벌에서 어느 쪽이 보다 많이 버는가, 라는 내기야. 대럴이 단련한 모험가 파티와 경쟁하는 거니까 힘내라고."

느닷없이 그런 말을 하면 반응하기 곤란하다.

"저기, 갑자기 그러셔도 어떻게 해야 할지 모르겠는데요."

내가 당혹스러워하던 와중, 보옥 안에서는 6대가 웃고 있었다.

『괜찮아. 경쟁 상대가 있는 게 즐거우니까. 그건 그렇고, 내

일부터 본격적인 미궁 토벌이로군요.』

5대는 평소처럼 텐션이 낮다.

『그러게. 뭐, 처음에는 상황을 지켜볼까. 느닷없이 정답을 알려줘도 시시하고, 모험가의 방식도 있을 테니까.』

2대도 같은 의견인 것 같았지만—.

『그 전에 미궁에 익숙해져야겠지. 라이엘, 처음에는 힘들 테니 큰일일 거다. 각오해둬라.』

뭘 주의해야 좋은 걸까?

확인하기도 전에 고블린 집단을 발견했기에 바로 전투태세에 들어갔다.

—대럴이 단련한 모험가들.

그들은『소드 윙스』라는 파티명을 대고 있었다. 검과 날개를 이미지한 파티명이지만, 실제로 검을 가진 건 리더인『렉스』와 전방을 담당하는 전사 한 명뿐이다.

전위는 렉스와 다른 전사 네 명. 후위는 마법사 한 명과, 경장비가 두 명. 마지막으로 서포터가 한 명이었다.

대럴까지 포함하면 열 명이 되는 파티는 다리온에서는 규모가 큰 부류에 들어간다. 다리온에서 수수하게 활동을 이어가서 몇 년의 세월에 걸쳐 여기까지 커졌다.

대럴을 지도원으로 고용한 것은 다리온에서 떠나기 위한 준비 중 하나다.

그런 그들에게 미궁 토벌은 활동자금을 얻기에는 절호의 기회였다.

참가할 수 있던 건 고마운 일이지만, 그 이상으로 의식하지 않을 수 없는 상대가 있었기에 순순히 기뻐할 수만은 없었다.

"대럴 씨. 조금 전 그 녀석들인가요."

렉스가 확인을 해보자 대럴은 웃었다.

"그래, 맞아. 내가 보기에는 저 녀석들 꽤 한다고. 너희도 노력해봐."

대럴에게서 내기 대상이 되었다는 이야기는 들었지만, 렉스 일행은 설마 경쟁 상대가 『바람둥이』 라이엘이라고는 생각하지 못했다.

지금까지 수수하게 모험가로 활동해왔던 렉스 일행에게 라이엘 같은 존재는 질시의 대상이었다.

모험가가 되자마자 바로 베테랑의 지도를 받고, 정신이 들자 어느새 도적단을 토벌하고, 영주에게서 직접 의뢰를 받을 정도로 유명인이 되었다.

렉스 일행 쪽에서 보면 불공평하다고 생각하지 않을 수 없었다.

"저희가 저 녀석들에게 질 거라 생각하시는 겁니까?"

렉스의 가시 돋친 말에 대럴은 웃으며 대답했다.

"반드시 이긴다, 라는 건 이 세상에는 없다고 나는 생각하고 있어. 그러니 내기가 이루어진 거고, 무엇보다 젤피 아가씨가 단련시킨 녀석들이야. 긴장을 풀었다가는 질 수도 있을걸."

렉스는 어금니를 악물었다.

'저런 녀석들에게 우리가 진다고……'

라이엘 일행의 소문은 다리온에서는 유명하다. 라이엘이 미소녀를 몇 명이나 끼고 있다는 것도 들었고, 남자들만 있는 파티에게는 그것만으로도 화가 나는 일이다.

"……절대로 지지 않을 겁니다."

렉스가 결의를 새로이 다지자 대럴은 웃으면서 어깨를 두드렸다.

"그 마음가짐이야! 뭘, 너희가 평소대로만 하면 지지 않을 거다. 자신감을 갖고 가라."

소드 윙스의 멤버가 멀리 떠나가는 라이엘 일행을 노려봤다. 라이엘의 마음과는 반대로, 이쪽은 대항의식을 불태우고 있었다.

길드 직원이 사용하는 텐트 안.

그곳에는 직원 몇 명이 배치되어 평소와는 다른 접수를 담당하고 있었다.

참가한 모험가들의 길드 카드— 길드가 맡아두고 있는 두 장째를 꺼내서 게시판에 나란히 붙이고 있다.

간이 작업대 위에 있는 종이에는 미궁 안의 지도가 그려졌고, 미궁으로 들어가는 모험가들이 어디로 향하는지 확인을 해두고 있다. 모험가들이 집중될 것 같으면 다른 구역을 권유하면서 인원을 분산하고 있다.

작은 텐트에는 아침 일찍부터 많은 사람들로 북적였다.

"사람이 많네."

2대는 길드의 방식을 보니 시시한 모양이었다.

『역시 효율이 나쁘군. 뭐, 모험가는 개인 단위로 벌지 않으면 안 되니까 어쩔 수 없을지도 모르지만…….』

영주라면 지시를 내리는 걸로 끝나지만, 모험가들의 경우에는 의견조정이 필요하니 시간이 걸리는 게 마음에 들지 않는 모양이다.

텐트 안, 보아하니 호킨스 씨가 어제 봤던 호화로운 장비의 모험가와 대화를 나누고 있었다. 센트럴에서 파견된 모험가다.

자료를 보며 이것저것 확인을 하고 있다.

"그럼, 변경 장소는 여기와, 여기입니까?"

"그래, 맞아. 그리고 최심부 방에 관해서인데, 너무 멀어서 반응을 잡을 수가 없어. 미안하지만 토벌하면서 안으로 들어가는 모험가들이 찾아줘."

호킨스 씨가 작업대 위 지도에 변경이 있었던 곳을 적었다.

그 지도를 보고 5대가 단언했다.

『지금은 편리해졌네. 조사에 맞는 아츠를 가진 녀석을 찾기보다는 비싼 도구를 구입하는 것만으로도 여기까지 조사할 수 있으니까.』

단지, 5대의 아츠로 얻을 수 있는 정보에 비하면 뒤떨어진다.

호킨스 씨는 그대로 황급히 다른 작업에 들어가서 접수는 한 여성이 맡고 있다.

금발벽안, 다리온 모험가 길드에서 가장 인기 있는 접수원

아가씨 【산토아 마이에】다. 단지, 가장 인기라고는 했지만 이 나이대의 여성은 이 사람뿐이었다.

"어~ 그럼 여러분은 이 구역으로~."

그녀는 느긋하게 작업을 하고 있었는데, 평소 모습을 알고 있느니만큼 꽤나 불안했다. 접수대에서는 상대를 가리면서 아양을 떨고, 태연하게 서류 같은 것도 틀린다.

용케 접수대에서 잘리지 않는구나 싶은데, 젊은 남성 모험가들에게 인기가 많아서 섣불리 자르지 못하는 게 아닐까? 요즘은 그런 생각이 들었다.

내 차례가 돌아왔기에 수속을 진행했다.

"저희는 이 구역을―."

지도를 가리켜서 우리가 어느 구역을 조사할 건지 전하자, 산토아 씨가 나를 보며 웃었다.

"아~ 라이엘 씨네요. 평소에는 제 접수대에 오지 않으셔서 이야기할 기회도 없었죠?"

가벼운 느낌으로 말을 걸어와서 나는 머리를 긁적이며 사과했다.

"그, 그렇죠. 평소에는 호킨스 씨 쪽을 이용하니까요. 그런데, 이쪽을―."

"너무하네요~. 저, 라이엘 씨라면 이것저것 서비스해드릴 수 있는데요."

아무래도 좋지만 『라이엘 씨』라고 불리는 게 왠지 싫었다. 3대가 자주 『라이에루 씨』라고 부르며 놀려대니까, 아무래도 안 좋은 의미로 받아들이고 만다.

"저기, 서두르고 있는데요."

산토아 씨의 말을 가로막으며 그렇게 말하자 뒤에서 혀를 차는 목소리가 들렸다. 돌아보자 남성 모험가들이 나를 노려보고 있었다.

산토아 씨 쪽은 조금 울상이다.

"너무해요……. 저, 라이엘 씨와 조금 이야기를 하고 싶었을 뿐인데……."

"아, 아뇨, 그게…… 아, 아무튼, 나중에 하는 걸로!"

수속만을 마치고 도망치듯이 텐트를 나왔다. 뒤에서는 산토아 씨와 모험가들의 대화가 들려왔다.

"산토아. 오늘 밤은 우리와 식사하지 않겠어?"

"에이~ 그래도~."

"괜찮아. 콩 수프가 아니라 바이런 할아범 쪽에서 맛있는 걸 사올 테니까."

"그럼 참가할게요~."

참으로 느긋한 대화가 들려왔지만, 론도 씨 일행이 기다리고 있기 때문에 나는 재빨리 그 자리에서 떠나기로 했다.

미궁 토벌 이틀째.

노웸과 라프 씨가 남고 나머지 멤버들이 미궁에 발을 들여놓았다.

첫날에 입구 주변 마물을 한꺼번에 퇴치했기 때문에 이 주변에서 습격을 받을 일은 없다. 함정 종류도 설치가 금지되어서 생각했던 것보다 간단히 들어올 수 있었다.

간단히 들어올 수는 있었지만…….

"뭐야 이게!"

론도 씨가 입가를 누르고, 레이첼 씨가 발을 휘청거렸다.

나도 마찬가지다.

오른손으로 이마를 누르며 어질어질한 머리로 가까스로 걷고 있었다.

"혹시, 뭔가 함정에 걸렸다든가?"

그렇게 말하자 보옥 안에서 웃음소리가 들렸다. 2대였다.

『진정해라. 처음에는 역시 익숙해지지 않는 법이야. 미궁 안이라는 곳은 초보자에게는 힘든 곳이거든.』

4대가 그 이유를 자세히 설명해주었다.

『미궁 안은 바깥과 비교하면 마력이 수십 배의 농도로 충만하다고 합니다. 그래서 몸에 문제가 생기는 거죠. 뭐, 잠시 지나면 익숙해지니 안심하세요. 그리고, 이럴 때 무리는 금물입니다. 그건 그렇고, 조금 농도가 높은 걸지도 모르겠군요.』

숲속에 발생했기 때문인지 미궁 안의 지면은 흙이었다. 벽에는 나무가 자라서 통로를 만들고, 천장은 나뭇가지와 나뭇잎으로 덮여있다.

가지와 이파리 틈새에서 빛이 비쳐서 등불이 필요 없는 건 고마웠다.

휘청거리며 창을 지팡이 대용으로 삼던 아리아 씨가 천장을 보며 위화감을 깨달았다.

"잠깐 기다려봐. 오늘 아침은 흐리지 않았어? 들어오기 전에는 이렇게 맑지 않았는데."

소피아 씨는 배틀 액스를 짊어지고 벽에 손을 짚었다.

"들은 적이 있어요. 미궁은 사람을 먹기 위해 사람이 들어오기 쉬운 환경을 만든다고. 이것도 그 일환으로— 윽!"

나는 입가를 누르는 소피아 씨에게 다가가서 등을 쓸어주려 했다. 그러나 배틀 액스가 방해돼서 잘 쓸어줄 수 없었다.

젤피 씨는 우리의 모습을 보고 어깨를 으쓱했다.

"너희들, 조금 운이 없네. 여긴 규모는 작아도 농도는 꽤 짙어. 처음부터 이래서야 너무 힘든데."

웃고 있는 젤피 씨는 여유로워 보였다.

"저기, 이건 익숙해지는 거죠?"

내가 확인하자 젤피 씨가 끄덕였다.

"그래, 제대로 익숙해져. 이 안에서 몇 시간 정도 보내면 지금보다는 나아질 거야. 단지, 그 사이에는 아무것도 못하지만."

젤피 씨는 그렇게 말하며 걸어갔다. 우리는 그 뒤를 필사적으로 따라갔다. 우리 앞을 나아간 파티가 있는지, 도중에 마물과 조우하지 않고 조금 넓은 방으로 나올 수 있었다.

젤피 씨는 지도를 확인하고 주변을 둘러보다가 벽 일부에 강제로 열어젖힌 부분이 있는 것을 발견했다.

"아~ 역시 앞지르기를 당했나. 어쩔 수 없네."

나뭇잎이 몇 겹이나 겹쳐서 뭔가를 보호하려는 곳— 이게

이 미궁의 보물상자라고 한다.

"이게 보물상자인가요?"

새파란 얼굴의 아리아 씨가 묻자 젤피 씨는 휴식을 선언하고 전원을 앉혔다.

"우선, 오늘과 내일 안에 전원이 미궁 안의 환경에 익숙해져야 해. 전투나 탐색은 부차적이야. 무리를 했다가 다치기라도 하면 웃을 수 없으니까."

아무도 반론하지 않았다. 아니, 할 수 없었다. 이 상태에서 전투를 하라고 하더라도 가능한 한 거부했을 거다.

고블린이나 곤충형 등은 상대할 수 있어도, 그 이상의 상대가 나오면 고전할 거다.

"그리고, 기본적으로 미궁은 다종다양해. 보물상자도 어떤 형태를 하고 있을지 알 수 없고, 어떤 특징이 있는지도 알 수 없어. 그러니 이게 절대적인 공략법! 이라는 건 없으니까 주의하도록 해. 가능한 한 정보를 모으고, 그리고 준비를 해서 도전하는 게 올바른 모습이야."

아무래도 조금 전부터 젤피 씨의 시선은 나를 보고 있었다. 나를 단단히 훈계하기 위해서겠지.

레이첼 씨가 괴로워하면서 젤피 씨에게 물었다.

"그보다, 50명 가까이 미궁에 도전하는데…… 우리, 벌 수 있나요?"

모험가로서 이건 무척이나 중요하다.

젤피 씨가 고개를 끄덕였다.

“그쪽은 기뻐해도 좋아. 이 미궁, 소규모지만 넓이는 꽤 되고, 내부가 빈번하게 변화한다고 해. 보물상자도 마찬가지로 부활한다고 하더라고. 내용물은 어떤 게 있는지 아직 모르겠지만, 이렇게 도전하다 보면 한두 개는 회수할 수 있을 거야.”

나는 묵묵히 5대와 6대의 아츠를 사용해서 미궁 안의 상황을 확인했다.

노란색이나 붉은 광점이 꿈틀대는 미궁 안.

그곳에는 함정이 없었고, 보물상자의 위치를…… 확실히 확인할 수 있었다.

4대가 부러워하는 목소리를 냈다.

『이 아츠는 좋군요. 제 시대에도 갖고 싶었어요.』

7대는 두 사람의 아츠가 주는 은혜를 받고 있었던 당시를 떠올리며 이렇게 말했다.

『두 사람의 아츠는 확실히 유용했죠. 미궁 토벌 이외에도 전장, 그리고 평상시에도 대활약했었습니다.』

나는 생각했다. 이 아츠를 사용하면 그냥 마물과 조우하지 않고 보물상자를 회수하며 돌아다닐 수 있지 않을까? 하고.

그러나 현재 상황은 그 이전의 문제다. 몸이 잘 움직이지 않는다.

론도 씨는 조금 불안한 모양이었다.

“하지만, 규모가 작다면 며칠 안에 토벌되어 끝나는 것 아닌가요? 이만큼 많은 인원이 들어가니 공략도 빠를 것 같은데요?”

젤피 씨는 턱에 손을 대며 론도 씨의 의문에 답했다.

"규모가 작다고는 하지만, 그리 간단히 토벌할 수 있을 만한 넓이도 아니야. 최심부 방도 어디에 있는지 모르고. 덤으로 말하자면, 여기는 다리온이야."

그렇게 말해도 우리는 좀처럼 이해할 수가 없었다.

젤피 씨가 자조하듯이 웃었다.

"그렇게까지 특출나게 우수한 모험가는 없다는 뜻이야. 조사를 위해 센트럴에서 모험가를 데려온 것만 보더라도, 다리온의 모험가 레벨은 뻔한 수준이지."

젤피 씨나 대럴 씨, 두 사람 같은 베테랑은 몰라도, 다리온의 모험가는 그리 질이 높지 않다.

오히려 신참에게 다정한 것이 다리온이며, 어느 정도 실력이 있다면 다른 곳으로 가는 게 당연한 도시다. 전체적인 레벨이 낮다.

론도 씨가 조금 고민하다가 끄덕였다.

"그러고 보니, 그 센트럴에서 데려온 모험가 분들은 어느 정도의 실력이죠?"

젤피 씨가 고민했다.

"어느 정도, 라. 뭐, 마구로 덕지덕지 무장하고 있으니까 어지간한 모험가는 못 이기겠지. 지금 입고 있는 대부분이 조사용 마구라고 해도 전투용 마구를 갖고 있지 않다고는 할 수 없고. 맨몸이라면 나라도 어떻게 될 거라 생각하지만……."

그러자 7대가 흥미롭다는 듯이 말했다.

『그렇군. 마구로 우리 같은 아츠를 재현할 수 있다는 거군요. 하지만 5대나 6대의 발끝에도 미치지 못한다면…….』

5대가 단언했다.

『지금은 아직 대단한 위협이 아니라는 뜻인가. 향후를 기대해봐야겠네. 효과범위도 좁은데다 정보량도 적은 건 확실해. 그보다, 실제 문제로 지금의 마구 성능은 어떤데?』

7대가 대답했다.

『내 시대에는 아츠라 해도 고작 1단계 레벨이었습니다. 2단계 레벨에 도달했다는 건 들은 적이 없군요.』

그걸 들은 3대가 미묘한 목소리를 냈다.

『마구는 미묘하네. 그거라면 많은 아츠를 기억해둔 옥이 더 우수하지 않아? 왜 쇠퇴한 걸까?』

옥이 쇠퇴한 이유.

단순히 마구 쪽이 원하는 아츠를 간단히 사용할 수 있기 때문이다. 옥에 많은 아츠를 기억시키려면 사용자가 자신의 아츠를 3단계까지 사용 가능하게 만들 필요가 있다.

그런 귀찮은 일을 생략하고 원하는 아츠를 새기면 되는 마구가 유행한 것은 어쩔 수 없는 일일지도 모른다.

그대로 한동안 긴 휴식을 취하고, 몇 시간 지난 뒤에 젤피 씨가 손뼉을 쳤다.

"자, 처음보다는 나아졌지? 이대로 조금 앞으로 나가보고, 이후에 밖으로 돌아가자."

전원이 나른하게 일어나서 장비를 확인했다.

"어라?"

그러던 때의 일이다. 시선을 느끼고 돌아보자 조금 신기한 광경을 봤다. 벽이 되어 있던 나무 틈새에서 화사한 꽃이 보였다. 고개를 숙인 꽃줄기에 작은 청자색 꽃 몇 개가 모여서 하나로 뭉쳐 피어 있었다.

조금 전까지는 없었을 텐데, 미처 보지 못했던 걸까? 게다가 시선이 느껴지는데…… 아무도 없으니, 기분 탓이겠지.

"왜 그러시죠?"

소피아 씨가 다가와서 나는 꽃을 가리켰다.

"그게, 조금 전까지는 없었을 텐데……."

건드리려 하자 마치 손에 쏙 들어오듯이 작은 꽃이 붙은 덩어리가 떨어졌다.

"우왓!"

소피아 씨가 내 손에 있는 꽃을 보며 중얼거렸다.

"이건 듀란타네요."

"알고 있으신가요? 그보다 자세하네요."

소피아 씨는 조금 쑥스러워했다.

"아뇨, 우연찮게 기억하고 있어서요. 저기, 더울 때 피는 꽃입니다. 꽃말도 일단은 알고 있어서요."

나는 손에 들어온 듀란타를 보고 소피아 씨를 바라봤다. 나보다도 소피아 씨가 갖고 있는 편이 좋을지도 모른다.

"그럼, 소피아 씨. 갖고 가실래요?"

"네?! 저기…… 네."

소피아 씨가 얼굴을 붉혔다. 그러나 보옥 안에서 클레임이 발생했다. 4대다.

『잠깐, 거기! 부주의하게 여성에게 꽃을 선물하지 마세요! 꽃말 같은 걸 이것저것 조사하고 나서 하는 겁니다! 그리고—.』

4대의 다음 말은 5대가 이어받았다.

『장소를 생각해. 아리아가 보고 있잖아.』

그 말을 듣고 아리아 씨 쪽을 보자, 시선을 돌리고 있었다. 아무래도 보고 있었던 것 같다.

……어? 이거 안 되는 거였나?

제34화 엘프 에바

『라이엘은 그거네. 주의력이 부족하달까, 완전 꽝이네.』

보옥 안, 원탁의 방.

보옥 안에 의식을 보내서 역대 당주들의 기억과 마주할 수 있는 곳이다. 이곳에는 원탁을 둘러싸는 의자가 배치된 역대 당주들의 자리가 있다.

단지, 내 정면에 있었던 초대의 의자는 사라지고 예전에 초대가 있었던 곳에는 은빛의 대검이 떠 있을 뿐이다.

이런 곳에서 내가 뭘 하고 있느냐면, 역대 당주들에게 둘러싸여 설교를 듣고 있었다.

미궁 토벌에서 내게 부족한 점이 있다든가 그런 게 아니다.

소피아 씨에게 부주의하게 꽃을 건네준 게 문제였던 모양이다.

3대가 못 말리겠다는 동작으로 퇴짜를 놓았다.

『아리아가 보고 있었잖아. 건네준다고 해도 장소를 골랐어야지. 아무도 보지 않을 때라든가, 그것 말고는—.』

설교를 듣는 도중이었지만 그건 그렇고 신경 쓰이는 일이 있었다.

"저기, 그보다도 그 꽃 말인데요, 처음에 방에 들어갔을 때는 없었어요. 어느새 벽에서 생겨났다고나 할까…… 이런 일이 있는 건가요?"

4대가 안경을 검지로 들어 올리며 위치를 고쳤다. 안경 렌즈가 불길하게 번쩍인 것처럼 보였다.

『말을 돌리지 마시죠, 라고 말하고 싶습니다만, 야단을 치기만 해서는 해결되지 않겠죠. 라이엘, 이 토벌 기간 중에 제대로 아리아나 노웸에게도 뭔가 선물을 건네주도록 하세요. 그리고, 꽃 말입니다만.』

그렇게까지 신경질적으로 해야 할 문제인가?

그런 생각을 하고 있는데, 2대가 팔짱을 끼며 말했다.

『뭔가 의미가 있는 것 같은 느낌도 들고, 미궁에는 신기한 일이 많으니 신경 써봐야 어쩔 수 없다는 느낌도 드는군.』

5대는 입가를 손으로 가리며 고민에 잠겼다.

『듀란타, 라. 꽃말은 뭐였더라?』

6대가 눈을 감고 떠올리려 했다.

『들은 적이 있는 것도 같고, 없는 것도 같고…… 떠오르지 않는군요.』

7대는 처음부터 모르는 모양이다.

『소피아가 알고 있는 모양이었으니 신경이 쓰이면 물어보는 게 어떠냐, 라이엘.』

그게 가장 빠를지도 모른다.

2대가 양손을 머리 뒤로 가져갔다.

『뭐, 그것도 신경은 쓰이지만 지금은 미궁에 대해서겠지. 내일에는 노웸과 그 덩치 큰 창술사가 미궁에 들어갈 거다. 한동안 제대로 움직이지 못할 테니 조바심을 내봐야 별수 없지만, 아무래도 신경 쓰이는 점이 있더군.』

"신경 쓰이는 점인가요?"

2대가 끄덕였다.

『젤피의 내기다. 너희를 써먹은 승부 말이지. 그것도 신경이 쓰이지만, 문제는 주변 모험가들이야. 아무래도 질이 낮다고나 할까, 뭐랄까.』

3대가 2대를 보며 말했다.

『아아, 왠지 모르게 알겠어. 뭐랄까, 이 집단의 분위기가 말이지? 조금 안 좋아.』

2대가 다시 끄덕였다.

『대항심을 불태우는 젊은 모험가. 추가로 주변에는 질이 나쁜 모험가들. 여러모로 성가신 일이 벌어질 것 같군.』

2대가 말하면 농담으로 들리지 않는다. 초대 정도는 아니지만, 2대는 감이 날카로운 편이다.

그런 2대는 나를 보며 히죽히죽 즐거워하고 있었다.

"뭔가 해오나요? 습격하기라도 하는 건가요?"

2대가 소리를 내며 웃었다.

『있을 법하긴 하지만, 그 이상으로 성가실지도 몰라. 뭐, 내 감으로는 직접적으로 뭔가 수작을 부리지는 않을 거라 생각하지만, 개인적으로는 젤피의 생각도 신경은 쓰이고.』

6대도 2대에게 동의했다.

『이것저것 생각이 있어 보이더군요. 그리고 라이엘, 미궁 토벌은 사람의 눈이 한정되어 있는 곳이다. 무슨 일이 일어나더라도 이상하지 않으니 주의하도록 해라.』
나는 그런 두 사람에게 솔직한 마음을 전했다.
"내기에다, 주변 분위기가 나쁘다고요? 저는 확 다가오지 않는데요……."
멋대로 내기 대상이 되어도 곤란하고, 주변 분위기가 나쁘다고 들어도 뭘 주의해야 좋을지 모르겠다.
2대가 나를 보며 어깨를 으쓱했다.
『이것도 좋은 경험이겠지. 우리도 모험가의 방식에는 어두우니 한동안 관망하도록 하마. 너도 스스로 생각해보는 게 어때?』
미궁 토벌을 즐기고 있는 역대 당주들은 모험가의 방식에 대해 흥미진진하게 이야기하고 있었다. 우리라면 이렇게 한다, 어째서 이렇게 하지 않는가? 등등. 나는 역대 당주들 사이에서 그런 대화가 이어지는 것을 지켜보고 있었다.

다음날.
론도 씨와 레이첼 씨가 대기를 하고, 다른 멤버들로 미궁 안으로 들어가게 되었다. —그런데.
"저기—."
"네~에, 다음 분."
길드 안 텐트에서 내 차례가 돌아왔는데도 접수원인 산토아 씨는 다음 사람의 수속을 시작했다.
3대의 목소리가 보옥 안에서 들렸다.
『어라라, 미움 받았네. 뭐, 그것도 괜찮지만.』

5대가 짜증을 내고 있었다.

『이 여자, 마음에 안 드는데.』

6대가 웃으면서 5대를 타일렀다.

『괜찮지 않습니까. 뭐, 이 정도의 여자였다는 거죠.』

어제 대응이 안 좋았던 건지, 산토아 씨는 이쪽을 거들떠보지도 않았다. 접수는 그녀 한 명이므로 결국 마지막에 마지못해 한다는 느낌을 감추지도 않으며 접수를 해주었다.

게다가 우리가 가고 싶은 곳이 아니라 다른 구역을 억지로 지정해준다는 덤까지 붙었다.

내 앞에서 접수를 마친 남성이 스쳐 지나가면서 히죽히죽 웃던 것이 신경 쓰였다.

밖으로 나와 다른 일행이 있는 곳으로 가자 라프 씨가 기다리다 지친 모양이었다.

"늦잖아, 라이엘. 다른 녀석들은 벌써 출발해버렸다고."

사과를 하면서 동료와 합류했는데, 젤피 씨는 접수에 시간이 걸린 내게 아무 말도 하지 않았다.

노웸이 다가왔다.

"라이엘 님, 뭔가 문제라도?"

노웸에게 말해야 할지 고민하고 있는데 라프 씨가 재촉했다.

"빨리 가자고. 어제도 그리 벌지 못했잖아? 아무리 그래도 이틀 연속 보수가 없으면 힘들다고."

나는 고개를 가로저으며 미궁에 들어가기로 했다.

"나중에 이야기해줄게."

노웰에게 그렇게 말하고 지금은 미궁 토벌에 대해서만 생각했다.

결과만 말하자면, 이틀째에 이어서 미궁 토벌 사흘째도 제대로 벌지 못했다.

노웰과 라프 씨가 미궁에 익숙해지는 데 시간을 들인 것도 있지만, 그것 말고는 다른 파티가 우리 앞으로 먼저 가서 보물상자 회수나 마물 토벌을 마친 뒤였기 때문이다.

돌아온 론도 씨에게 보고를 하자 「어쩔 수 없지. 내일은 힘내자」라고 말해주었다.

그보다, 이거…….

"제 책임인가요?"

야영지 구석. 인적이 드문 곳에서 나무뿌리에 주저앉은 내가 중얼거리자 보옥 안의 역대 당주들은—.

『당연하지.』

『물론!』

『좀 더 노력하세요.』

『그 이외의 이유는 없네.』

『애초에, 파티의 책임자는 라이엘 너 아니냐.』

『음! 조금 더 노력하거라.』

—어깨를 떨구며 한숨을 내쉬었다.

이틀째에 접수원 산토아 씨를 대했던 방식이 문제였다. 그것만 어떻게 지나갔으면 이틀 연속으로 벌이가 제로라는 일은 없었다.

화나게 해서는 안 되는 사람을 화나게 만든 기분이다.

"……내일이라도 사과를 해볼게요."

산토아 씨에게 사과하고, 어떻게든 접수만이라도 제대로 해달라고 하지 않으면 이야기가 되지 않는다. 호킨스 씨는 다른 일로 바빠서 이쪽을 살필 여유도 없어 보이니까.

그런 내게 2대가 어드바이스를 주었다.

『아니, 무리겠지. 접수원한테 사과해도 현재 상황은 변함없을 거다.』

"네?!"

내가 놀라서 고개를 들자, 6대가 자랑스럽게 설명해주었다.

『규모가 작다고는 해도, 미궁은 나름대로 넓다. 그런 곳에서 앞지르기를 당했는데 우연이라고 단언할 수 있을까? 뭐, 어느 정도는 있을지도 모르지만, 단언하마. 이대로 가면 라이엘…… 너희의 수입은 적자 확정일 거다.』

미궁 토벌에 참가하기 위해 이런저런 준비를 했고, 당연하지만 돈도 썼다. 이 자금을 회수한다고 해도 흑자는 되지 않는다.

2주일이나 시간을 들여서 벌지 못한다면 큰 손해다. 4대가 외쳤다.

『적자! 이 얼마나 꺼림칙한 말인가요. 이 미궁 토벌, 최악이라도 금화로 열 닢 정도는 벌지 않으면 의미가 없습니다. 최저라도 열 닢. 본심을 말하자면 그 두 배는 벌고 싶군요. 잘 들으세요, 라이엘. 이 미궁 토벌 준비를 위해―.』

적자라는 말을 싫어하는 수전노 4대가 내게 이런저런 자세한 숫자를 말해주었다. 좋은 경험이 될 테니 참가하라고 한 게 아니었던가? 그렇게 생각하고 있는데 내게 누가 말을 걸어왔다.

"어머, 거기서 뭘 하고 있니?"

돌아보자 그곳에는 한 소녀가 서 있었다. 나이는 나와 비슷하거나 조금 위 같았다. 머리색은 금색― 아니, 핑크라고나 할까, 핑크 블론드인가. 웨이브가 진 긴 머리가 어두워지는 경치 속에서 반짝이는 것처럼 보였다.

눈동자는 보라색. 노웸이나 아리아 씨와 같은 색이다. 하얀 피부에 건강한 팔다리. 그 이상으로 눈길을 끄는 것은 그녀의 귀다. 인간보다 크고 끝이 뾰족한 특징적인 귀.

소문이나 책 속에서는 알고 있었지만 실물을 가까이서 보는 건 처음이었다.

그녀는 엘프다.

"……침울해하고 있는데요."

뭐라 대답해야 할지 고민했지만, 결국 솔직하게 대답하기로 한 내게 3대가 크게 웃었다.

『라이엘, 그 대답은 상대가 곤란할 걸.』

펑퍼짐한 실루엣의 하얀 옷― 튜닉을 입은 소녀는 내 대답을 듣고 놀라면서 바로 웃음을 터뜨렸다.

"아하하하, 미안해. 아니, 침울해하고 있구나~ 싶어서 말을 걸었는데, 설마 솔직하게 침울해하고 있다고 대답할 줄은 몰라서. 너, 재미있네."

아무래도 내 대답이 그녀에게는 재미있었던 모양이다. 잘 모르겠다.

"나는 【에바】. 잘 부탁해."

그렇게 말하며 윙크를 한 소녀에게 나도 이름을 댔다.

"라이엘이에요. 라이엘 월트. 저기, 그런데 에바 씨는 어째서 여기에?"

보아하니 모험가라는 차림은 아니다. 단지, 다리를 보니 매끄럽고, 단련하고 있는 느낌이 났다. 창녀라는 풍모도 아니다.

"나? 엘프는 대부분 똑같다고 생각하는데. 가수, 이야기꾼, 무용수, 예술인…… 마음대로 불러줘도 돼."

가수— 그러고 보니 예전에 노웸이 엘프는 예술인이 많다고 했었다.

"예술인 극단 분이라든가? 어? 여기 와 있나요?"

주변을 돌아보자 에바 씨는 조금 곤란한 표정을 지었다.

"와있기는 하지만, 나는 극단 관계자가 아니야. 편승해서 여기까지 와봤는데, 노래를 부르는 건 역시…… 부탁했더니 거절당했어."

깔깔 웃는 에바 씨가 내 옆에 앉았다.

그러면서 이런저런 이야기를 해주었다.

"게다가 여기 모험가, 심술궂다니까. 노래할 때 엉덩이 같은 데를 만지려고 하고, 분위기도 안 좋고…… 미궁 토벌을 하는 야영지는 꽤 벌 수 있다고 들었는데!"

갑자기 화를 내더니, 이번에는 진지한 표정을 지었다.

"나 말이야. 살고 있던 숲을 뛰쳐나와서 혼자 여행하는 것에 가까운 상태거든. 뭐, 나름대로 유명한 곳 출신이니까 다른 엘프들에게는 좋은 대접을 받고 있지만 돈벌이는 힘들어. 숲 바깥은 다른 구역의 룰 같은 것도 있고. 멋대로 노래하면 혼나고."

웃고, 화내고, 침울해한다. 감정이 풍부한 사람 같았다.

그대로 에바 씨의 이야기를 듣던 중에 어떤 제안을 받았다.

"저기, 라이엘…… 당신, 나를 하룻밤 사지 않을래? 싸게 해줄게."

아래쪽에서 올려다보는 동작. 상의의 가슴팍에서 가슴 계곡이 보였다.

7대가 고함을 쳤다.

『음! 설마 드디어 라이엘도 여자를 경험할 때인가!』

6대가 웃으며 부정했다.

『그건 아니겠지.』

조금 울컥했다. 그런 역대 당주들에 대한 반항심도 있어서, 그만—.

"사, 살게요."

—그런 대답을 하고 말았다. 에바 씨는 양 손뼉을 맞대며 무척 기뻐했다.

"정말로! 고마워, 라이엘. 그럼, 내 일족명도 가르쳐줄게.

【니힐】, 니힐 일족의 에바야."

그렇게 말하며 일어선 에바 씨는 내 손을 당겨서 일으켜 세웠다.

"왜 침울해져 있는지는 모르겠지만, 바로 기운 나게 해줄게. 나, 이래 봬도 엄청 자신 있거든."

3대가 가볍게 웃었다.

『어라, 꽤 자신감이 넘치네. 이건 라이엘도 마침내 여성을 알게 되는 걸까~.』

왠지 나를 놀리는 듯한 3대의 목소리. 나는 에바 씨의 재촉을 받아 그 자리를 이동하게 되었다.

"저기, 라이엘. 당신의 텐트는 어디?"

"어, 아…… 이쪽이요."

나는 우리 텐트가 있는 곳으로 안내했다.

『이럴 것 같다 싶더니만. 뭐, 잘 됐구나. 라이엘.』

2대의 위로하는 목소리를 들으면서, 나는 동료들과 함께 에바 씨를 둘러싸고 있었다. 저녁 후, 준비된 차를 마시면서 에바 씨의 노래를 듣고 있었다.

하룻밤 사지 않겠느냐는 건 예술인으로서 사지 않겠느냐, 라는 의미였던 것 같다.

……이상한 기대는 하지 않았다. 이거면 됐다.

에바 씨는 노래를 마치고는 이마의 땀을 닦았다.

"이야~ 역시 남들 앞에서 노래를 부르니 좋네."

노웰이 웃으며 마실 것을 건넸고, 그걸 받은 에바 씨가 목을 축였다.
노랫소리도 좋고, 그리고 정말 즐겁게 노래하고 있었다.
아리아 씨가 내 팔을 당겼다.
"잠깐, 어디서 이런 애를 끌어들인 거야. 식사와 잠자리를 제공해주면 하룻밤 노래와 재주를 선보이겠습니다, 라고 말했을 때는 놀랐다고."
그랬다. 실은 에바 씨— 정식 미궁 토벌 인원이 아니다. 그 때문에 식사나 잠자리가 없는 상태였다.
편승한 예술인 극단에게 부탁하면 식사도 잠자리도 확보할 수 있는 것 같지만, 본인이 그걸 꺼린 모양이다.
그래서 우리는 식사를 제공하고 이렇게 노래를 듣고 있는 것이다.
"아뇨, 끌어들였다고나 할까, 걸려버렸다고나 할까."
아리아 씨가 나를 보고 인상을 찌푸렸다.
"라이엘, 너도 조금 정신 똑바로 차려. 언젠가 뼈저리게 당할 거야."
어깨를 떨구자 이번에는 에바 씨가 이야기를 시작했다.
"으음~ 그럼 다음에는 반세임 북부에 전해지는 전설이나 민화를 이야기할까? 얼마 전에 북부에서 이쪽으로 왔는데, 역시 북부는 국경 너머가 대국이라 그런지 분위기가 달랐다니까."
반세임 북부는 카르타푸스라는 대국과 국경을 맞대고 있어서 작은 분쟁이나 커다란 전쟁이 지금까지 몇 번이고 있었다.

그런 지역이라서 전해지는 이야기는 싸움을 테마로 한 것들이 많다고 한다.

에바 씨가 말을 이었다.

"북부의 이야기는 기사나 병사가 활약하는 게 많지만, 조금 별난 이야기를 들었으니까 그걸 해볼까."

론도 씨가 흥미를 드러냈다.

"북부라. 가본 적은 없지만 가혹한 토지라고 들은 적은 있어."

라프 씨도 같은 감상을 갖고 있었다.

"그래, 그러고 보니 전쟁이 많으니까 아이들도 자연스레 무기를 들고 싸운다고 들었어. 굉장한 지역 같다니까."

소피아 씨가 조금 생각에 잠겼다.

"아무리 그래도 그 이야기는 거짓말이라고 생각합니다만, 그래도 북부니까요. 있을 법 하다고나 할까, 뭐랄까……."

그러자 2대가 그리운 듯이 말했다.

『북부…… 어머니가 북부 출신이었지.』

월트가와도 인연이 있는 토지인 모양이다.

에바 씨가 북부에서 들은 이야기를 시작했다.

"북부의 어느 작은 마을. 그곳에 한 소녀가 살았습니다. 그녀는 작은 마을을 사랑했고, 그리고 마을사람들에게 사랑받았습니다."

아무래도 주역은 마음씨 착한 소녀인 것 같다. 온화한 정경이 그려졌다.

그런데 이야기가 진행되자 뒤숭숭해졌다. 도적이 출현해서 마을사람을 납치했다고 한다. 그래서 마음씨 착한 소녀는 무기를 한손에 들고 도적을 쫓아갔는데…… 무기를 한손에 들고 쫓아가?

이윽고 소녀는 도적을 따라잡았다. 그러나 거기서 소녀가 본 광경은 도적들이 흉악한 마물의 습격을 받는 모습이었다. 마음씨 착한 소녀는 그대로 들고 있던 무기로 흉악한 마물을 쓰러뜨리고 납치된 마을사람들을 구출했다.

그 이후, 소녀의 소문을 들은 귀족이 꼭 신부로 들이고 싶다고 해서 시집을 갔다고 한다.

……응?

마음씨 착한 소녀가 도적들도 못이기는 마물을 쓰러뜨렸어? 혼자서?

보옥 안의 역대 당주들이 웃었다. 크게 웃었다. 여섯 명이 모여서 폭소했다.

『마음씨 착한 소녀가 대체 뭐야! 아니, 이미 그 여자는 엄청난 강자잖아.』

『북부의 설화는 과격하네!』

『대체 어떤 여성이었던 걸까요. 보고 싶군요.』

『곰보다 무서운 여자일지도 몰라.』

『있을 법 하군요!』

『그런 여자를 일부러 맞이한 가문이 어딘지 보고 싶군요.』

아무래도 다른 의미로 마음에 든 모양이다.

이야기가 끝나자 우리는 모두 복잡한 표정을 지었고, 레이첼 씨가 고개를 갸웃하며 말했다.

"재미있지만 흔한 것들과는 다르네. 여자아이가 주역이니까 기사님이나 왕자님이 구하러 와서 결혼하는 이야기라고 생각했는데."

흔한 거라면 레이첼 씨가 말한 이야기가 일반적이겠지. 그런 경우에는 연약한 소녀를 구해주는 이야기가 될 것 같다.

여자아이 스스로 도적을 쓰러뜨리다니 너무 신기한 이야기다.

에바 씨는 싱글벙글 웃었다.

"북부에서 가져온 진짜 이야기거든. 다른 이야기처럼 아직 각색도 되지 않았으니까, 별종이라는 걸로."

확실히 별종이라고 생각하면 재미있는 건지도 모른다. 실제로 역대 당주들도 이야기 그 자체보다는 지적할 부분이 많다는 것을 무척 재미있어했다.

라프 씨가 소피아 씨를 바라봤다.

"소피아 같은 여자아이였을지도. 그렇잖아, 소피아는 배틀액스를 짊어지고 있고."

모두의 시선이 소피아 씨에게 모였다.

"저, 저는 그렇게까지 무모하진 않습니다만. 게다가, 들어보니 타도할 자신도 있었던 것 같은데요. 저하고는 너무 달라요."

아리아 씨가 그런 소피아에게 답했다.

"비슷하잖아. 너, 평범한 남자보다는 훨씬 세."

그걸 들은 소피아 씨가 분연히 일어나서 아리아 씨의 양 어깨를 잡고 흔들며 항의했다.

"어디가 비슷한가요! 저는 이래 봬도 차분한 부류라고요. 따지고 보면 아리아가 훨씬 어울릴 텐데요!"

아리아 씨는 웃으면서 그대로 당하고 있었다.

"미안, 미안."

두 사람의 사이가 좋은 것 같아 다행이다.

노웸이 에바 씨에게 이야기를 건넸다.

"북부는 혼자 돌고 계셨나요?"

에바 씨는 어찌 된 영문인지 노웸과 거리가 가깝다. 노웸도 그걸 허락하고 있는 느낌이다.

"다른 극단과 함께 돌았어. 이래 봬도 나는 니힐 일족이니까 그런 융통이 되거든."

그러자 젤피 씨가 놀라서 고개를 들었다.

"니힐이라면 엘프들의 고향 숲을 관리하는 일족이잖아. 이야기는 들은 적이 있지만, 정말로 있었다니."

에바가 가슴을 폈다.

"굉장하지? 그러니까 여행을 하는 거라면 곤란하지 않아. ……노래나 재주를 보여주는 건 허용해주지 않지만."

역시 일에 관해서는 융통해주지 않나보다.

나는 신경이 쓰여서—.

"에바 씨의 고향은 어디에 있는 건가요?"

—그렇게 묻고 말았다.

그 자리의 분위기가 순식간에 변해서 내게 시선이 모였다.

에바 씨는 싱글벙글 웃고 있었지만 대답해주지 않았다.

아리아 씨도 고개를 갸웃했고, 라프 씨도 마찬가지로 주변을 돌아봤다. 그러자 노웸이 대표로 내게 가르쳐주었다.

“라이엘 님. 엘프의 고향인 숲의 위치는 엘프의 비밀이 되어 있어요. 어지간한 일이 없는 한 알 수가 없죠. 만약 부주의하게 알아내려 하면—.”

거기서 에바 씨가 낮은 목소리로 말을 이었다.

“—알아내려는 인간은, 어느새 사라져버리지. 그러니까 라이엘도 조심해. ……아하하하. 거짓말이야, 거짓말! 비밀은 아냐. 기본적으로 산속의 비경. 사람은 오지 않지만, 엘프에게는 중요한 곳이니까.”

처음에는 그럴싸한 분위기를 냈는데, 후반이 되자 에바 씨는 웃음을 터뜨렸다. 레이첼 씨가 놀랐다.

“거짓말! 난 절대로 엘프에게 물어서는 안 된다고 배웠는데!”

론도 씨도 끄덕이면서 「나도 그렇게 들었어」라고 중얼거렸다. 소피아 씨도 마찬가지 반응이다.

에바 씨는 검지를 세워서 입술에 댔다.

“이거, 엘프의 상투 소재 중 하나야. 실은 대단한 일도 아닌데도 거창하게 느끼게 만들고, 부주의하게 묻는 사람에게 그럴싸하게 행동하거든. 애초에 찾아냈다고 해도 딱히 아무것도 없는 평범한 숲이야. 숲에 오면 환영 정도는 해줄 거야.”

엘프의 고향이 설마 상투 소재였다는 그런 아무래도 좋은 진실을 듣고 말았다. 그러자 노웸도 키득키득 웃었다.

"노웸, 너도 알고 있었던 거구나!"

내가 그렇게 말하자 너무 웃어서 눈물이 나온 건지 노웸이 손끝으로 그걸 닦으며 대답했다.

"죄송해요. 분위기가 너무 긴장되어 있는 게 웃겨서."

에바 씨가 노웸과 하이파이브를 했다. 그보다 이 두 사람 사이가 좋네. 뭔가 서로 끌리는 부분이라도 있었나?

"노웸도 알고 있었던 거네. 그런데 이야기를 맞춰주는 걸 보면, 우리 마음이 맞을지도! 저기, 오늘부터 묵게 해주지 않을래? 나, 가벼운 마음으로 미궁 토벌단에 참가해서 식사도 잠자리도 곤란해. 이대로 가면 나쁜 모험가들에게 농락당하고 말아."

에바 씨가 눈물이 글썽한 눈으로 노웸에게 부탁을 했다. 노웸은 내 쪽을 한 번 바라봤다.

내팽개칠 수도 없어서 일단 끄덕이자 노웸이 에바 씨에게 허가를 내렸다.

"좁은 텐트라도 좋으면 오세요. 그리고, 조금은 일을 해주셔야 해요. 엘프라면, 마법과—."

에바 씨가 오른손으로 가슴을 두드렸다.

"마법과 활이라면 맡겨줘. 덤으로 엘프는 민첩하니까 숲속도 평지나 똑같아."

꽤나 믿음직한 말이다.

론도 씨가 에바 씨를 보며 살짝 웃었다.

"이틀째, 사흘째는 그리 상황이 좋지 않았지만, 조금 기분이 편해졌어. 이런 오락도 중요하다는 걸 깨닫게 되네."

나는 이 이틀간을 떠올리며 뭐라 말 못할 기분이 들었다. 임시이긴 하지만 리더는 나다. 책임은 내게 있다.

"내일은 어떻게든 만회하고 싶네요."

그러자 보옥 안에서 4대의 목소리가 들렸다.

『만회하고 싶다, 여서는 안 됩니다. 만회하세요! 역시 사흘 연속으로 수입 제로는 버겁습니다.』

다른 파티는 보물상자를 찾아내고 마물을 쓰러뜨리며 벌고 있다. 우리도 이대로 있을 수는 없었다.

단지, 6대만큼은 불온한 말을 입에 담았다.

『라이엘…… 이대로 가면, 너희는 나흘째 이후로도 제대로 벌 수 없을 거다.』

아니, 아무리 그래도 내일 이후에는 좀 더 벌 수 있을 거다. 그렇게 믿고 싶었다.

"……여기도 안 되나."

론도 씨의 지친 목소리가 미궁 안의 방에 울렸다.

라프 씨는 창을 난폭하게 지면에 내리쳤다.

"젠장!"

젤피 씨는 첫날부터 그다지 우리에게 이렇다 할 지시를 내리지 않는다. 마치 우리의 힘을 알아보겠다는 듯이 방관하고 있다.

나는 천장을 올려다봤다.

시간이 지나서 빛이 오렌지색으로 물들었다. 이대로 가면 몇 시간 내에 미궁 안이 어두워질 거다.

주먹을 움켜쥐고, 어금니를 악물며 입을 열었다.

"……돌아가죠."

알고 있었다. 나는 알고 있었다.

우리가 나아가는 예정 코스에 몇 쌍의 모험가들이 앞서가서 보물상자를 뒤지고, 마물을 잡으며 돌아다니고 있었다.

이건 마치 우리를 방해하고 있는 느낌이었다.

노웸이 머리카락을 귀 뒤로 넘기면서 주변을 바라봤다.

"라이엘 님, 아무래도 저희는 환영받지 못하는 느낌이네요."

미궁 안에 들어온 모험가 파티…… 그중 몇 쌍이 우리를 방해하고 있다는 건 명백했다.

아리아 씨도 짜증을 냈다.

"아무리 그래도 너무하잖아! 이렇게나 넓다고. 매번 앞질러 가다니 분명히 이상해! 애초에 길드 쪽에서 접촉하지 않도록 조정해주고 있는 거 아니었어?"

5대와 6대의 아츠를 사용할 수 있는 나는 처음부터 앞서가서 이쪽을 방해하는 파티가 있다는 걸 알고 있었다.

미궁 안에 들어온 시점에서 이미 앞질러 있다.

아무리 길드의 접수에서 빨리 줄을 서도 순서가 마지막으로 돌아가기 때문이다. 마지막으로 출발해서, 미궁 안에 들어온 무렵에는 이미 다른 파티는 먼저 가 벌고 있다. 길드의 조정을 무시하고 행동하는 파티도 있었다.

게다가 아무래도 산토아 씨는…… 우리를 그다지 벌 수 없는 곳으로 할당해주는 것처럼 보였다.

문제는 내가 아츠를 전력으로 사용해도 지금 상황은 변하지 않는다는 것이다.

"내가 좀 더 제대로 했다면……."

라프 씨가 고함을 치며 제안했다.

"이렇게 되면 정해진 구역 밖으로 가야 해. 이렇게 앞지르기를 당하면 이쪽이 전혀 벌 수가 없어!"

론도 씨가 좌우의 뺨을 누르며 말했다.

"라프, 그건 룰 위반이야. 들키면 페널티를 입을 거야."

"그럼 어쩌라는 건데! 명백하게 룰 위반을 하고 있는 녀석들이 있는데 우리는 잠자코 있으라는 거야?!"

론도 씨와 라프 씨가 말다툼을 시작했지만 젤피 씨는 보고 있을 뿐이다. 내게는 노웸과 아리아 씨가 다가왔다.

노웸은 냉정했다.

"라이엘 님. 저희가 룰 위반을 범하면 바로 길드에 보고가 들어갈 거예요. 이대로 가면 조금 힘들겠네요."

아리아 씨는 때때로 젤피 씨를 보면서 분통해하고 있었다.

"확실히 끼어든 느낌으로 참가했지만, 이렇게까지 해? 숫자도 부족하지 않은데도 우리를 방해하다니 어떻게 된 거야?"

원래대로라면 미궁 토벌에 도전하는 파티는 좀 더 모였어야 했다. 그러나 다리온의 길드에는 인원이 부족해서 예정보다 적은 인원이 도전하고 있다.

그래서 미궁 토벌에 참가한 모험가가 너무 많다는 건 아니다. 나는 젤피 씨를 바라봤다.

……어드바이스를 줄 것 같지는 않았다.

"아하하, 이건 꽤 힘드네요."

6대가 말한 그대로 되어가고 있었다.

제35화 소드 윙스

—소드 윙스의 렉스는 나흘째를 마치자 기분이 무척 좋았다.

"첫날, 이틀째는 녹초였지만, 이거라면 어떻게든 괜찮은 느낌으로 미궁 토벌을 끝낼 수 있겠어."

눈앞에는 보물상자에서 얻은 재보……까지는 아니더라도, 나름대로 괜찮은 물건이 놓여 있었다. 금화에 은화, 그리고 무구 등이다.

그 안에서 마치 막 만든 것 같은 건틀릿을 손에 든 렉스는 자신의 오른손에 끼워봤다.

"딱 맞네."

깨끗한 건틀릿을 바라보자 같은 동료 전사가 롱 소드를 손에 들었다.

"이걸 팔면 금화가 손에 들어올 것 같네. 하지만, 쓰는 것도 나쁘진 않겠어."

모인 것들을 팔아치우면 금화로는 열 닢 이상은 될 것이다. 하지만 그건 다리온에 돌아가서 팔 수 있을 때의 이야기다.

경장비의 남자가 렉스를 보면서 불안하게 물었다.

"저기, 렉스. 정말 바이런 녀석에게 팔 거야? 싸게 후려치는 데다, 그 녀석의 가게에서 술을 사면 가격이 평소의 배는 된다고."

경장비의 남자들은 파티에서는 정찰 역할이다. 그 밖에는 함정 등을 담당하고 있다. 그들이 테이블 위에 놓인 보물을 아쉬운 듯이 바라봤다.

렉스도 원래는 자신들이 쓰든가, 비싸게 팔고 싶었다.

그러나—.

"필요한 일이야. 여기서 아까워하다 주변의 방해를 받고 싶지 않아. 너희들, 그 『바람둥이』처럼 벌지도 못하는 상태에 빠지고 싶어?"

다른 파티와 연계하고 방해를 받지 않기 위해서는 돈이 필요했다.

라이엘 일행과 마찬가지로 렉스 일행도 신참이다. 그런 신인을 상대로 돈벌이를 가로채려는 녀석들이 있다.

동료 중 한 명이 고개를 가로저었다.

"역시 그건 사양이야. 그건 그렇고, 그 녀석들 다른 모험가들이 어떻게 생각하는지도 모르나보네."

바보 취급하듯이 웃는 동료들에게 렉스가 날카로운 시선을 보냈다.

"바보 자식. 자칫하면 우리도 똑같은 꼴을 당했을 거야. ……그렇죠? 대럴 씨."

렉스가 시선을 돌리자, 이게 마지막 일이라면서 가지고 온 금속 갑옷을 벗고 지친 느낌으로 의자에 앉아있던 대럴이 있었다.

대럴이 씨익 웃었다.

"그럴지도 모르지."

한 마디 하고는 바로 입을 다물었다. 평소와 달리 조언을 해주지 않는 대럴에게 렉스나 다른 동료들이 씁쓸한 시선을 보냈다.

그러나 지금까지 보살펴준 대럴에게 불만을 토로하려는 사람은 없었고, 렉스가 앞으로의 예정을 제안했다.

"바람둥이 녀석은 나쁜 의미로 눈에 띄어줘야겠어. 우리는 그 사이에 벌 수 있을 만큼 벌자. 그리고, 오늘은 이중 절반을 환금해줘. 그리고 술이랑 안주가 될 만한 고기류. 바이런 녀석에게서 사면 접대하러 가자."

경장비 모험가가 어깨를 떨궜다.

"우리는 채소에 콩 수프, 거기다 사온 소금에 절인 딱딱한 고기뿐인데 말이지. 다른 녀석들은 술에 고기를 마시며 보내다니…… 빨리 지위를 높이고 싶어."

불만을 늘어놓으면서도 동료들은 팔 것, 남길 것을 상의하며 그것들을 바이런의 가게로 옮겼다.

그 모습을 대럴이 히죽히죽 웃으며 보고 있었다—.

—밤.

엘프 극단이 재주를 선보이는 곳 근처에는 바이런이 연 술집이 있었다. 하늘 아래에 탁자와 의자를 놓았을 뿐인 술집이다.

근처에는 포장마차도 늘어서 있고 술안주는 빠짐없이 나온다. 하지만 어느 것도 가격이 평소의 배는 비쌌다.

그곳에 젤피와 대럴의 모습이 있었다.

두 사람 모두 술을 마시고 안주를 주문해서 서로의 상황을 이야기하고 있었다.

젤피가 머리를 긁적였다.

"이쪽은 틀렸어. 완전히 꽝이야. 나흘째가 되어도 동화 한 닢 벌지 못했다고."

대럴은 반대로 웃었다.

"조금은 어드바이스를 줘도 된다고. 뭐, 이번에는 잠자코 보고 있겠다고 정했으니까, 주변 녀석들도 당당히 룰을 깨고 마구잡이로 벌고 있는 것 같지만."

젤피와 대럴. 이 두 사람이 있는데도 미궁 안에서 룰 파괴가 횡행하고 있는 것에는 이유가 있었다.

두 사람 모두 이번에는 간섭하지 않기로 정했고, 다른 모험가들에게 그걸 전했기 때문이다. 어느 쪽도 이유는 동일.

단련해주고 있는 젊은 녀석들에게 조금 뼈아픈 경험을 시켜주기 위해서다.

그러나 대럴이 데리고 있는 소드 윙스는 지금까지의 경험을 살려 주변의 비위를 맞추는 수단을 알고 실행하고 있었다.

그 때문에 나흘째에도 나름대로 벌고 있다.

반면 라이엘 일행은 동화 한 닢도 벌지 못하는 상황이다. 아무리 젤피라도 이렇게 심각해질 줄은 몰랐던 모양이었다.

"그 녀석들, 가차 없이 마구잡이로 벌면서 라이엘 일행을 철저하게 짓밟을 셈이야. 적당히 할 줄도 알아야지. 평소였다면 두들겨 팼을 텐데……."

불만을 늘어놓으며 술을 마시는 젤피는 엘프들의 공연을 곁눈질하며 바라봤다. 모험가, 또는 미궁 토벌단에 참가한 자들이 모여서 엘프들의 공연에 눈을 빼앗기고 있다. 그 중에는 막 10대가 된 것 같은 아이도 보여서, 엘프들에 맞춰 즐겁게 춤추고 있었다.

대럴은 안주에 손을 뻗어서 젤피에게 확인을 취했다.

"그나저나, 너희 쪽의 라이엘 말인데. 궁지에 몰리면 실력을 발휘하는 타입이라고 했었나? 슬슬 뭔가 할 것 같다면 가르쳐달라고."

젤피는 빈 컵을 보며 술을 추가로 주문할지 고민했다.

"몰라. 오늘은 역시 침울해진 것 같은데, 의욕을 보이는 낌새는 없었어. ……칫, 술도 비싸니까 오늘은 이쯤 할까."

대럴이 손을 흔들며 젤피를 배웅했고 젤피도 살짝 손을 흔들며 그 자리에서 떠났다.

잠시 걷자 모르는 모험가가 술을 마시며 날뛰는 상황에 맞닥뜨렸다.

"앙? 파수꾼밖에 못하는 놈이 나한테 잘난 듯이 트집 잡지 말라고!"

미궁에 들어가는 모험가가 야영지에서 일하는 사람에게 달려들고 있었다. 이유는 그저 단순하게 방해되니까 밀쳐냈을 뿐인지, 파수를 보던 모험가가 달려오자 거기에 시비조로 대응하고 있었다.

젤피가 혀를 찼다.

"칫, 부글부글 끓는다니까."

일부러 그 자리를 지나가며 날뛰는 모험가를 노려봤다. 상대는 젤피라는 걸 알자 황급히 고개를 숙이고 도망쳤다.

'모인 녀석들의 대부분이 이 정도인가……. 라이엘이 고생하기를 바라기는 했지만, 어떻게 할까…….'

후방지원을 바보 취급하고 태연히 룰을 깨뜨리는 집단. 젤피가 골치 아파하던 중, 모험가들에게 둘러싸인 산토아의 모습이 눈에 들어왔다.

태평한 모험가가 산토아에게 요리를 권하며 부탁을 했다.

"산토아, 다음에도 잘 부탁해. 이번에는 근처 구역으로 부탁할게."

산토아가 웃으며 대답했다.

"또 거긴가요~? 괜찮긴 하지만요. 아, 술 괜찮나요?"

모험가가 술을 주문하고 웃으며 말했다.

"그나저나 그 녀석들 둔하네. 아무리 그래도 이렇게까지 벌지 못하면 보통은 눈치챌 텐데."

산토아도 웃었다.

"너무하시네요~. 그렇게 신인을 괴롭혀도 되나요?"

젤피는 열이 솟구쳤다.

'너도 가담하고 있잖아!'

모험가들에게 떠받들리고 있는 산토아를 본 젤피는 자기 머리를 거칠게 헝클었다.

"……라이엘이 진심으로 나서도 어떻게 되지 않을 것 같은데."

주변의 함정에 빠져버린 라이엘 일행을 생각하며, 젤피는 힘을 빌려줘야 할지 고민하기 시작했다.

나흘째 밤.

나는 보옥 안, 원탁의 방으로 의식을 날렸다.

역대 당주들에게 지혜를 빌리기 위해서였지만…….

『나흘째인데도 동화 한 닢 벌지 못하다니, 라이엘은 못쓰겠네.』

3대가 히죽히죽 웃으며 나를 바라봤고, 다른 사람들도 비슷한 표정을 짓고 있었다. 그보다, 이렇게 된다는 걸 알고 있었다는 느낌이다.

"죄송한데요. 웃지만 말고 좀 도와주세요. 솔직히 이대로 가면 정말로 토벌에 참가하기만 한 게 되어버린다고요."

론도 씨 일행까지 권유했는데 이대로 끝나는 건 역시 싫다. 그렇게 말하자 역대 당주들이 얼굴을 마주 봤다.

2대가 머리를 긁적였다.

『뭐, 우리가 조언을 해준다면—.』

"해준다면?!"

고개를 들고 2대의 얼굴을 뚫어져라 바라보자, 2대는 웃으면서 엄지를 세우고 말했다.

『딱히 없음!』

나는 아연실색해서 2대에게 고함을 쳤다.

"뭔가요 그게! 좀 제대로 생각해주세요. 이쪽은 진지하다고요!”

그러자 5대가 나를 보고 코웃음 쳤다.

『스스로 해결하지 못하니까 울면서 달라붙더니, 조언을 받지 못하니까 소란을 부리는 거냐?』

아픈 점을 찔려서 침묵하자 6대가 5대를 타일러주었다.

『뭐, 그쯤 하시죠. 미궁 토벌 참가는 이쪽에서 라이엘에게 부탁한 일입니다. 조언 정도는 해주도록 하죠. 웃으며 보고 있는 것도 질렸으니까요.』

7대도 끄덕였다.

『그래야겠군요. 이제 충분히 웃었으니까요.』

……어? 혹시, 전원이 내 행동을 보고 웃고 있었나? 그건 꽤 심하다고 생각하는데.

“너무하잖아요.”

3대가 뻔뻔스럽게 변명을 했다.

『아니아니, 우리도 미궁 토벌의 경험자이긴 하지만 모험가로서의 미궁 토벌은 문외한이니까. 처음에는 관망에 전념했을 뿐이야. 하지만 역시 나흘째 정도 되니까 대충 파악이 됐거든.』

4대는 안경을 벗고 렌즈를 천으로 닦았다.

『뭐, 이쪽에서도 여러모로 고심하고 있다는 걸 알게 되었습니다. 자, 라이엘…… 원래대로라면 이런 문제는 스스로 해결해야만 한다는 건 알고 있겠죠?』

자세를 고치고 4대를 봤다. 4대는 안경을 쓰며 끄덕이고는 조금 웃었다.

『괜찮습니다. 이제부터 만회할 수 있어요.』

그러자 6대가 일어섰다.

『자, 가장 먼저 해야 할 일이라면…… 역시 정보 수집이겠군요.』

방해하는 모험가 파티에 대해서 조사하면 되는 건가? 단지, 그 파티가 판명되었을 경우 어떻게 대처를 해야…….

거기까지 생각하고 있는데 역대 당주들의 말은 내 예상과는 달랐다.

5대가 짧게 말했다.

『그럼, 후방지원 녀석들을 하루 동안 조사해볼까.』

……어라? 미궁 토벌을 하는 파티는 상관없나?

닷새째 아침.

장비 점검을 하는 일행들에게 말을 건 내가 제안한 것은—.

"어~ 오늘은 휴일로 하겠습니다."

아연실색한 멤버들의 눈앞에서 나는 이어서 설명했다.

"이대로 미궁에 들어가도 앞지르기를 당할 뿐이니, 그럴 바에는 일단 타개책을 생각하기 위해 정보 수집을 해보기로 했습니다. 그러니, 전원 야영지를 돌아보도록 하죠. 아, 단독행동은 금지하는 걸로. 가능하면 3인 1조가 좋겠는데요……."

지금의 인원으로는 아무래도 두 명인 그룹이 생기고 만다. 그렇게 생각하자 텐트에서 기대하는 시선을 보내는 에바 씨의 모습이 있었다.

"……그럼, 에바 씨도 참가해주시는 걸로."

에바 씨가 승리의 포즈를 취하는 한편, 론도 씨는 곤혹스러워했다.

“아니, 라이엘. 타개책을 생각하기 위한 정보 수집은 알겠는데, 야영지를 돌아보라는 건 무슨 뜻이야? 미궁 토벌을 하는 파티를 조사하기 위해서라면 밤이 좋다고 생각하는데…….”

나는 손을 옆으로 흔들었다.

“아, 그쪽은 조사할 수 있는 범위에서 해주시면 괜찮아요. 그 밖의 후방지원을 담당하는 사람들을 알아보는 느낌으로 부탁드려요. 한 그룹당 은화 열 닢을 드릴 테니, 여기저기 돌아다녀 주세요. 이런저런 이야기를 듣는 느낌으로 부탁드려요. 점심 때 포장마차가 늘어서 있는 곳에서 합류하죠.”

그렇게 「그럼 해산」이라고 전한 나는 노웸와 에바 씨를 데리고 가기로 했다.

라프 씨가 내게 뭐라 말하려 했지만 레이첼 씨가 지팡이로 찔러서 막았다.

“모처럼 라이엘이 이렇게 말해준 거고, 오늘은 쉬면서 야영지를 돌아보자. 론도도 빨리. 그러고 보니 파수는 누가 보는 거야?”

아리아 씨와 소피아 씨가 서로 얼굴을 마주 보면서 손을 들었다. 젤피 씨는 나를 의심스러운 눈초리로 바라봤다.

“우리가 먼저 파수꾼을 볼게. 교대는 해주는 거지?”

나는 끄덕였다.

“그야 물론이죠.”

미궁 토벌 야영지는 조금 독특했다.

어느 정도의 기간을 보내기 때문에 각 파티의 텐트가 늘어선 곳 말고도 오락도 마련되어 있다.

짐을 지키는 모험가들이 아침부터 다른 파티에게 말을 걸어서 내기를 하며 떠들기도 하고, 엘프들이 노래나 재주를 선보이면서 환성을 받고 있었다.

밤이 본직인 창녀들은 자고 있지만, 떠들썩한 것은 변함이 없다.

6대가 말하기를—.

『돈을 버는 사람들한테서 이렇게 빨아들이는 상인들 쪽이 훨씬 돈을 잘 벌고 있겠지.』

그렇다고 한다.

목숨을 걸고 미궁에 도전하기보다 그런 모험가들을 상대로 장사를 하는 쪽이 더 버는 거니까 세상은 신기하다.

포장마차에 얼굴을 내밀고 꼬치구이를 세 개 사서 나와 노웸, 그리고 에바 씨가 먹었다.

성가신 곳에서 장사를 하고 있어서 그런지 포장마차의 상품도 가격이 비쌌다.

"맛있지만 비싸네."

그렇게 말하며 먹고 있는데, 노웸이 주변을 보며 설명해주었다.

"이런 곳에서 장사를 하려면 평소와는 달리 쓸데없는 비용이 더 드니까요. 뭐, 그 이상으로 벌고 있긴 하겠지만요."

근처에 물가도 없다는 걸 생각하면 마실 물의 확보만으로도 큰일이다.

에바 씨는 노래를 부르는 엘프들을 바라봤다. 우리보다 연하인 어린 엘프 아이들이 놀러온 모험가들을 상대로 노래를 부르고 있었다.

"극단의 아이들은 저렇게 재주를 갈고닦는구나……. 밤에는 참가하더라도 심부름 정도고, 운이 좋으면 돈도 받겠네. 좋겠다아, 나도 극단을 가진 엘프로 태어나고 싶었어……."

어깨를 떨구며 유감스러워하는 에바 씨는 집을 뛰쳐나와 홀로 여행하고 있다고 한다. 바깥세상의 이야기에 굶주려서 혼자 뛰쳐나왔으니까 행동력은 있는 것이리라.

보옥 안에서 2대의 목소리가 들렸다.

『라이엘. 포장마차나 극단도 좋지만, 슬슬 요리사를 보러 가자. 그 후에 합류해서 아리아 쪽과 교대해줘라.』

꼬치를 먹고 쓰레기를 포장마차 옆에 놓인 쓰레기통에 버리고 걸었다. 노웸과 에바 씨도 따라왔는데 노웸이 물었다.

"아직 합류하기에는 조금 이른데요."

"아니, 점심식사를 하는 모습을 봐두고 싶어."

내 말을 듣고 노웸이 끄덕였다. 에바 씨는 이해하지 못했는지 고개를 갸웃했다.

"남이 먹는 걸 보고 싶어? 별나네."

그런 감상을 가진 모양이다.

토벌단의 식사를 담당하는 요리사는 다리온에서 가게를 열고 있는 남성이었다. 원래는 모험가였는지 체격도 좋고 수완도 좋다.

꽤나 평판 있는 가게라던데, 가게 쪽은 아들에게 맡기고 미궁 토벌단에 참가했다. 참가한 이유는 목돈을 손에 넣기 위해서라고 한다.

수백 명의 집단이다. 아침, 점심, 저녁을 먹여주는 건 무척 중노동이다. 역시 나름대로 보수가 나오는 거겠지.

점심 전, 모험가들이 오기 전에 식사를 마치려는지 많은 사람들이 식사를 하고 있었다.

문제가 있다면, 실력은 좋지만 식재료가 열악하다는 것이리라. 대부분 채소나 콩이 주체인 요리가 되어서 먹는 사람들이 불만을 토로하고 있었다.

그 모습을 조금 떨어진 곳에서 바라보았다.

"오늘도 변함없이 채소 부스러기랑 콩 수프냐……."

"……의욕이 안 나네."

"조금 더 듬뿍 먹고 싶다고……."

요리사 남성은 묵묵히 작업을 해나갔다. 그러나 도와주는 사람들에게 지시를 내릴 때는 아무래도 목소리가 거칠어졌다.

"당장 그릇 준비를 해!"

"네, 넷!"

화가 난 거겠지.

6대가 그 모습을 보며 정보를 정리했다.

『다리온에서는 나름대로 맛있다는 평판의 요리사가, 여기 와서는 부족한 재료로 노력하고 있지만 평가를 얻지 못하고 있는 건가. 의욕이 없다면 다른 수단도 있었겠지만…… 흠.』

이 시간, 식사를 하고 있는 건 물 뜨기를 담당하는 모험가들. 야영지 순회를 도는 모험가들. 말 등을 돌봐주는 사람들. 그중에는 아이의 모습도 있었다.

그 밖에는…… 뭐, 여러 사람들이 있고, 그들이 우리가 싸울 수 있도록 움직여주고 있다는 건 이해할 수 있었다.

식사를 마치고 사람들이 떠나가자 교대하듯이 모험가들이 들어왔다. 짐 지키기, 휴일, 이유는 다르지만 대기하고 있던 모험가들이다.

조금 전까지 있던 사람들에 비해서 더욱 말투가 거칠다.

"칫, 빌어먹게 맛없군."

"이봐, 요리사. 일 똑바로 하라고."

"젠장. 이거라면 포장마차나 바이런네에서 먹는 게 더 낫겠어."

바가지 가격의 포장마차나 바이런 할아버지의 가게에서 식사를 하는 편이 낫다는 모험가들은 식사를 남기고 떠나갔다.

돈이 없는지 계속 먹고 있는 모험가들도 저마다 불만을 늘어놓았다.

2대가 그 모습을 보고 어이없어했다.

『후방지원을 바보 취급 하는 건가? 제정신으로 보이지 않는군.』

5대가 코웃음 쳤다.

『후방지원을 받지 못하면 제대로 싸울 수 없는데 말이지. ……라이엘, 론도 일행이 왔어.』

돌아보자, 론도 씨 일행이 이쪽으로 다가오고 있었다.

식사를 하면서 정보 교환.

먹고 있는 건 채소와 콩 수프, 딱딱한 빵이다. 빵을 수프에 적셔 먹으면서 론도 씨 일행의 이야기를 들었다.

라프 씨는 불만스러웠고, 레이첼 씨는 조금 화가 난 것처럼 보였다.

론도 씨는 진지한 표정으로 모은 정보를 가르쳐주었다.

"그 대럴이라는 사람 쪽 모험가 파티 말인데, 소드 윙스라는 이름이라고 해. 그들은 평소부터 미궁에 도전하는 모험가들에게 술이나 식사를 대접하고 있어. 아무래도 우리는 그 모험가들에게 방해를 받고 있는 것 같아."

라프 씨가 수프를 거칠게 마시고는 그릇을 테이블에 내리쳤다.

"룰을 깨는 건 당연! 우리가 바보처럼 정직하게 지키고 있었을 뿐이야. 다른 녀석들, 그걸 듣고 비웃고 있었다고 하잖아!"

레이첼 씨도 화가 난 건지 양손을 움직이며 우리에게 필사적으로 전했다.

"정말로 최악이야! 잘 해나가고 있는 그 소드 어쩌고도, 술이나 요리를 대접하고 있으니까 룰 깨기도 묵인해주고, 방해받지 않고 있어! 우리가 바보 같잖아!"

6대가 히죽히죽 웃었다.

『그런 곳인 거다. 어쩔 수 없는 것을.』

7대도 웃고 있었다.

『그렇지요. 어디를 가더라도 그곳의 풍습을 따라야 하는 법이니. 라이엘 일행의 잘못입니다. 하지만—.』

3대가 낮은 목소리로 말했다.

『그럼, 이쪽도 되갚아주면 되지. 아니, 애초에 전제를 무너뜨려버리면 돼.』

역대 당주들은 조용히, 그리고 교활하게, 꿍꿍이를 벌이고 있었다.

나는 론도 씨에게 대화를 계속했다.

"달리 신경 쓰이는 점은 없었나요?"

론도 씨가 끄덕였다.

"그 종군 상인. 바이런 할아버지였던가? 그 사람과 이야기를 해봤는데, 아무래도 이 미궁은 꽤나 벌 수 있는 것 같아. 이럴 때는 팍팍 돈을 써야 한다더라. ……단지, 상인의 말이니까 정말로 어떤지는 알 수 없지만."

레이첼 씨가 테이블에 팔꿈치를 대고 미궁의 보물상자에서 나온 물건을 가르쳐주었다.

"아무래도 무구 관련이나 금화에 은화, 가끔 동화도 나온다고 해. 신기하네. 왜 막 탄생한 미궁에 그런 게 있는 걸까? 미궁은 많은 사람들을 먹으면 그 사람의 돈이나 무구를 보물상자로 토해낸다고 들었는데……."

생각해보면 확실히 신기하다. 아직 죽은 사람은 그리 많지 않다. 아니, 발견되고 나서는 한 명도 없는 상태인데 어째서 그런 게 보물상자에서 나오는 걸까?

그 의문을 노웰이 답해주었다.

"……미궁에는 각각 특징이 있고, 전부 다르다고 하지만 모두 똑같은 미궁이다, 라는 설을 책에서 봤어요. 그다지 돌지 않는 설이었지만, 레이첼 씨의 이야기를 들어보니 가능성은 있을 것 같네요."

라프 씨가 노웰의 이야기에 흥미를 가졌다.

"다른데도 똑같다는 건 무슨 뜻이야?"

노웰이 자세히 설명해주었다.

"미궁은 여러 장소, 여러 형태로 탄생해요. 하지만 그것들이 모두 연결을 가지고 있다는 설이에요. 예를 들어, A라는 미궁에서 모험가가 쓰러져서 소지금이나 무구가 미궁에 흡수되었다고 치죠. A 미궁에서는 그것들이 발견되지 않았지만 다른 미궁 B에서 그것들이 발견될 수 있다는 이야기에요."

라프 씨가 팔짱을 끼고 생각에 잠겼다. 어려운 이야기는 서툰 모양이다. 한편, 론도 씨는 노웰의 이야기를 흥미롭게 듣고 있었다.

"확실히 재미있네. 미궁이 어딘가에서 모두 이어져있다면 새로운 미궁에서 보물상자가 나오는 것도 설명할 수 있어. 그건 그렇고, 미궁이 소지품과 함께 죽은 사람의 시체를 흡수하다니, 무시무시한 이야기네. 예외가 있다면, 길드 카드 정도일까?"

길드 카드— 모험가 길드가 작성하는, 미궁에 흡수되지 않는 신기한 카드다. 그것 말고는 대부분 미궁에 흡수된다고 한다.

미궁 안이 시체나 쓰레기로 넘쳐나지 않는 것도 그게 이유라고 들었다.

모두가 그런 이야기로 흥겨워하고 있는데, 식사를 마친 에바 씨가 우리를 보며 한 마디했다.

"그래서— 그 이야기는 돈벌이랑 관련이 있어?"

……없습니다.

전원이 현실로 돌아와서 머리를 감싸 쥐고 싶어졌다. 나는 모은 정보를 다 듣고 이쪽에서도 모은 정보를 론도 씨 일행과 이야기했다.

그리고, 우리는 아리아 씨, 소피아 씨, 젤피 씨의 그룹과 짐 지키기를 교대하기 위해 텐트로 돌아갔다.

—미궁 안의 소드 윙스.

정찰을 나갔던 경장비 동료가 돌아왔다.

통로에서 대기하던 렉스는 정찰의 결과를 확인했다.

"어땠어?"

"이 앞에 있는 방에 마물이 다섯 마리. 앞쪽 통로에도 고블린의 모습이 힐끔 보였어. 방에 들어가서 전투가 벌어지면 난입할지도 몰라.

방패를 든 전사들이 파티의 앞뒤에 서서 주변을 경계했다.

그런 가운데, 렉스는 지도를 펼쳐 통로와 방의 확인에 들어갔다.

금화를 내고 센트럴의 모험가에게서 구입한, 길드가 가진 것보다 상세한 지도……. 어디까지나 길드보다는 낫다는 정도지만 그럼에도 충분했다.

"……싸우자. 입구에는 두 명을 배치해서 마물을 경계. 나머지는 전원이 방에 있는 마물을 상대하자. 보물상자가 있을 가능성이 있어. 지나치는 건 탐탁지 않아."

렉스가 힐끔 대럴을 봤지만 역시 조언을 해줄 기색은 없었다.

'우리에게 가르칠 것이 없는 건지, 아니면 뭔가 다른 이유가 있는 건지는 모르겠지만…… 됐어. 그럼 성과를 보여서 인정하게 만들어주겠어.'

렉스 일행은 무기를 들고 그대로 이동을 개시했다.

대형 방패를 든 전사가 앞장서고, 방 입구 앞에서 경장비 동료가 방 안을 확인했다. 아무래도 마물들은 이쪽을 깨닫지 못한 모양이었다.

경장비 동료가 손으로 신호를 보내자 렉스가 고개를 끄덕이고 전원이 볼 수 있도록 손을 들었다. 방 입구를 막고 예정대로 남은 한 사람도 경계에 들어갔다.

"좋아, 단숨에 덮치자!"

마법사 남자가 고블린을 향해 불릿계로 불리는 초급 마법을 쐈다. 고블린이 움츠러들자 커다랗고 흉흉한 벌이 날갯소리를 내며 렉스 일행을 덮쳤다.

렉스는 겁먹지 않고 방패로 벌의 돌격을 막고는 오른손에 든 검을 휘둘러서 지면에 벌을 내리꽂아 그대로 밟아서 숨통을 끊었다.

다른 동료들도 마물의 상대를 하고 있다. 고블린은 무슨 생각인지 대럴 쪽으로 갔다가 창의 찌르기를 맞고 있었다.

'변함없이 움직임이 좋아.'

연륜이 느껴지는, 군더더기 없는 움직임을 본 렉스는 바로 주변을 확인했다.

입구 주변은 조용했다.

"마물은?"

바로 동료가 대답했다.

"올 기색은 없어."

그대로 파수를 계속하라고 하고 남은 동료들끼리 마물에게서 마석과 소재를 벗겨냈다. 그리고 보물 상자가 있는지 확인을 했다.

렉스도 벽 같은 곳을 잘 살피며 보물상자를 찾았다.

"있다!"

한 명이 기뻐하는 목소리를 내자 렉스 일행은 그쪽을 봤다. 많은 가지가 뭉쳐서 뭔가를 숨기려는 듯이 감싸고 있었다.

"찾았나!"

렉스가 그쪽으로 향하자 동료는 단검을 꺼내서 보물상자를 열었다.

"내용물을 상하게 하지 말라고."

"알고 있다, 니까."

그렇게 보물상자에서 나온 것은 가죽주머니였다. 입구 부분이 끈으로 묶여있었다. 그걸 풀고 내용물을 확인했다.

금화 몇 닢과 은화가 수십 닢. 그리고 동화가 조금이었다.

미궁에 들어온 누군가의 지갑일지도 모른다. 단지, 렉스 일행에게는 그런 건 아무래도 좋은 일이다.

"좋았어! 이걸로 이번에도 할당량은 달성했어."

렉스 일행은 미궁에 도전할 때마다 어느 정도의 돈을 할당량으로 정해놓고 있었다. 가죽주머니를 움켜쥐고 짐을 가진 서포터를 불렀다.

커다란 배낭을 멘 서포터는 허리에 랜턴을 달고 있었다. 그 밖에도 여러 짐을 짊어지고 모두의 서포트를 맡고 있는 요원이다.

"만약을 위해 배낭하고는 다른 곳에 넣어둬. 떨어뜨리지 말라고?"

서포터가 웃었다.

"당연하지."

전투에는 참가하지 않는 서포터지만, 중요한 동료다. 렉스는 다른 동료와 마찬가지로 대하고 있었다.

마법사 남자가 렉스에게 말을 걸었다.

"미안. 이제 두 발이나 세 발이 한계야. 피로도 쌓였어. 내일은 힘들지도 몰라."

그걸 듣고 렉스는 끄덕였다.

"알았어. 내일은 쉬어줘. 그리고, 가능한 한 마법은 아껴두는 방향으로 부탁해. 오크가 나왔을 때는 부탁할지도 모르겠지만.”

그렇게 마석이나 소재 회수를 마치고 잠시 휴식을 취한 뒤, 바로 다음 장소로 이동을 개시했다.

닷새째 낮.

텐트로 돌아온 나는 노웸에게 짐 지키기를 맡기고 조금 자기로 했다.

실제로는 보옥 안에 의식을 날리기 위해서지만, 주변에서 보면 자고 있는 걸로밖에 보이지 않겠지.

원탁의 방에는 역대 당주들이 모여서 팔짱을 끼며 앞으로의 일을 상의하고—.

『소드 윙스, 라. 왜 칼날에 날개가 돋아나 있는 거지? 깃털형 검이라는 의미가 아닌 건가?』

2대의 그런 소리를 계기로 이야기는 파티명에 대한 걸로 이동해버렸다.

3대가 고개를 조금 들고 고민에 잠겼다.

『왠지 모르게 하고 싶은 말은 알겠지만. 뭐, 파티명이니까 괜찮지 않을까? 그보다, 나는 참신하게 느껴지는데.』

4대는 딱히 신경 쓰는 낌새가 없었다.

『딱히 상관없지 않을까요? 흔한 이름이라고 생각합니다만.』

5대는 흥미가 없어 보였지만, 자기 의견을 내기는 했다.

『힘이 너무 들어갔다는 느낌은 드네.』

6대에 이르러서는—.

『조금 화려하달까, 그 규모에서 소드 윙스라고 해도…… 전원이 검을 갖고 있지 않은 것도 조금.』

7대는 코웃음을 치고 있었다.

『이름에 비해 보잘것없고, 게다가 너무 들떴군요. 안쓰러운 이름 아닐지. 역시 모험가로군요, 센스가 없어요.』

각자 파티명에 대해 자기 생각을 늘어놓고 있었다. 하지만, 참신, 평범하다고 대답한 3대와 4대가 7대에게 불만을 늘어놓았다.

『센스가 없어? 게다가 안쓰러운 이름이라니 무슨 소리야?』

『흔하게 있는 이름입니다. 그렇게까지 말할 건 없을 텐데요?』

7대도 물러서지 않았다.

『센스가 없습니다. 분명히 없어요. 믿기지가 않는군요. 단언컨대 안쓰러운 이름입니다.』

역대 당주들은 각자 살아온 시대가 다르기 때문에 감상도 갖가지다. 2대는 이해할 수 없다는 느낌. 5대는 위화감이 있는 정도. 6대부터는 이상하다고 생각하는 모양이고, 7대에 이르러서는 안쓰러운 이름이라고 단언해서 3대, 4대와 싸우고 있다.

6대가 웃었다.

『좀 더 유명해지면 다를지도 모르지만, 지금 상태에서는 멋부리는 이름으로 들리긴 하지요! 라이엘, 너도 파티명을 생각할 때는 주의해라.』

전원의 시선이 내게 모였다. 단지, 내가 보기에는 소드 윙스라는 이름…… 그다지 싫지는 않았다.

아니, 아니지! 지금은 이런 이야기를 할 때가 아니었다.

"저기, 그보다도 지금 상황을 어떻게 할지 대책을 가르쳐주셔야……."

전원이 「분위기 좀 읽어라」라는 느낌으로 나를 바라봤고, 그 뒤에 마지못해 3대가 입을 열었다.

『자, 몇몇 정보도 모였으니 우리도 행동을 할까. 이대로 보고 있기만 하는 것도 시시하고.』

4대가 끄덕였다.

『그렇죠. 이대로 가면 적자, 추가로 시간낭비라서 좋은 점이 없습니다. 자, 여러분의 의견은?』

5대가 입을 열었다.

『미궁에 들어가는 변변찮은 녀석들은 무시해버려.』

룰 깨기를 태연하게 저지르는 모험가 파티를 포섭한다는 건 5대의 선택지에는 없었다.

6대가 씨익 웃었다.

『포섭한다면 후방지원, 게다가 전체가 좋겠군요.』

2대도 같은 의견인지 손가락을 튕겼다.

『나도 그 의견에 찬성이다. 그리고. 라이엘…… 파티 전체 인원에게 아츠를 사용하는 연습을 시키도록 하자.』

7대가 턱에 손을 대고 입꼬리를 끌어올리며 웃었다.

『싸우는 모험가보다도 그 후방에서 지원을 하는 이들이 많다는 걸 실감하게 해줘야겠죠. 수준 낮은 모험가가 많아서 곤란하다니까요.』

낮게 웃는 역대 당주들. 그 웃음은 사악하게 느껴질 정도였다.

마치 악인처럼 보이는 건 내 기분 탓일까? 아무래도 미궁 안을 도전하는 모험가들이 딱하게 느껴졌다.

제36화 역전의 한 수

"……네?"

지금 나는 역대 당주들에게 현재 상황의 타개책을 듣고 아연실색했다.

3대가 고개를 갸웃했다.

『어라? 지금까지의 흐름에서 아직도 눈치채지 못했어?』

고개를 가로젓고, 머리를 굴리면서 역대 당주들의 작전을 입에 담았다.

"저희가 공략해야 하는 게 미궁이 아니라 후방지원 전체라는 건 무슨 뜻이죠? 저기, 저희는 미궁을 공략하러 온 거잖아요? 그렇죠!"

5대가 나를 보며 탄식을 내쉬고는 덤덤히 설명했다.

『그러니까, 그걸 위해 후방지원을 라이엘 너희 쪽으로 끌어들이려는 거잖아. 잘 들어, 너희가 싸울 수 있는 건 후방에서 제대로 받쳐주는 인원이 있기 때문이야. 확실히 목숨을 걸고 미궁 안에서 싸우고 있는 녀석들이 주역이긴 하지만, 후방지원을 바보 취급 하는 건 이야기가 달라.』

6대가 턱수염을 매만지며 말했다.

『미궁에 도전하는 모험가들 말인데, 아무래도 질이 낮아. 우수한 이들은 다른 미궁 토벌에 가 있어서 떨거지들을 긁어

모았기 때문이겠지. 구심점이 없는데다 중요한 걸 이해하지 못하는 녀석들이 너무 많아. 그런 녀석들을 포섭하기보다는 후방지원을 송두리째 우리 편으로 만드는 편이 좋을 거라 생각하지 않아?』

벌기 쉬운— 미궁 토벌에 집중하는 환경을 만들기 위해 공략해야 할 것은 미궁 내부가 아니라 그 바깥에 있다. —역대 당주들은 그렇게 말하고 있었다.

4대가 안경을 검지로 살짝 들어서 위치를 고치자 렌즈가 꺼림칙하게 빛났다.

『자, 거기서 이번 정보 수집입니다. 어느 정도는 예상대로였지만, 문제였던 건 이번 미궁 토벌에서 얼마나 벌 수 있느냐, 하는 거였죠.』

2대가 자신만만하게 입을 열었다.

『단언하마. 나는 아버지보다 감은 둔하지만 그래도 다른 녀석들보다는 날카로울 거다. 덤으로 지금까지의 경험으로 보아 이번 미궁은…… 대박인 것 같다. 벌 수 있어. 이 미궁은 벌 수 있다고!』

2대의 말을 듣고 4대가 기뻐하며 끄덕였다.

『무척이나 좋은 일이군요. 이래야 전력으로 자금을 투입할 보람이 있는 법이죠.』

수전노인 4대가 그렇게 말하자 7대가 놀랐다.

『4대가 아끼지 않는다는 것도 위화감이 있군요.』

바로 4대가 반론했다.

『착각하지 말아주시죠. 저는 할 수 있다고 생각하면 투자를 아끼지 않아요. 크게 벌려면, 때로는 견실하기만 해서는 안 되는 법입니다. 대담한 자금 운영도 중요한 일이죠. 뭐, 영주 시대를 생각하면 거금이라고는 할 수 없습니다만.』

5대가 나를 보며 작은 목소리로 가르쳐주었다.

『라이엘. 말은 저렇게 하지만, 4대는 금화를 한 닢 한 닢 세면서 금고에 넣어두는 걸 무척이나 좋아하는 녀석이야. 거금을 움직이는 것도, 엄마가 없었다면 절대로 실행하지 않았을 견실한 놈이라고.』

5대가 어머니를 엄마라고 부르는 건, 아무래도 강제로 시켜서 그런다는 모양이다. 그리고 4대도 그『엄마』에게는 이기지 못했다고 한다.

대체 어떤 여걸이었던 걸까? 설마 에바 씨가 말해준 그 마음씨 착한 소녀가? ……아니겠지. 시대가 다르다. 그 소녀는 조금 더 옛날 사람이다.

4대가 우리를 가리켰다.

『거기, 시끄럽습니다! ……자, 그럼 현재 사용할 수 있는 예산을 생각해서 준비할 것을 정하도록 할까요. 우선은 식재료겠군요.』

3대가 웃었다.

『과자도 좋겠네. 아이나 여성용으로 확보하고 싶어.』

6대가 힘차게 나섰다.

『술! 통으로 사도록 하죠.』

5대는 냉정했다.

『엘프를 고용하기 위해 금화나 은화도 어느 정도 비축해두고 싶네.』

7대는 팔짱을 끼고 의자에 등을 기댔다.

『호킨스에게 접촉하는 건 두 번으로 나누는 편이 효과적이겠죠. 그리고, 그 밖에 창녀도 고용할까요. 술, 여자, 음식…… 정석이군요. 흠, 포장마차 녀석들에게도 말을 걸어봅시다. 다른 곳이 버는데 따돌림을 당하면 반감을 살 테니까요.』

내가 대화를 따라가지 못하고 있는데 2대가 내게 다가와 어깨에 손을 올렸다.

『라이엘. 너는 이리 와라. 내 아츠…… 2단계를 가르쳐주마. 그리고, 너희는 내일과 모레도 미궁 토벌은 쉬어라.』

나는 2대의 말에 아연실색했다.

"……그거, 정말로 괜찮은 건가요?"

미궁 토벌을 우선하고 싶은데, 중요한 미궁 토벌을 사흘 연속으로 쉬다니…… 이건 잘못된 거 아닐까?

2대가 나를 바라봤다.

『뭐냐, 불만인 거냐? 안심해라. 반드시 잘 될 거다. 먼저 가마.』

그렇게 격려해준 2대는— 요즘 특히 밝게 행동하고 있는 느낌이 들었다. 2대가 자신이 가진 기억의 방으로 향하자, 그가 사라진 방을 3대가 보고 있었다.

『……어서 가줘. 2대는 요즘 라이엘을 걱정하고 있거든. 초대가 사라졌으니까, 무리해서 기운을 내며 격려해주려고 하는 거야.』

당초 2대는 좀 더 말수가 적었다. 사냥꾼 차림을 한 과묵한 남성이었는데, 확실히 요즘은 꽤나 억지로 말수를 늘리고 있다는 느낌이 들었다.

나는 2대의 기억의 방으로 향하기 위해 발을 내딛었다.

2대가 가진 기억의 방은 초대의 방과 비슷했다.

단지, 초대 때 봤던 마을 광경보다 정돈되어 있고, 엉망으로 배치되어 있던 밭은 가지런한 형태를 갖추고 있었다.

그런 광경을 보며 걷다가 광장으로 나왔다. 그곳에는 활의 과녁이 몇 군데 준비되어 있고, 평소부터 사용하고 있는 느낌을 내고 있었다.

기다리고 있던 2대가 내게 손짓을 보냈다.

『이쪽이다.』

종종걸음으로 2대에게 향하자, 2대는 허리에 손을 대고 자신의 아츠를 가르치기 시작했다.

『자, 내 아츠에 대해서인데, 기본적으로 내 아츠는 「타인에게 아츠를 쓸 수 있게 해준다」라는 식이다. 솔직히 말해서 그 덤이 더 굉장하다고 하지만, 이건 이것대로 유용한 아츠지.』

꽤 수수한 느낌인 2대의 아츠. 그건 타인에게 아츠를 쓸 수 있게 해준다는 것이었다.

단지, 이것의 굉장한 부분은 타인에게 아츠를 사용하기 해주기 위해 상대와의 정확한 거리를 계측할 수 있다는 것에 있다. 자신을 중심으로 구형으로 된 공간을 파악할 수 있는 것이다.

말하자면, 눈을 감아도 구형 안에 있는 상황을 파악할 수 있다. 뒤에 눈이 달렸다는 정도의 이야기가 아니다.

그런 아츠의 이름은【올】.

“2단계가 되면 아무튼 굉장해지는 거죠?”

『뭐, 그렇지. 라이엘 네 아츠와 비교하면 수수하겠지만.』

그렇다. 내 아츠…… 성장을 경험한 뒤에 이름이 확연하게 떠올랐다.

이름은【익스피리언스】― 경험을 보다 많이 얻을 수 있는 아츠다. 단지, 경험을 보다 많이 얻을 수 있다고 해도 어느 정도의 효과가 있는지, 그리고 어느 범위까지 효과가 있는지는 애매해서 잘 알 수 없었다.

상시발동하고 있어서 나를 포함한 주변에 영향을 미친다는 건 알지만…… 영향이 적은지 큰지는 미묘하다.

그 때문에 이름이 밝혀지고 효과를 알았지만 역대 당주들의 아츠처럼 은혜를 실감하지 못하고 있었다.

역대 당주들의 말로는『보다 앞으로 나아가기 위한 아츠』라고 한다. 성장 촉진이라는, 뭐라 말하기 힘든 아츠다.

“파격적이라고 해도, 효과가 어느 정도인지도 확실히 모르긴 하지만요. 그래서, 2대의 아츠는요?”

2대가 뺨을 손가락으로 긁적였다. 조금 쑥스럽다고나 할까, 부끄러운 모양이다.

『내 경우, 2단계에도 그렇게 커다란 변화는 없어. 단지, 공간을 파악하는 거리가 넓어지는 것과, 집단에게 단번에 아츠를 사용하게 해줄 수 있지. 그리고. 공간 속에 있는 적 아군의 상태를 왠지 모르게 알 수 있다.』

"왠지 모르게? 엄청 애매하네요."

『그게~ 이것만큼은 설명하기보다는 경험해보는 편이 빨라. 뭐, 사용 방법은 1단계와 같다. 좀 더 시야를 넓게 가지려고…… 아니, 멀리까지 파악하려고 하면 될 거다. 아츠의 이름은 【필드】다.』

그 말을 듣고 눈을 감아서 2대의 아츠 【올】을 사용했다. 여기서 더욱 앞을 보려고…… 멀리까지 파악하려고 하면서 이름을 중얼거렸다.

"필드."

나를 중심으로 구형으로 공간이 넓어지는 것을 느꼈다. 나와 2대가 서 있는 광장을 꽉 채울 만큼 공간이 넓어졌다.

눈을 감고 있으니 자신의 고동이 들려오는 느낌이 들었다.

그리고 2대 쪽이 마치 마력 덩어리 같은…… 사람이 아니라는 걸 확실히 이해할 수가 있었다.

2대가 웃고 있는 것을 눈을 감고 있어도 알 수 있다.

『이해했겠지? 그런 거다. 그건 그렇고, 꽤나 바로 습득했구나. 아버지도 말하긴 했지만 라이엘…… 너는 굉장해.』

눈을 뜨자 2대는 역시 웃고 있었다. 묘하게 쑥스러운 느낌이다.

"그런, 가요? 자기 일이라 잘 모르겠어요."

2대가 곤란한 듯한, 그러면서 기쁜 표정을 지었다.

『조금 더 자신감을 가지면 좋을 텐데. 자, 바로 다음 이야기를 해볼까. 내가 지금 단계에서 2단계를 가르친 이유, 그리고 이틀을 더 쉬라고 한 이유다.』

나는 2대의 말에 귀를 기울였다. 어떤 이유가 있어서 이틀을 더 쉬라고 했던 걸까?

『간단해. 남은 이틀 중 하루는 지금의 아츠로 전원에게 4대의 아츠【스피드】를 쓸 수 있게 하는 것. 그걸 이용해서 미궁 안을 단숨에 달려 중반까지 진출할 거다. 거기서 마구 버는 거지.』

이번에는 미궁으로서 규모는 작지만 나름대로 넓이는 있다고 한다. 하루 안에 최심부 방까지 진출하는 건 어렵다고 하고, 덤으로 최심부 방이 어디에 있는지도 알지 못한다.

그러므로 미궁 안에서 숙박은 하지 않고, 매일매일 나갔다가 돌아오면서 천천히 공략하는 방침을 취하고 있었다.

단숨에 공략할 만한 실력을 가진 파티가 없는 것도 이 방침을 취한 이유라고 한다.

"저기, 그럼 나머지 하루는요?"

『뻔한 것 아니냐. 후방지원을 담당하는 녀석들을 포섭할 공작을 진행할 거다. 뭐, 말은 이렇게 해도 너희가 할 일은 식재료 조달이나 인원을 모으는 거지만.』

나는 탄식을 내쉬었다.

『뭐냐? 싫은 거냐?』

"아, 그게 아니고요. 미궁 토벌을 위해 모였는데 서로 발을 잡아끄는 게 아무래도 좀 아닌 것 같다는 생각이 들어서요."

개별적으로는 토벌이 불가능하니까 대규모 집단을 모은 건데, 서로 발을 잡아끌고 있다. 그리고 나도 똑같은 일을 하려고 하고 있었다.

그게 아무래도 마음으로는 납득이 가지 않았다.

"좀 더 친하게 지내자고는 하지 않겠지만, 룰을 지키며 할 수 있다면 좋을 것 같은데 말이에요."

그러자 2대가 내게 어떤 말을 건넸다.

평온한 마을을 바라보면서, 어딘가 슬픈 표정을 지으며.

『라이엘…… 인간은, 언제든, 어디서든, 누구든, 어떤 상황이든, 그리고 어떤 이유가 있든 다툴 수 있다. 그런 생물이야.』

나는 솔직한 감상을 말했다.

"왠지, 슬프네요."

2대가 살짝 웃었다.

『그래, 그렇지. 하지만 기억해둬라. 뭐, 위안에 지나지 않을지 모르지만, 그렇기에 그런 인간이 집단으로 무언가를 해낸다는 건 더더욱 숭고한 걸지도 모르거든.』

2대가 쑥스러워하면서 「역시 지금 이건 취소다. 내게는 어울리지 않아」라고 말하며 기억의 방에서 나를 내보냈다.

눈을 뜨자 저녁이 되어있었다.

아리아 씨 일행이 돌아오고, 론도 씨 일행도 밤이 되기 전에 모닥불 준비 등을 하고 있었다.

"집단으로 뭔가를 해내는 건 숭고하다, 라."

그렇게 중얼거리자, 텐트 안에 있던 에바 씨가 베개를 안고 졸린 표정을 짓고 있었다. 아무래도 나와 마찬가지로 낮잠을 자고 있었나보다.

"후엣? 뭐, 뭐야?"

입가를 닦는 모습을 보니 어쩌면 침을 흘리고 있었을지도 모른다. 뭐라 말해야 좋을지…….

"이쪽 이야기에요. 에바 씨, 오늘도 묵으실 거죠? 같이 식사를 할까요."

조금 흐트러진 머리의 에바 씨가 헤벌쭉 웃었다. 처음 만난 날에 보여줬던 유혹하는 어른의 웃음이 아니라, 마치 어린애 같았다.

"부탁해요~. 아, 공짜라고는 하지 않을게. 오늘도 노래할 거고, 이야기나 재주도—."

거기까지 말했기에, 나는 부탁을 하기로 했다.

"그럼 부탁합니다. 단지, 이번에는 조금 대대적으로 할 거니까 보수를 드릴게요."

보수라는 말을 듣자 에바 씨가 눈을 크게 뜨고 웃으면서 양손을 얼굴 앞에서 꼬았다.

"이야기를 듣도록 하죠!"

표정이 데굴데굴 변하는, 감정이 겉으로 드러나기 쉬운 사람이다. 나는 쓴웃음을 지으면서 바깥에 있는 노웸에게 말을 걸었다.

밤.

우리는 텐트 근처에서 모닥불에 둘러앉아 있었는데, 내 이야기를 듣고 전원이 침묵해버렸다.

라프 씨는 입을 쩌억 벌렸고, 레이첼 씨는 들고 있던 차를 쏟으며 당황했다.

에바 씨는 두근두근한 눈동자로 나를 바라봤다.

젤피 씨는 왼손으로 얼굴을 가렸고, 아리아 씨와 소피아 씨는 얼굴을 마주봤고, 노웸만큼은 나를 보며 고개를 끄덕였다.

론도 씨가 전원을 대표해서 내게 질문을 했다.

"저기, 다시 말해…… 한동안 우리는 미궁에 들어가지 않고, 후방지원 집단을 포섭하기 위해 움직인다, 그런 거야?"

나는 끄덕였다.

"네. 이대로는 아무리 들어가 봐야 돈을 벌 수 없어요. 그럴 바에는 큰 승부에 나서야 한다고 생각해요. 이대로 미궁 토벌에 참가만 하고 아무런 경험도 얻지 못하는 건 참을 수 없으니까요."

역대 당주들이 말하던 것을 떠올리고 동료들에게 그걸 이유로 내세웠다.

라프 씨가 일어섰다.

"그, 근데 말이지. 확실히 그게 가능하다면 굉장할 거야. 굉장하겠지만…… 그 자금은 어디에서 나오는데. 게다가, 상상도 못하겠지만 그만큼의 거금을 회수할 수 있다는 보장도 없어. 우리보다는, 너희가…….”

라프 씨의 의견은 올바르다. 그리고 우리를 걱정해주고 있다. 방식에 따라서는 좀 더 작게 움직여도 결과는 얻을 수 있겠지. 하지만 이미 정해진 일…… 아니, 정한 일이다.

보옥 안의 역대 당주들은 움직여서 이미 계책을 생각해놨다. 본인들은 이미 한껏 분위기를 탔다.

3대가 라프 씨를 이렇게 평가했다.

『이 아이, 겉보기는 도적이나 불량배 같은 느낌인데, 다정하네. 좋은 아이야.』

확실히 겉모습은 언뜻 보면 무섭지만, 여러모로 다정한 부분이 많다.

노웹에게 시선을 보냈다. 노웹은 고개를 끄덕이며 가죽주머니 몇 개를 꺼냈다. 그곳에는 금화가 가득 들어있었고…… 그것을 우수수 테이블 위에 놓았다.

“영주님의 의뢰로 받은 보수에요. 이걸 써서 후방지원을 하는 모두를 우리 쪽으로 끌어들이겠어요. 괜찮아요. 제 감으로는…… 이 미궁이라면 본전을 찾을 수 있어요.”

나는 자신감을 갖고, 그리고 자신조차 속인다는 느낌으로 전원에게 말했다.

“이 기회를 놓칠 수는 없어요. 그저 헛되이 보내기보다는, 실패하는 편이 그나마 낫죠! 어떤가요? 제 작전에 협력해주실 수 있나요?"

론도 씨가 갑자기 웃음을 터뜨렸다. 모두가 놀라서 론도 씨를 바라봤다.

라프 씨가 걱정스레 말을 걸었다.

"론도? 너, 정신이라도 나갔어?"

"아니, 아냐. 제정신이야. 하지만 설마 제정신으로 미친 짓을 하다니…… 라이엘은 재미있네. 좋아. 나는 이 계획에 협력하겠어. 확실히 이대로 아무것도 얻지 못하면 모처럼 미궁 토벌에 참가한 의미가 없지. 게다가, 미궁 안에서 룰을 깨뜨리는 녀석들에게 한 방 먹여주고…… 아니, 방해한 녀석들에게 되갚아주고 싶으니까."

평소의 호청년 같은 인상과는 달리, 꽤나 대담한 말이었다. 마음에 들지 않는 녀석들에게 되갚아주고 싶다고 하니 라프 씨도 수긍했다. 레이첼 씨는 평소와 다른 론도 씨를 보고 뺨을 붉게 물들이고 있었다.

나는 론도 씨를 보며 웃었다.

"좋네요. 그럼 시작하죠."

그러자 마침내 참을 수가 없어졌는지 젤피 씨가 끼어들어 막았다.

"잠깐 기다려, 라이엘. 아무리 그래도 그만큼의 거금을 쓰는데 회수할 수 있다는 전망은—."

나는 젤피 씨를 돌아봤다.

"무슨 이유가 있어서 잠자코 있으셨는지는 모르겠지만, 그럼 마지막까지 그냥 지켜봐주세요. 젤피 씨, 딱히 저는 위험한 다리를 건널 생각은 없어요. 오히려 다리를 보강해서 돌다리를 두들기고, 더욱 강하게 두들겨서 안전을 확보하자고 말하는 거예요. 모험가는 모험을 하지 않는다, 였잖아요?"

그렇다. 후방지원을 충실히 하고, 우리에게 유리한 상황을 만들기 위해 움직이는 거다.

젤피 씨가 입을 다물었고, 그 후에는 「이럴 때만 의욕을 보이기는……」 하고 불만을 늘어놓았지만 우리의 행동을 막을 생각은 없어 보였다.

"자, 그럼 내일부터는 화려하게 해볼까요."

다음날, 역할 분담을 정한 우리는 각자 행동해서 아침 일찍부터 돌아다녔다.

아침 일찍…… 내가 처음으로 한 일은 식사 중인 호킨스 씨에게 말을 건 것이다.

식사를 하던 호킨스 씨 가까이에 앉아서 마찬가지로 식사를 했다.

"어라, 왜 그러십니까? 라이엘."

"호킨스 씨. 역시 여기의 식사는 인기가 없네요. 요리사 분이 노력해주고 있는 건 알지만, 식재료가 이리 심각하면 아무래도……."

호킨스 씨는 쓴웃음을 지었다.

"귀가 따갑군요. 단지, 갑작스러운 일이라 길드도 식재료를 충분히 확보하지 못했던 건 사실입니다. 제 쪽에서 사과드리죠.”

나는 이야기를 바꿨다.

“실은 조그만 파티를 열려고 하는데, 호킨스 씨도 참가하시지 않겠나요?”

그러자 호킨스 씨가 심각한 표정을 지었다.

“그저 권유일 뿐, 이라 생각하도록 하죠. 직원에게 그런 행동은 추천 드리지 않습니다. 이후에는 주의해주세요. 그리고, 무슨 일이 있으면 상담을 해주세요. 비위를 맞추지 않더라도 업무 범위 안에서라면 확실히 대응하도록 하겠습니다.”

그렇게 혼나고 말았다. 이것에는 3대도 크게 기뻐했다.

『역시 우리의 호킨스 군! 뇌물 같은 건 받지 않고, 게다가 일도 확실히 하는 사나이! 역시 대단해! ……그에 비하면 산토아는 정말이지…….』

5대가 중얼거렸다.

『부하로 갖고 싶네.』

6대는 난색을 표했다.

『그렇습니까? 너무 성실해서 재미가 없는데요.』

5대가 바로 6대에게 반박했다.

『너 같은 불량배에게는 호킨스 정도로 성실한 녀석이 딱 좋아.』

나는 호킨스 씨에게 사과를 하면서 산토아 씨에 대해 상담했다.

“이거 실례했네요. 실은 산토아 씨에게 미움을 받은 것 같거든요. 언제나 접수가 마지막으로 돌아가서 곤란한지라, 한 마디 주의를 주셨으면 해서요."

그러자 호킨스 씨가 눈자위를 주무르면서 사과했다.

"그래서⋯⋯ 그건 이쪽의 실수군요. 확실히 타이르겠습니다. 원래대로라면 제가 대응했을 테지만, 다른 직원들도 바쁜지라⋯⋯ 면목이 없군요."

나는 그대로 잡담을 나누다가 호킨스 씨와 헤어졌다.

"아, 그리고 파티 말인데요. 내키면 참가해주세요."

그리고 마지막으로 그렇게 말했다. 호킨스 씨는 곤란한 듯이 웃었다.

다음으로 간 곳은 종군 상인인 바이런 할아버지 쪽이다.

먼저 요리사와 접촉했던 아리아 씨, 젤피 씨, 그리고 소피아 씨와 합류해서 상황을 확인했다.

"어땠나요?"

아리아 씨는 V자를 그리며 자신만만하게 대답했다.

"대성공! 만약 준비가 되면 해주겠다고 했어. 추가 요금 같은 건 필요 없대."

소피아 씨는 성실하게 보고했다.

"상당히 화가 나 있었던 거겠죠. 뭐, 본인은 노력해주고 있었습니다만⋯⋯."

그걸 들은 나는 만족스럽게 끄덕이고 넷이서 바이런 할아버지에게 향했다. 젤피 씨는 불쾌한 모습이다.

바이런 할아버지는 커다란 짐마차 근처에서 가게를 열고 있다. 우리가 다가가자 손을 비비며 웃으면서 인사를 해주었다.
"어서 오게. 오, 마침내 얼굴을 내밀어 주었군. 어디, 이번에는 무슨—."
나는 마지막까지 말하게 하지 않고 금화가 든 가죽주머니를 하나 바이런 할아버지 눈앞, 카운터에 놓았다.
"……자네. 뭘 원하는 건가?"
"이것저것 갖고 싶네요. 우선 향신료나 조미료 부류, 식재료를 대량으로 구입하고 싶어요. 미궁 토벌에 참가하는 모든 인간에게, 토벌 기간 중에 잔뜩 대접할 수 있을 만큼, 말이죠."
바이런 할아버지의 눈초리가 날카로워지더니 모자를 다시 썼다.
"이거이거, 통이 큰데. 식사 사정을 개선하고 싶다면 나나 가게를 내고 있는 녀석들에게 말을 걸어준다면—."
"그쪽은 별도로 이용하죠. 요리사에게 필요한 양을 주고 싶어요. 그러고, 이건 선금이에요. 같은 주머니는 얼마든지 있죠."
바이런 할아버지는 고민에 잠겼다. 이윽고 천천히 미소를 지었는데, 마지막에는 조금 무서운 미소로 변했다.
"가지고 온 양으로는 사흘치도 되지 않아. 나중에 보충하겠네만, 그 밖에 뭔가 필요한 건 없나?"
"그럼 과자 부류를 주시겠어요? 이것저것 들어있고, 작게 나눌 수 있는 게 좋겠네요. 나눠주려고 해서요. 그리고 술은 통으로 사겠어요. 모두에게 대접하려고 하니까요."
바이런 할아버지가 비비는 손의 기세를 늘렸다.

"정말로 배포가 크군! 그 밖에는 뭘?"

"창녀도 일손으로 고용하고 싶네요. 뭐, 이틀 정도? 전원을 고용할 텐데 문제는 없나요?"

이것에는 바리온 할아버지가 복잡한 표정을 지었다.

"단골을 가진 녀석도 있으니까, 그쪽은 개인별로 대응해야 할 걸. 하지만, 대부분은 고용할 수 있을 테지. 하지만 이 가죽주머니가 앞으로 세 개, 네 개는 필요해질 텐데?"

나는 웃으며 끄덕였다.

"좋네요. 예상대로에요."

바이런 할아버지가 나를 보며 헛기침을 했다.

"이거, 실례. 아직 자세한 계산을 하지 않았으니까. 어쩌면 조금 더—."

보옥 안의 4대가 거기서 목소리를 높였다.

『네, 거짓말을 하지 마시죠. 여기에 놓여 있는 상품의 가격, 그리고 현지에서 구입하는 가격은 이미 알고 있습니다. 고작 며칠 만에 그렇게 크게 변하지는 않겠죠. 이 이상의 바가지는 용납할 수 없어요.』

나는 바이런 할아버지에게 얼굴을 내밀었다.

"여기에 놓여있는 상품의 가치는, 친구에게 들어서 알고 있어요. 다소 변동이 있다고는 해도…… 이 이상이 필요한가요?"

바이런 할아버지가 표정을 찡그리며 내게 불평을 내뱉었다.

"뭐야. 처음부터 조사했었나. 아니면 젤피의 훈수인가?"

젤피가 짜증내며 부정했다.

"너희 가게 상품 따위를 일일이 기억하겠냐! 이 녀석이 이상한 거야."

나를 이상하다고 단언하는 젤피 씨는 조금 너무한 것 같다.

"어쩌실 거죠? 그쪽으로서도 나쁜 이야기는 아닐 텐데요. 아닌가요? 아니면, 값을 더 올려 받고 싶으신가요? 괜찮아요. 벤틀러 씨한테서 꽤 많은 액수를 보수로 받았으니까요."

그래도 좋다는 태도로 나왔다. 영주인 벤틀러 씨의 이름도 꺼냈다. 개인적인 관계가 있다는 것처럼 들리게 만들면 다소 협박은 되겠지.

바이런 할아버지가 어깨를 으쓱했다.

"물론 거래에는 응해야지. 장사니까. 아무튼 요리사 쪽에 가서 이것저것 확인을 해보도록 하지. 그리고, 재료만 건네줘도 도구가 없다면 의미가 없지 않겠나? 그 몫도 확실히 청구하도록 하지."

바이런 할아버지의 장사 근성은 어떤 의미로는 존경할 만하다.

"잘 부탁드립니다. 나중에 금액을 알려주세요."

바이런 할아버지는 「자네도 확실히 돈을 준비해 놓으라고」라고 말하며 바로 요리사에게 가려는 건지 재빨리 떠났다.

—노웸은 에바에게 손을 잡혀서 엘프 예술인들이 체류하는 텐트로 왔다.

여행에 익숙한 그들은 다른 곳과 달리 텐트 생활에도 익숙한 모습이다.

“뭐야, 벌써 두 손 들고 도움을 요청하러 왔어? 니힐의 공주님은 근성이 부족하네.”

웃으며 에바를 놀려댄다.

놀림을 받은 에바 본인은 신경 쓰는 모습이 없었다. 뿐만 아니라 거만한 시선으로 여성에게 응대했다.

“어머나, 그런 소리를 해도 되겠어? 모처럼 귀한 손님을 데려왔는데.”

오호호호 하고 일부러 호들갑스럽게 웃는 에바에게 그녀가 고개를 숙였다.

“역시 공주님. 그 교섭술로 우리가 돈을 벌게 해주시려는 거군요! 공짜 밥만 먹는 게 아니라서 안심했어요!”

“잠깐! 공짜 밥이라니 뭐야!”

에바가 삼류 연극을 그만두고 여성에게 불만을 토로하자 텐트에서 몇 명의 엘프가 나왔다.

“손님인가?”

노웸은 엘프에게 깔끔한 인사를 했다. 그리고 엘프들에게 일을 의뢰했다.

‘에바 씨는 니힐의 공주…… 족장의 혈족이었던 거군요. 그래서…….’

내심 에바의 사정을 짐작하면서 입을 열었다.

“실은 여러분께 부탁드리고 싶은 게 있어서요. 저희 리더가 성대하게 연회를 열게 되었는데, 그 선전과 연회에서의 공연을 부탁드릴게요. 보수는 이쪽에 있습니다."

노웸이 그렇게 말하며 금화가 든 작은 주머니를 보여줬다. 대표인 엘프 남성이 그걸 받고 눈을 동그랗게 떴다.

뒤에서는 여성 엘프가 「우와, 굉장해」라며 휘파람을 불었다.

"이렇게나? 하지만 하루인데 이런 거금을 받아도—."

"하루가 아니에요. 연회 이후에는 넌지시 식사 사정을 개선한 것이 저희 리더라는 것을 선전해주셨으면 좋겠어요. 나머지는, 나름대로 칭찬을 해주시면 좋겠네요."

라이엘이 엘프들에게 요구한 것은 소문 유포다. 재주를 선보이면서, 소문— 사실을 넌지시 말해주기를 요청하자 엘프들은 수긍했다.

누군가를 불행하게 만드는 것도 아니고, 그 정도라면 엘프들에게도 별것 아닌 일이었다.

"알았다. 전력으로 하도록 하지. 참고로, 리더라는 건 어떤 인물인가?"

엘프의 대표가 묻자 노웸은 조금 곤란해졌다.

'이상하게 각색해도 좀 그렇긴 하지만, 그래도 여기서 소문을 조금은 멀쩡하게 만들어두고 싶네요.'

라이엘을 생각하며 고민하던 중 에바가 손을 들었다. 그것도 무척 재미있다는 듯이.

"요 며칠 같이 있었으니까 내가 알고 있어! 굉장하다고, 마치 이야기 속 주인공 같은 녀석이야! 그러면서도 이야기의 마무리까지 준비할 수 있는, 미남 배우에서 개그맨까지 맡을 수 있는 남자! 라이엘 같은 인간은 좀처럼 없을 거야."

그걸 듣자 엘프들이 흥겨워했고 대표가 에바에게 자세한 설명을 요구했다. 재미있는 이야기를 들을 수 있을 것 같았는지 엘프들의 눈이 반짝반짝 빛나고 있었다.

"좋아. 그럼 자세한 이야기를 듣지. 일을 하려면 정보가 중요하니까. 자, 텐트 안에서 자세하게! 이봐, 누가 차랑 과자를 좀 준비해줘. 자, 당신도! 이건 일을 하기 위해서는 중요한 일이니까 말이지!"

"네, 네에."

엘프들의 열의에 밀린 노웸도 손을 잡혀서 텐트 안으로 끌려가고 말았다.

'어쩌죠. 엘프들이 이렇게 의욕을 보이다니…… 문제가 벌어지지 않으면 좋겠는데요.'

노웸은 곤혹스러워하며 텐트 안으로 사라졌다. ―그 후, 저녁까지 풀려나지 못했다.

제37화 강탈

센트럴의 모험가가 체류하는 텐트는 다른 곳보다 크고 구조도 튼튼했다.

이곳에 발을 들인 이유는 길드에서 배포된 지도보다 자세한 걸 입수할 수 있다고 들었기 때문이다.

5대, 6대의 아츠가 있는 내게는 필요 없지만, 문제는 그 상세한 정보가 어느 정도인지 신경이 쓰였다는 게 이유다. 뭐, 신경이 쓰인 건 역대 당주들이지만.

"이것저것 준비에 바쁜데, 여기에 올 필요가 있었나요?"

내가 불만을 늘어놓자 5대가 마음을 다잡으라는 듯이 말했다.

『마구가 어느 정도의 성능인지 확실히 알 수 있잖아. 이건 향후를 위한 정보수집이야. 덤으로, 센트럴의 모험가라는 걸 봐두고 싶어.』

나는 텐트 앞에서 말을 걸고 대답을 기다렸다. 잠시 지나자 「들어와라」라는 말이 들려와서 텐트 안으로 들어갔다.

안에는 내장도 호화로웠다. 몇 명의 모험가들이 의자에 앉아서 각자 시간을 보내고 있었다.

마구인 걸까, 아니면 평범한 도구인 걸까. 별난 모양을 가진 측량을 하는 듯한 도구가 늘어서 있다. 보석이 박힌 도구는 장식인지 그것 자체에 의미가 있는 건지…… 신경이 쓰였다.

안에는 신기한 빛을 발하는 보석도 도구에 박혀있었다.

"저기—."

"상세한 지도를 갖고 싶다면 한 장당 금화 한 닢이다. 매일 매일 내용이 변하지. 정기적으로 사러 와."

말이 끊겨서 곤혹스러워졌는데 한 명이 종이를 내밀었다. 금화를 한 닢 내고 지도를 구입하자 연장자 모험가는 얼굴을 조금 움직여서 나보고 나가라는 제스처를 전했다.

아무래도 이야기를 할 만한 상황이 아니다.

7대가 짜증을 냈다.

『모험가 따위가. 벼락부자처럼 입고 거들먹거리기는.』

2대가 흥미롭다는 듯이 말했다.

『마구인가? 보석이 박힌 도구가 많군. 전부 비싸 보이지만, 그걸 쓰는 녀석들은 강한 것처럼 보이지 않는데. 맨몸이라면 라이엘이 이길까? 뭐, 나름대로 경험은 있어 보이지만, 의욕이 느껴지지 않는 게 신경 쓰이는군.』

즉, 마구로 전신을 굳히고 있는 그들에게는 내가 이길 수 없다는 것 같다.

인사를 하고 텐트 바깥으로 나온 나는 바로 지도를 펼쳤다. 단지, 그 내용을 보고 고개를 갸웃했다. 확실히 길드의 것보다도 상세하게 적혀있지만, 그것뿐이다.

이거라면 5대와 6대의 아츠가 더 대단하다.

그러나 5대는 놀랐다.

『……마구로도 이렇게나 자세히 조사할 수 있는 건가. 조사에 필요한 마구는 어느 정도의 가치일까.』

그러자 7대가 웃었다.

『마구 자체도 비쌉니다만, 그 마력원인 【마광석(魔鑛石)】— 뭐, 마력이 깃든 보석입니다만, 그게 없으면 움직이지 않는 마구도 있다고 들었습니다. 그것들은 그런 부류일 테니, 마구 자체라도 금화로 따지면 수백 닢에서 수천 닢. 마광석까지 하면 배로 가격이 비싸지겠죠.』

4대가 고민했다.

『그래도 이렇게나 상세한 지도를 입수할 수 있다면…… 아니, 운영하는 인재와 유지비를 생각하면…… 그렇군요. 다리온에 이런 마구를 쓰는 모험가가 없을 만합니다. 비용이 너무 들어요.』

거기서 6대가 이야기의 방향을 바꿨다.

『자, 라이엘! 즐거운 연회 시간이다. 너도 즐겨라! 아무튼…… 네 돈이니까!』

아니, 내가 아니라 우리의 돈…… 뭐, 됐다. 여기까지 온 이상 이제 앞으로 나아갈 수밖에 없다. 지도를 접고 품에 넣은 나는 우리의 텐트로 향했다.

엿새째 저녁.

엘프들이 야영지 한가운데에서 연주를 하고, 노래나 재주를 선보이고 있었다. 무대는 가져온 식재료를 모조리 써버릴 기세로 차례차례 요리가 접시 위에 놓였다.

창녀들이 술을 준비해서 후방지원으로 노력해주는 사람들에게 돌렸다.

"팍팍 마시라고! 유명한 『바람둥이』가 사는 거야. 오늘은 매일의 울분을 푸는 의미에서 얼마든지 먹고 마시라던데!"

남자들이 창녀들에게 술을 받아 테이블에 놓고 요리를 즐겁게 먹고 있었다. 아직 어린 아이들에게는 주스를 주고 있다.

엘프 아이들은 과자를 나르며 같은 아이들에게 나눠주고 있다.

노골적인 인기몰이.

그것이 역대 당주들의 계책이었다.

그 모습을 조금 멀리서 바라보던 나는 생각했다.

"잘 될까요?"

2대가 「문제없어」라고 대답하며 주변 상황을 말해줬다. 미궁에서 돌아온 모험가들은 아연실색했고, 창녀들은 그런 모험가들에게도 술을 나눠줬다.

너나할 것 없이 술을 나눠주고 요리는 자유롭게 먹어도 된다.

"왜 제한하지 않았던 건가요?"

3대가 내 의문에 대답해주었다.

『일일이 나누는 게 귀찮잖아. 그리고, 우리는 그들을 박살내고 싶은 게 아냐. 너무 몰아세우면 미궁 안에서 습격을 해올지도 모르니까. 뭐, 수준이 낮으니까 언젠간 할지도 모르지만.』

6대가 설명을 이어받았다.

『잘 들어라, 라이엘……. 우리는 다른 파티를 뭉개버리려는 게 아니다. 후방지원을 통째로 강탈하고 싶을 뿐이야!』

"더 사악하게 들리는데요!"

식사 사정을 개선한 것도, 그게 내 덕분이라는 걸 엘프들에게 선전하게 한 것도, 내 평가를 좋게 만들기 위해서다.

7대가 나를 재촉했다.

『라이엘. 주최한 네가 앞으로 나가지 않고 어쩔 거냐. 지금 이때 얼굴과 이름을 팔아둬라. 내가 이 연회를 열었다고 말이지.』

내키지는 않았지만 연회장으로 향하자 이미 아리아 씨 쪽이 기다리고 있었다. 노웸이 조금 머리가 흐트러지고 지친 모습인 게 신경 쓰였지만, 소피아 씨와 레이첼 씨에게 손을 잡혀서 즉석 무대로 올라왔다.

엘프와 창녀들이 무대를 보라고 말을 걸자 많은 사람들의 시선이 모였다.

각오를 다지고, 웃는 얼굴을 만들었다.

"여러분, 수고가 많으십니다! 이렇게 저희가 싸울 수 있는 것도 여러분 덕택입니다! 오늘은 즐겨주세요! 파수꾼 일로 이탈할 수 없는 분들에게도 나중에 요리나 술을 가져다드릴 테니 걱정하지 마시길! 자, 즐겨보죠!"

그러자 지금까지 울분이 쌓여있었는지 환성이 솟구쳤다.

평소에는 계속 맛없다는 말을 듣던 요리사가 만든 요리를 모두가 앞다투어 먹었다. 그걸 보고 요리사가 만면의 미소를 지었다.

언제나 물 뜨기만 하고, 잡일꾼이라며 바보 취급을 받던 모험가들도 창녀에게 술을 받으며 콧구멍을 벌렁거리고 있었다.

말을 돌봐주던 어린 아이들은 주스나 과자를 먹으며 서로 웃었다. 그런 광경이 펼쳐지는 가운데, 미궁에 도전하는 모험가들이 내 인기몰이를 보고 바보 취급을 하며 비웃기도 했다.

무대에서 내려오자 재주를 선보이기 위해 무대의상으로 갈아입은 에바 씨와 만났다. 평소의 펑퍼짐한 복장과는 달리 몸매 라인이 훤히 드러나는, 피부에 달라붙는 의상이다.

어깨나 배꼽, 허벅지 등이 보여서 눈 둘 곳이 곤란하다.

"라이엘, 고마워! 이걸로 나도 여기서 노래를 부를 수 있어. 설마 그때 침울해하던 모험가가 이런 무대를 준비해줄 줄은 몰랐지 뭐야. 그야말로 운명의 만남이네!"

무척 호들갑을 부리는 에바 씨에게 나는 어깨를 으쓱했다.

"이쪽도 도움이 됐어요. 소문은 잘 부탁드려요."

"맡겨둬. 엘프는 그런 이야기는 특기거든."

……잘 생각해 보면, 엘프는 간첩 같은 일을 맡기기에는 무척 우수하지 않을까? 여행하는 예술인으로서 각지를 돌며 정보를 모으고, 소문 유포도 가능하거니와 민첩하고 발도 빨라서 전투도 가능.

엘프 대단하네.

에바 씨가 내 등을 끌어안았다.

"그보다도, 라이엘도 제대로 이번 미궁 토벌에서 많이 벌어야 해. 적어도 절반 정도는 되찾아야지."

나는 시선을 돌렸다. 그쪽은 운에 맡겨야 한다.

"……아하하. 노력할게요."

"좋아!"

그렇게 말한 에바 씨는 「내 노래는 듣고 가」라며 무대로 올라갔다. 나는 손을 흔들며 그 뒷모습을 바라봤지만…….

『아, 스커트 속이 보였다.』

『저건 보여줘도 괜찮은 속옷 아닙니까? 달아오르지 않는군요.』

3대나 6대의 목소리에 여러모로 엉망이 되었다.

연회 다음날. 7일째 아침.

나는 호킨스 씨가 식사를 하는 곳으로 다가갔다. 호킨스 씨는 탄식을 내쉬며 테이블 위에 올라온 식사를 봤다.

채소와 콩만이 아닌, 고기가 들어간 진한 수프와 갓 구운 빵. 그 밖에도 그릇이 하나 추가되어서, 야영지의 식사치고는 호화로웠다.

"……곤란하군요. 이래서는 받을 수밖에 없겠어요."

매일 먹는 식사이므로 뇌물이라고는 할 수 없다. 하지만 식사 사정이 해결된 것이 내 덕분이라는 건 틀림없다.

나는 싱글벙글 웃으며 호킨스 씨의 눈앞에 앉았다.

"이런 수단을 어디서 익히셨습니까? 젤피 씨는 아니라고 생각하는데요."

젤피 씨가 아니라 좀 더 사악한 녀석들이다, 라고 말할 수 있다면 얼마나 편했을까.

"호킨스 씨, 실은 부탁이 있어서요."

호킨스 씨가 곤란한 표정으로 「제가 실행할 수 있는 일이라면 말입니다. 단, 무리라면 돌아간 뒤에라도 대금을 지불하도록 하겠습니다」라고 말했기에 고개를 끄덕였다.

"우선, 미궁 안에서 룰을 철저하게 지키도록 길드 쪽에서 주의를 주실 수 있을까요?"

"……뭐, 그 정도라면야."

"그리고, 산토아 씨에게 미움을 받고 있으니 미리 접수를 하고 싶어요. 아, 제대로 그날 안에 돌아올 거고, 룰도 깨지는 않겠어요."

호킨스 씨는 조금 고민했지만 승낙해주었다.

"그것뿐입니까?"

"네, 그거면 충분해요."

호킨스 씨가 의심스러운 눈으로 나를 바라보았다. 뭔가 숨기고 있다고 생각한 걸지도 모른다. 호킨스 씨에게 의심을 받는 건 조금 마음이 술렁거렸다.

"아니, 정말로 그것뿐이에요. 딱히 나쁜 짓을 할 생각인 것도 아니고요."

"그렇다고 해서, 종군 상인에게 그만한 거금을 주는 모험가는 라이엘 정도일 겁니다. 괜찮으십니까?"

괜찮다, 라는 건 제대로 벌 수 있느냐? 라는 거겠지. 아니면, 금전적인 문제가 생기지 않는가? 라든가.

"네, 문제없어요. 대부분 영주님에게서 거둬들인 돈이거든요."

호킨스 씨가 오른손으로 얼굴을 덮었다.

"처음 만났을 때보다 듬직해지셨군요. 좋은 건지 나쁜 건지, 저는 잘 모르겠습니다만……."

호킨스 씨와는 처음 모험가로 등록했을 때부터 아는 사이다. 왠지 몇 개월 전인데도 꽤나 옛날 일처럼 느껴졌다.

7일째를 아츠 연습으로 할당하고, 본격적인 미궁 토벌은 8일째부터 한다.

2주일을 예정한 미궁 토벌. 이미 후반전에 들어서고 있었다.

나무들이 벽이나 미로를 만드는 미궁을, 나를 선두로 한 파티 멤버들이 달려갔다. 정확한 지도를 머릿속에서 확인하면서 될 수 있는 한 마물과 조우하지 않고 미궁 중반 이후…… 모험가들이 아직 조사하지 않은 곳으로 단숨에 향했다.

미궁으로서는 규모가 작다고 해도, 넓은 곳을 단숨에 달려가는 거다. 마물이 없는 방에 들어가서 그대로 휴식에 들어갔다.

레이첼 씨가 숨을 헐떡이며 땀범벅이 되었다.

"이, 이거, 빠르긴 하지만, 확실히 빠르긴 하지만 지치네."

론도 씨도 땀을 닦았다.

"꽤나 단번에 달려왔는데, 지금까지 마물과 조우하지 않았던 것도 굉장한걸."

라프 씨가 지면에 창을 꽂고 주변을 둘러봤다.

"게다가, 당첨 같아."

그곳에는 벽에 부자연스러운 굴곡— 가지가 둥글게 모인 곳이 있었다. 보물상자다.

당연히 그걸 알기 때문에 이 방으로 들어온 거다. 2대가 자신만만하게 해설해주었다.

『어찌 된 영문인지, 미궁 안은 안으로 들어갈수록 보물상자의 내용물이 좋아진다. 사람을 더욱 안쪽으로 이끌기 위한 수단이라고 하는데, 그런 건 우리하고는 상관없지. 그저 벌기만 하면 될 뿐.』

젤피 씨가 앞으로 나와서 견본을 보여주듯이 보물상자를 나이프로 열었다. 내용물을 보자, 귀금속 부류였다.

"반지네. 게다가 은에 커다란 보석이 붙었어. 금화로 몇 닢…… 아니, 열 닢은 넘을까?"

첫 보물이 꽤 가치가 있었기에 우리는 기뻐했다. 론도 씨 일행도 하이파이브를 하고 있었다.

소피아 씨가 깊은 탄식을 내쉬며 안도했다.

"다행이네요. 이번에 아무것도 없으면 어쩌지 하고 조금 불안했어요."

그러나 젤피 씨가 찬물을 끼얹었다.

"이 정도로 기뻐하지 마. 대체 얼마나 뿌려댄 줄 알아? 이런 건 적자야. 대적자!"

보옥 안. 4대가 웃고 있었다.

『확실히 심각한 대적자입니다만, 지금부터 만회하는 건 가능합니다. 아직 다른 모험가들이 들어오지 않은 구역…… 저희가 마구 벌어들이기에는 충분하죠.』

2대가 내게 지시를 내렸다.

『라이엘. 이 주변의 보물상자, 4할에서 5할을 회수해라. 전부 가져가지는 마라. 다른 녀석들에게도 남겨줘.』

3대가 웃었다.

『그걸 둘러싸고 동료들끼리 다투는 것도 재미있긴 하지만. 자, 휴식 후에는 최단거리로 회수하고 돌아갈 건데, 그럼 전투도 각오해야겠지?』

머릿속에 떠오른 지도 위에는 붉은 광점— 마물들이 움직이고 있다. 최단거리, 그리고 전투 회수를 최대한 줄인다고 하면…… 세 번은 확실하게 전투가 벌어진다.

나는 전원에게 지시를 내렸다.

"최대한 전투를 피하고, 보물상자 회수를 우선시할게요. 그래도 최소 세 번 이상의 전투는 각오해주세요. 그 전에, 이대로 휴식에 들어갈까요."

레이첼 씨가 그 자리에 주저앉았다.

"찬성. 달려서 지쳤어."

소피아 씨가 나를 보며 뭔가 말하고 싶어 하고 있었다. 좁은 곳에서 벌어지는 전투이므로 허리에는 손도끼를 차고 있다. 배틀 액스를 쓰지 못할 때는 손도끼를 써서 싸우기로 한 모양이다.

"왜 그러시나요?"

"라이엘 공이 겨우 의욕을 보이신 것 같아서요. 어째서 좀 더 빨리 움직이지 않으신 거죠?"

역대 당주들이 우리를 보고 즐거워하고 있었으니까, 라고 말할 수는 없으므로 나는 젤피 씨에게 시선을 보냈다.
“어딘가의 누구가 이런저런 생각을 하고 있던 것 같아서, 그 진의를 알아보려고요.”
젤피 씨가 내게서 홱 고개를 돌렸다. 소피아 씨가 내게 귓속말을 건넸다.
“역시 뭔가 있었던 걸까요? 그다지 이쪽에 간섭하지 않으려던 것 같았는데, 무척 부자연스러웠고요.”
3대가 젤피 씨의 생각을 짐작했다.
『아마 라이엘 일행에게 실패를 경험하게 해주려던 거겠지. 괴로웠던 기억이라는 건 나중에도 남으니까. 뭐, 이번에는 미궁 토벌의 경험을 우선하는 걸로 하고, 실패의 경험은 나중으로 미루자.』
그런 경험은 하고 싶지 않다. 그보다 실패하라니 무슨 소리야.
“저희가 실패하는 걸 기다렸다는 느낌이네요. 실패도 좋은 경험이 된다는 녀석 아닐까요.”
소피아 씨가 납득했다.
“아아, 그래서…….”
그러자 젤피 씨가 얼굴을 붉히고 부들부들 떨며 이쪽을 돌아보더니 삿대질을 날렸다.
“거기, 시끄러워! 알고 있으면 본인 앞에서는 조용히 있는 게 다정함이잖아!”
보옥 안, 역대 당주들이 젤피 씨에게 한 마디 했다.
『미안하군. 놀림감이 되는 건 연하의 역할이니까.』

『이야~ 젤피 귀엽네.』

『뻔히 보입니다. 조금 더 잘 하셨어야죠.』

『미안하지만 우리는 다정하지 않거든.』

『끌리지 않는 여자에게 다정하게 대해줄 생각은 조금도 없다!』

『6대는 그렇다 치고, 어설픈 게 잘못이다. 정진해서 다시 오도록.』

역대 당주들은 젤피 씨에게 엄했다.

론도 씨 일행도 젤피 씨를 보며 웃고 있었다. 거북해 보이는 젤피 씨를 보고 우리도 웃었다.

그렇게 휴식을 마치고 우리는 일어서서 이동을 개시했다.

"윈드 불릿!"

통로 모퉁이, 레이첼 씨가 라프 씨의 보호를 받으며 뛰쳐나와 마법을 쐈다. 그곳에 뭉쳐서 대기하던 마물들은 갑작스러운 습격을 받고 당황했다.

그대로 라프 씨가 뛰쳐나갔고, 우리도 뒤를 따랐다.

"자아, 꺼져라 이것들아아!!"

라프 씨가 창을 휘두르며 고블린이나 곤충류 몇 마리를 한꺼번에 베어서 날려버렸다. 라프 씨의 거친 공격 뒤에는 론도 씨가 검을 빼서 뛰어들었다.

마구인 그 검은 살짝 귀청을 때리는 소리를 연주했다. 절삭력을 늘리는 아츠가 새겨져 있다고 하며, 론도 씨의 검술에 힘입어 마물들을 차례차례 베어나갔다.

고블린 두 마리 사이를 빠져 나가면서 두 마리를 모두 베어 버린 것에는 놀랐다.

젤피 씨가 세 사람을 보고 놀랐다.

"꽤나 공격적인 파티네. 너희, 부상이 많지?"

튄 피를 닦은 론도 씨가 부끄러운 듯이 수긍하며 대답했다.

"아시겠나요? 그래도 줄곧 이렇게 해와서, 다른 패턴이 없다고나 할까요."

5대가 어이없어했다.

『기습을 당하면 약하겠군. 좀 더 사람을 늘리라고.』

모두 무기를 넣고 마석이나 재료 회수를 시작하려 할 때, 나만큼은 사브르를 쥐고 통로 안을 봤다.

"……왔네요. 바로 두 번째 전투인데, 조금 큰가."

곤충형 마물. 게다가 벽을 달리는 그 모습은 다족류라 무척 꺼림칙했다. 눈이 몇 개나 있고, 입에서 침을 흘리고 있었다.

크기로 따지면 2, 아니 3미터는 되어 보이는 거미였다.

이쪽을 향해 엄청난 기세로 다가오는지라 내가 달려갔다. 2대의 목소리가 들려왔다.

『라이엘, 마침 잘 됐으니 시험해봐라.』

그 말을 듣고 아츠의 이름을 중얼거렸다. 【필드】라고.

나를 중심으로 시야가 넓어지는 감각…… 거미의 움직임을 손에 잡힐 듯이 알 수 있다. 거미는 입에서 뭔가를 토해내려 하고 있었다. 그걸 맞지 않는 위치로 가서 아슬아슬하게 피하고 그대로 다리 관절을 사브르로 베었다.

"세 개는 무리인가."

스쳐 지나갈 때 다리 두 개를 베자 거미는 벽에서 지면으로 미끄러져 쓰러지며 내 쪽을 돌아봤다. 아무래도 화가 난 것 같다.

거미 뒤에서 론도 씨 일행이 달려오고 있었지만 거미는 나를 표적으로 정한 모양이다. 가로로 벌어진 입을 크게 열고 위협하면서 다가왔다. 그러나 잃어버린 다리 탓에 움직임이 어색했다.

뛰어올라서 사브르를 찌르자, 사브르는 거미를 꿰어버리듯이 지면에 꽂아버렸다.

녀석은 기세를 멈추지 않고 스스로 상처를 벌리며 자멸했다.

거미는 그대로 쓰러져 체액을 흩뿌리더니 움직이지 않게 되었다.

3대가 보옥 안에서 박수를 보냈다.

『라이엘, 정말로 강하네. 평소에는 너무 못나서 상상할 수 없지만 말이야.』

좀 더 솔직하게 칭찬해주면 좋겠다고 생각하는 건 잘못된 걸까?

"기분 나빠!"

레이첼 씨가 거미를 보고 힘없이 주저앉으려 하자 라프 씨가 웃었다.

"뭐야. 커다랗기만 하지 거미잖아."

"나는 거미가 싫단 말이야! 론도, 부탁이니까 소재 회수는—."

소피아 씨가 앞으로 나왔다.

"제가 가겠습니다. 그건 그렇고, 어느 부분이 소재가 되는 걸까요."

젤피 씨가 어깨를 으쓱하며 소피아 씨에게 소재 회수 방법을 가르쳐주었다. 나는 주변을 경계하면서 사브르를 회수하고 칼날에 묻은 체액을 닦았다.

동시에 다음 보물상자를 회수하기 위해 루트 확인과 마물의 움직임, 그리고 미궁 안에서 움직이는 모험가들의 움직임을 주의 깊게 살폈다.

저녁.

돌아가는 길에도 마물이나 다른 모험가와 만나지 않는 코스로 미궁을 달린 탓에 미궁에서 나온 우리들은 녹초가 되었다.

단지, 모두의 안색은 밝다. 땀범벅에 녹초가 되었지만 짊어진 짐의 무게가 지금까지와는 다르다. 마물의 소재나 마석은 헐값이지만, 보물상자의 내용물…… 이쪽은 2대가 말했듯이 대박이었다.

"라이엘, 해냈네!"

라프 씨가 어깨를 두드렸다. 지금까지의 울분이 풀렸는지 참으로 기분이 좋아 보였다.

"네, 바로 돌아가죠. 이크, 길드에 마석과 소재를 가져가야겠네요."

그렇게 말하며 길드가 있는 텐트로 향했다.

마석이나 소재는 헐값에 팔리지만, 모두의 기분이 좋아서 그럼에도 웃을 수 있었다. 그 후에 우리 텐트로 돌아오자 노웸과 아리아 씨가 기다리고 있었다.

테이블 위에 이번에 번 것들을 내려놨다.

"잠깐, 이거…… 대체 얼마나 힘냈던 거야!"

아리아 씨가 놀라는 것도 무리는 아니다. 아무튼 재보라도 해도 틀림없을 것들이 대부분이다. 반지, 목걸이, 그 중에는 은덩어리까지 있다.

별난 거라고 하면, 특징 있는 구조의 건틀릿일까? 큼지막하고 양손이 다 모여있다.

노웸이 그것들을 보며 기뻐했다.

"해내셨네요. 라이엘 님. 이걸 다리온에서 팔면 금화로 50닢 이상은 확실할 거예요."

하루 만에 이 정도다. 뿌려버린 돈을 회수할 수 있을지, 없을지…… 그건 미묘한 라인이지만 그럼에도 희망이 있는 만큼 훨씬 나았다.

그런 가운데 론도 씨가 우리에게 부탁을 했다.

"미안. 실은 이 건틀릿 말인데…… 보수로서 먼저 받을 수 없을까?"

나는 론도 씨를 봤다. 큼지막한 건틀릿은 론도 씨가 착용하기에는 무척 커보였다.

레이첼 씨도 손을 맞대며 부탁했다.

"나도 부탁할게! 조금 전부터 이 바보가 계속 보고 있고, 이

걸로 겨우 제대로 된 방어구를 가질 수 있거든."
라프 씨가 크게 외쳤다.
"아, 아니거든! 게, 게다가 갖고 싶다거나 그런 게……."
나는 건틀릿을 손에 들어봤다. 2대가 조금 고민에 잠겼다.
『마구인 건 아니지만, 구조는 튼튼한 것 같군. 팔면 나름대로 값이 나가는 정도인가. 장식도 달려있고, 좋아할 녀석이 많겠지.』
먼저 노웸이나 다른 멤버들을 보고, 허가를 받은 나는 라프 씨를 바라봤다.
"마구라든가, 마력을 가진 도구는 아닌데, 그래도 괜찮다면요."
그러자 론도 씨가 미소를 지으며 라프 씨를 돌아봤다.
"라프, 잘 됐네. 전부터 방어구를 갖고 싶다고 했었잖아."
라프 씨가 쑥스러운지 머리를 긁적였다.
"미, 미안. 돈 씀씀이가 헤픈데다 바로 창을 부수는 바람에 방어구 같은 것에 손이 돌지를 않아서. 고맙다, 라이엘."
기뻐하며 건틀릿을 장착하는 라프 씨를 보고 나도 기뻐졌다. 아이처럼 좋아하고 있다.
노웸이 내 옆에 서서 세 사람을 보며 미소 지었다.
"사이좋은 파티네요. 그리고 장래성도 있어 보여요."
미궁 안에서의 전투를 보면 공격 특화지만, 사람이 늘면 보다 안정될 것이다.
"그러게. 우리도 질 수 없겠어."
그렇게 말하며 살짝 웃었다. 텐트 안, 지금까지 어두웠던 분위기가 날아가고 웃음소리가 늘어났다.

그런 가운데 바깥에서 작은 아이들이 부르는 소리가 들려왔다.

2대가 말했다.

『오, 왔나. 라이엘, 아직 과자 묶음은 있겠지? 준비해둬라.』

그 말을 듣고 밖으로 나가자 그곳에는 세 명의 작은 아이들이 있었다.

"어어, 무슨 일이야?"

세 사람을 대표해서 눈에 힘이 있는 아이가 한 발 앞으로 나왔다.

"저, 저기! 오늘 저녁에, 모험가 사람들이 그랬어. 여기 사람들이 기고만장하고 있으니까, 인사를 하러 간다고……."

고개를 갸웃하자 5대가 요약해주었다.

『라이엘이 눈에 띄어서 거슬리니까 시비를 걸러 온다는 거야. 설마 정말로 시비를 걸어올 줄은 몰랐는걸. 좀 더 간접적일 거라 생각했는데.』

6대가 아쉬워했다.

『수준이 낮군요. ……시시하게.』

나는 텐트로 돌아가서 과자가 든 주머니를 꺼내 세 사람에게 건넸다. 3인조의 리더에게는 동화도 몇 닢 쥐어줬다.

"정보 고마워. 하지만 너무 무리하면 안 돼."

세 사람은 과자를 받고 좋아하며 떠나갔다.

"……어쩔까요. 오늘 안에 올까요?"

역대 당주들에게 한 말이었지만 대답한 것은 젤피 씨였다.

"사람이 적어졌을 때를 노리겠지. 단지, 그냥 말해본 건지 진심인지는 모르겠지만. 애들의 거짓말이라는 게 더 좋을 텐데. ……내일은 레이첼의 휴식이 확정되어 있었지?"

마법사는 귀중하다. 그 때문에 노웸과 레이첼 씨는 교대로 쉬고 있었다.

"인상이 험악한 라프는 남겨두기로 하고, 론도도 필요하겠네. 뭐, 너희 세 명, 내일은 휴식이야. 나도 쉴 테니까 내일은 라이엘 일행 네 명이서 미궁으로 가."

절반이나 쉬는 건가? 그렇게 생각하긴 했지만, 젤피 씨가 남아주는 편이 여러모로 고마울지도 모른다.

나는 아츠를 써야 하는지라 무조건 필수 참가다. 그게 아니면 효율 좋게 벌지 못하니까.

젤피 씨는 무구를 착용하고 무기를 든 채 나갔다.

"어디 가시는 건가요?"

내 질문에 젤피 씨는 짧게 답했다.

"술집."

젤피 씨는 그 말과 함께 어두워진 야영지로 사라졌다.

—젤피는 바이런이 경영하는 술집으로 찾아왔다.

"젠장, 그 바람둥이 애송이가!"

"호킨스 녀석에게 울고불고 달라붙기는!"

"돈을 뿌려서 비위나 맞추고. 짜증난다고."

그곳에는 모험가들이 모여서 라이엘 일행에 대해 화를 내고 있었다. 어제 아침, 미궁에 도전하는 모험가들을 호킨스가 모아서 룰을 준수하도록 주의를 준 게 통했던 모양이다. 호킨스의 주의는 라이엘이 신청했다는 소문이 퍼져서 자연스레 라이엘에게 불만의 창끝이 돌아가고 있었다. 단지, 그들의 생각과는 달리 야영지에서 라이엘의 인기는 높다. 그들은 그것이 더욱 불만스러웠던 것이리라.

그런 차에 젤피가 찾아오자 전원이 놀란 표정을 지으며 고개를 숙였다. 전원이 다리온의 모험가이며, 베테랑인 젤피의 얼굴은 널리 알려져 있기 때문이다.

"왜 그러십니까? 누님."

젤피는 일부러 난폭하게 앉고는 술을 주문하면서 말을 시작했다.

"술을 마시러 온 김에, 못을 박아둘까 해서."

술이 나오자 젤피는 거칠게 벌컥벌컥 들이키고는 전원을 돌아봤다.

"어딘가의 바보가, 내가 돌봐주고 있는 신인이 기고만장하고 있다던데. 그건 즉, 내가 기고만장하고 있다, 그건가?"

전원이 침묵했다. 라이엘의 지도원은 베테랑 젤피이며, 젤피는 그들보다 우수하고 모험가로서의 관록도 그들 이상이라는 걸 떠올린 모양이었다.

"……아뇨, 그런 말을 할 생각은……. 저희는 그저……."

"그저? 그래서 뭔데?"

젤피가 험악한 분위기를 내자 그곳에서 막 목욕을 마치고 나온 대럴이 개운한 느낌으로 찾아왔다.

더운 건지 짧은 바지 차림에 어깨에는 타월을 걸고 있다. 아무리 봐도 평범한 중년 아저씨라고밖에 보이지 않지만 그럼에도 젤피보다는 관록이 있는 모험가다.

"이야~ 통목욕탕도 꽤 정취가 있어서 좋네. 문제는 계속 알몸을 보여줘야 하는 것 정도인가? ……남자 놈들에게."

대럴이 껄껄 웃자 젤피가 오른손으로 얼굴을 덮었다.

"대럴. 가만 좀 있어주겠어?"

대럴이 젤피 옆에 앉았다.

"괜찮잖아. 지금까지 잠자코 있었다고. 시비를 걸어왔다고 해서 황급히 못을 박으러 오는 건 촌스러운 짓이잖아. 아, 거기 아가씨, 나도 술."

대럴은 술을 주문하고는 주변 사람들도 설득하려는 듯이 말했다.

"너희도 이걸로 알았겠지? 주변 녀석들을 위협하다가 일하기 힘들어지면 안 된다고. 좀 더 주변에 신경을 쏟으란 말이지. 그리고, 이제 와서 『바람둥이』에게 시비를 걸었다가는 야영지 전체가 적으로 돌아설걸?"

대럴은 웃었지만 야영지 전체가 적으로 돌아선다는 말을 들은 모험가들의 안색이 나빠졌다.

"……그런데, 실은 나도 신인을 지도하고 있거든. 그 녀석들 꽤나 전망이 좋지만, 묘하게 주변에 너무 신경을 쓴단 말이지. 지나칠 정도로 주변에 돈을 뿌려대는 게 못 봐주겠어. 넌 지시 주의를 좀 줘."

렉스 일행에게서 술이나 요리를 대접받던 모험가들이 대럴에게서 등을 돌리고 새파란 표정을 짓고 있었다.

"그럼, 마실까! ……그런데 젤피 아가씨. 위협을 위해 장비를 착용하고 온 건 좋지만, 목욕탕은 들어가는 편이 좋을 걸. ……땀 냄새나."

"시끄럽다고. 이 중년 아저씨야!"

젤피는 못을 박으러 올 생각이었지만, 대럴이 그렇게 구렁이 담 넘어가듯이 슬쩍 얼버무리고 말았다—.

제38화 쾌진격

9일째.

나, 노웸, 아리아 씨, 소피아 씨 넷이서 도전한 미궁 토벌은 순조롭다고 해도 좋았다.

미궁 안에서 꽤나 커다란 방, 그곳에는 마물이 대량으로 배치되어 있었지만 기습을 걸어서 유리하게 전투를 벌이고 있다.

"끝이야!"

아리아 씨가 아츠로 가속해서 적의 뒤로 돌아가 창으로 오크의 가슴을 꿰뚫었다. 아츠로 인한 폭발적인 가속. 그로 인해 뿜어져 나온 공격에 오크는 일격에 비명을 내지르며 절명했다.

소피아 씨도 가져온 다수의 손도끼를 투척했다.

"거깁니까!"

아츠의 힘으로 가볍게 만들어 던지자 아츠에서 해방된 손도끼가 본래의 무게를 되찾았다. 중량 조작의 아츠를 사용한 손도끼 투척은 고블린의 머리에 깊숙이 박혔다.

3대가 한 마디.

『……듬직해졌네.』

왠지 유감스러워 보였다.

노웸이 가보인 은빛 지팡이를 들고 마법을 사용했다.

"윈드 캐논!"

하늘을 날던 곤충형 마물들이 바람에 휩쓸려 날개나 몸이 갈가리 찢어져서 바닥에 떨어졌다.

남은 마물은 2미터는 될 법한 사마귀였다.

"이 녀석의 이름, 뭐였더라?"

사브르를 두 자루 양손에 쥐고 사마귀 앞에 섰다.

"그린 맨티스네요."

노웰이 대답했지만 내 의식은 눈앞의 마물에게 쏠렸다. 두 자루 낫으로 이쪽을 잡으려던 것을 사브르로 튕겨내 막았다. 역삼각형의 머리가 참으로 꺼림칙하다.

크게 낫을 움직이려던 차에 내가 앞으로 굴러서 그대로 사마귀의 발밑으로 미끄러지며, 사브르로 다리를 베고 일어나서 몸통이 있는 배 부분— 부드러운 부분을 베었다.

상대는 비명 같은 소리를 지르며 이쪽을 돌아보려 했지만 소피아 씨가 등에서 꺼낸 배틀 액스를 세로로 일섬— 상반신이 날아가 버렸다.

주변을 경계했지만 다른 마물은 이미 숨이 끊어졌다. 근처에 마물의 기척도 없다. 나는 사브르를 지면에 꽂고 사마귀를 내려다봤다.

"아차. 젤피 씨에게 어디가 팔리는지를 묻지 못했는데."

그러자 2대가 내게 알려주었다.

『내 시대에는 낫 부분이 팔렸을 거다. 그리고, 마석은 배 부분에 있지.』

나는 그 말을 듣고는 생각하는 척을 하며 세 사람에게 말했다.

“마석을 찾으면 낫 부분만 갖고 돌아가죠. 나중에 젤피 씨에게 확인을 받는 걸로.”

아리아 씨가 끄덕였다.

“그것밖에 없겠네. 그보다, 안으로 나아가면 지금까지 보지 못했던 마물도 많아지는구나.”

성가신 일이다. 마석이나 소재를 회수하면서 나는 벽 쪽으로 걸어가 보물상자를 찾았다.

원래부터 위치는 알고 있었기에 문제없이 발견할 수 있었다. 노웸 쪽에게는 들리지 않게끔 작은 목소리로 이야기를 했다.

“이 방, 보물상자가 세 개나 있다니 호화롭네요.”

내용물이 상하지 않게끔 꺼내자 그곳에는 재보가 들어있었다. 내용물은 금화와 은화가 들어있다.

“좋아, 당첨이네요.”

4대도 기뻐했다.

『환금에 수고가 들지 않으니 이런 현금 수입은 좋군요.』

6대가 아쉬워했다.

『현금은 꿈이 없어. 역시 미궁이라면 재보일 텐데. 그걸 얼마나 비싸게 팔 것인지가 재미있잖아.』

6대의 마음을 잘 모르겠다. 굳이 따지자면 나는 4대 쪽에 가까운 생각이다. 그렇게 생각하고 있는데—.

『그건 그것대로 즐겁습니다만, 이렇게…… 한 닢 한 닢 세어서, 소중하게 금고에 넣고 싶네요.』

미안, 이쪽의 마음도 이해할 수 없을 것 같다. 역시 4대는 4대였다.

두 번째 보물상자에는 금괴가 들어있어서 4대가 환희했다. 마력을 발하는 희귀금속은 아니지만 금은 각별하다.

그리고 세 번째 보물상자를 뜯어보자, 그곳에는 황록색의 뭐라 말할 수 없는 빛을 발하는 보석이 있었다. 주먹 사이즈의 크기는 되고, 무엇보다 신비한 느낌이 들었다. 지금까지 봤던 보석과는 다른 듯한…… 아니, 어디서 봤던가?

고민하고 있는데, 7대가 흥분하며 가르쳐주었다.

『역시 라이엘 너는 뭔가를 갖고 있구나. 이만한 「마광석」은 그리 쉽게 볼 수 있는 게 아니야.』

“마광석? ……확실히, 마구에 쓰인다던…….”

마구에 박혀있던 보석. 그래, 그것과 똑같다. 손에 든 마광석을 보니 빨려 들어갈 것 같았다.

황록색의 예쁜 보석.

『페리도트, 로군. 꽤 진귀한 것을 손에 넣었네.』

5대가 그렇게 말하자 나는 일단 따로 가죽주머니를 꺼내서 소중하게 갖고 돌아가기로 정했다. 7대는 이것 하나만으로도 상당한 값어치가 나간다고 말했다.

바로 세 사람에게 알려주기 위해 돌아봤다.

세 사람을 보자 어째서인지 놀란 표정으로 주변을 보고 있었다.

"어?"

그에 이끌려서 주변을 본 나도 그 광경에 놀랐다. 나무들이 만들어낸 벽 틈새에서 듀란타 꽃이 주변에 한가득 돋아나서 꽃을 피우고 있었기 때문이다.

맞다, 꽃말…….

나는 듀란타의 꽃말을 듣기 위해 소피아 씨에게 물었다. 주변 광경에 넋을 잃고 있던 소피아 씨는 내 말을 듣고 정신을 차렸다.

"소피아 씨. 듀란타의 꽃말이, 뭐죠—."

"엣?! 아, 네! 꽃말은…… 그게, 환영, 인데요."

소피아 씨는 얼굴을 붉히며 고개를 숙이고 말았다. 그런가, 그래서 그렇게 좋아하며 받았던 건가.

나는 주변 광경을 바라보았다.

"예쁘네요. 청자색 꽃에, 천장에서는 따스한 빛…… 환상적이에요."

소피아 씨가 그렇게 말하며 주변 광경을 황홀하게 돌아봤다.

우리는 한동안 그곳에서 휴식을 취하고, 신기한 일도 다 있다고 생각하면서 다음 장소로 이동을 개시했다.

—라이엘 일행은 9일째를 무사히 넘어서서 야영지로 돌아왔다.

노웸은 미궁 안에서의 일이 마음에 걸렸다.

일제히 피어났던 듀란타 꽃.

고민하고 있는데, 라이엘이 고함소리를 냈다.

"아차! 말하는 걸 잊고 있었지!"

황급하게 짐에서 작은 주머니를 꺼내는 모습은 노웸이 봐도 무척 흐뭇했다.

'라이엘 님. 정말…….'

미소를 지으며 라이엘의 곁으로 다가간 노웸은 가죽주머니 속에서 테이블 위로 나온 보석을 보고 눈을 크게 떴다.

'……어째서.'

노웸 말고도 텐트에 있던 전원이 놀랐다. 그 때문에 노웸이 놀랐다는 것을 아무도 깨닫지 못했다.

"뭐야 이 보석은!"

라프가 큰소리를 내며 놀라자 젤피가 머리에 주먹을 내리쳤다.

"바보, 소란 부리지 마! 누군가에게 들리면 어쩔 거야. 그건 그렇고, 이건…… 마광석인가. 라이엘, 너 대박을 뽑아냈네. 이거 하나로도 이번에는 이미 흑자 확정이야."

노웸은 기뻐하는 라이엘을 보면서 마석에도 시선을 보내고 있었다.

"저기, 왠지 갑자기 꽃이 활짝 피어나던 방이 있어서, 거기서 찾은 거예요. 역시, 대박이었던 거네요."

아리아가 외쳤다.

"거기서 찾은 거였어?! 그럼 알려줬어야지!"

라이엘이 아리아 씨의 힐문을 듣고 곤혹스러워했다.

"그럴 경황이 아니어서. 아니, 죄송해요!"

노웸이 고개를 수그렸다.

'그 방…… 페리도트는…… 게다가 듀란타의 꽃말. 우연이 아냐.'

그러자 소피아가 입을 열었다.

"그러고 보니, 듀란타 꽃이 피었던 건 미궁에 들어간 첫날에도 있었죠."

노웸이 소피아 쪽을 바라봤다.

'내가 동행하지 않았던 날? 그게 무슨…….'

아리아가 조금 부러운 듯이 소피아를 보고 있었다. 라이엘도 그날의 일을 떠올리며 설명했다.

요약하면, 어느새 꽃이 피어있었다고 한다. 그건 노웸에게는 의미가 있는 말이었다.

그로부터 한동안 모두의 웃음소리가 끊이지 않았다. 문득 바라보니, 볼일이라도 있는지 소피아가 텐트를 나가려 했다. 노웸은 그 뒤를 따라가서 모두에게서 떨어진 곳에서 말을 걸었다.

"소피아 씨."

"네? 아, 노웸 씨. 왜 그러시죠?"

조금 기뻐 보이는 소피아. 확실히 이틀째 이후부터 조금 마음에 여유가 생긴 것처럼 보였다.

'과연. 그런 거였네요.'

노웸은 소피아에게 듀란타 꽃이 핀 날에 대해 물었다. 그러자 소피아는 조금 얼굴을 붉히며 노웸에게 답했다.

말을 마친 소피아는 품에서 종이에 끼워둔 듀란타 꽃을 꺼냈다.

"압화로 만들려고 남겨뒀던 겁니다. 아니라는 건 알고 있어도, 환영이라는 의미의 꽃말을 가진 꽃이니까요. 기뻐서……."

소피아는 자신이 환영받고 있다고는 확실하게 말할 수 없지만, 그럼에도 기뻤다고 말했다. 그러자 노웸은 그 압화를 받아서 양손에 끼우고는 마법을 사용했다.

"저, 저기!"

태우려는 거라 생각했던 것이리라. 소피아가 황급히 막으려 했다. 양손에 끼운 종이에서 연기가 나고 있었으니까 말이다.

하지만 노웸이 손을 펴자 그곳에는 깔끔하게 압화가 된 듀란타 꽃이 있었다.

"특별해요. 게다가, 적어도 저는 처음부터 소피아 씨를 환영했고 라이엘 님도 마찬가지일 거예요. 아리아 씨도, 분명 환영해주고 계세요. 자신감을 가져주세요."

압화가 된 것을 받은 소피아가 조금 눈물을 글썽였다.

"가, 감사합니다."

그리고 노웸은 소피아 씨에게 미소를 보냈다.

"그리고, 듀란타의 꽃말은 또 있어요. 『당신을 지켜본다』죠."

노웸이 그렇게 말하며 그 자리를 떠나가자 소피아가 얼굴을 새빨갛게 물들이며 움직이지 못하게 되었다.

'그래. 듀란타의 꽃말은 『당신을 지켜본다』. 그리고, 페리도트는—.'

소피아에게 얼굴이 보이지 않는 곳까지 오자, 노웸은 무표정하게 그 두 가지를 겹쳐보고 중얼거렸다.

"……옥토, 당신은……."

마지막은 목소리로 나오지 않았다—.

—소드 윙스의 텐트 안.

렉스는 거칠어져 있었다.

"젠장!"

자신들도 확실히 벌고는 있다. 미궁 공략도 진행 중이고, 벌어들인 금액도 커졌다. 그러나 그 이상으로 문제인 것은—.

"그 녀석들, 뭘 하길래 저렇게 벌고 있는 거야."

초반, 라이엘 일행은 명백하게 벌지 못하고 있었다. 방심하고 있었던 건 아니지만, 엿새째에 들어와서 느닷없이 연회를 개최했다. 듣자하니 라이엘 일행이 후방지원을 포함한 인원들을 위로하기 위해 열었다고 한다.

처음에는 바보 취급했지만, 날짜가 지나자 라이엘 일행에게 유리해졌다는 것을 알게 되었다. 식사도 라이엘 일행 쪽이 빨리 나온다.

길드 쪽에서는 산토아가 라이엘을 싫어해서 접수를 뒤로 미뤘던 것이 문제가 되어, 그걸 보상하기 위해서인지 라이엘 일행은 별도로 우선적으로 접수를 하고 있었다.

뭘 하려고 해도 주변은 모두 라이엘 일행의 편을 들어준다. 어디서 발견되어 이야기가 알려질지 알 수 없다.

"이대로 가면 그 녀석들에게 질 거야."

렉스가 대럴을 바라봤지만, 대럴 쪽은 딱히 승패에 얽매이는 것처럼 보이지 않았다.

"대럴 씨, 우리는 앞으로 어떻게 해야……."

렉스의 매달리려는 마음도 대럴에게는 이미 예상대로였던 것이리라.

"마지막까지 스스로 생각해라. 지도 기간도 이제 끝이야. 너희들, 앞으로는 자기들끼리 먹고 살지 않으면 안 된다고."

렉스는 고개를 수그리며 주먹을 움켜쥐었다.

'그 녀석에게 지다니…… 참을 수 있겠냐. 우리가, 얼마나 노력해왔는데…….'

초조해하는 렉스를 진정시키기 위해 주변 동료들이 말을 걸었다. 그러나 렉스에게는 그 목소리가 닿지 않았다—.

10일째 밤.

미궁 토벌도 순조롭게 진행되어 최심부 방의 발견도 가깝다는 말이 나오고 있었다.

수입은 순조롭다. 마광석을 손에 넣었던 것도 컸다. 그러나 손익을 따져보면 커다란 흑자, 라고도 말하기 힘들었다.

소모된 장비품, 그리고 론도 씨 일행에게 줄 보수를 생각하면 손에 얼마나 남을지…….

밤이 되어 혼자 장부를 펼쳐서 전체 지출을 확인했다.

4대에게 들어서 적고 있는 거지만 이렇게 보니 커다란 마이

너스만 있어서 싫어진다.

"바이런 할아버지, 요리에 도구가 필요하다고는 했지만 빵을 굽는 가마까지 준비해줄 필요는 없었는데……."

갓 구운 빵을 먹을 수 있게 된 것도 그 가마 덕분이다.

4대가 웃었다.

『장사 근성이 투철하니 좋군요. 뭐, 아직 모든 재보를 팔지는 않았으니 뭐라 말할 수는 없습니다만, 흑자는 될 겁니다. 아뇨, 오기로라도 만들어 보이겠어요!』

그런 4대에게 5대가 주의를 주었다.

『파는 건 라이엘이긴 하지만. 라이엘, 힘내라.』

"……보물상자를 좀 더 회수해도 좋지 않았을까요?"

내 생각을 2대가 부정했다.

『안 돼. 이 이상 하면 너만 벌어서 안 좋은 의미로 또 눈에 띄게 돼. 그러면 안심하고 잘 수 있는 날이 사라질 거다.』

너무 벌어도 안 된다는, 그 조절이 의외로 어렵다는 생각이 들었다. 좀 더 버는 것도 가능하지만, 역대 당주들은 그러면 안 된다고 했다.

"그런 건가요."

『그런 거다. 우리가 말하는 거다. 틀림없어.』

나는 텐트 안에 놓인, 쓰지 않게 된 사브르에 시선을 던졌다. 이미 세 개가 못 쓰게 됐고, 예비로 가져온 건 앞으로 네 개 남았다.

"이건 다른 이야기인데요. 역시…… 저도 무기를 어떻게 하지 않으면 안 되겠네요."

2대가 조언을 주었다. 자신의 주무기를 권하지 않는 것은 조금 신기했다.

『질 좋은 녀석을 사는 것도 좋을지도 모르겠군. 뭐, 다리온에서의 생활도 이제 끝이다. 그러면 센트럴에서 사는 것도 방법이겠지.』

다리온에서의 생활도 이제 곧 끝난다. 그걸 듣고 왠지 슬퍼졌다.

호킨스 씨나 젤피 씨, 다리온에서 만난 론도 씨 일행과도 헤어지게 된다.

『라이엘, 쓸쓸해? 그럴 때는 앞으로의 만남을 기대하는 거야. 그 에바라는 엘프 아이처럼, 만남도 무척 많을 테니까.』

"그건…… 그러네요."

3대의 말에 조금 마음이 편해졌다.

『게다가 평생의 이별인 것도 아니고, 아리아나 소피아는 따라와 주니까 쓸쓸하진 않지. 응, 쓸쓸하진 않아.』

왠지 3대가 신경 쓰이는 말을 했지만 내가 되묻기 전에 노웸이 텐트로 들어왔다.

"라이엘 님. 호킨스 씨가 아무래도 한 번 다리온으로 돌아가신다고 해요. 하지만 다른 직원에게 말하면 지금처럼 수속을 밟아주시는 모양이에요."

"호킨스 씨가? 어째서? 길드 측 책임자 같은 위치 아니었어?"

노웸이 말하기 어려워했지만 「제 추측인데요」라는 전제를 두고 말했다.

"아무래도 인원이 부족해서, 마석이나 소재를 옮기는 걸 맡길 직원이 없는 것 같아요. 그 산토아 씨에게는 책임지고 맡길 수 없을 테니까요."

다리온에 정기적으로 마석이나 소재를 옮기고 있는 것 같다. 그러나 도중에 습격을 받거나, 혹은 아군이 그걸 훔치거나, 그런 일이 없으리라고는 할 수 없다. 길드 측 책임자를 배치하는 건 중요한 일이겠지.

6대가 말했다.

『호킨스 녀석도 큰일이군. 그보다, 산토아가 정말로 짐짝이야.』

꽤나 엄한 말이다.

텐트 안에는 노웸과 둘뿐이다. 노웸이 나를 보며 뭔가 물으려 하고 있었다. 4대가 일부러 헛기침을 해서 알려주었다.

"뭔가 할 말이라도 있어?"

"아뇨, 대단한 일은 아니지만…… 라이엘 님. 미궁에 들어갔을 때 누군가가 보고 있는 감각을 느끼지 않으셨나요?"

나는 고개를 갸웃했다. 아츠로 주변을 경계하고 있었으니 그런 일은 없을 것이다. 아니, 하지만…… 듣고 보면, 누가 보고 있다는 느낌이 아주 없지는 않았는데…….

뭐, 기분 탓이겠지.

"아니, 잘 모르겠는데?"

노웸이 내 대답을 듣고 미소를 지었다.

"그렇군요. 그거라면, 괜찮아요. 그럼."

노웸은 조금 안심한 듯이 텐트에서 나갔다.

—12일째 저녁.

산토아는 시끄러운 호킨스가 사라져서 느긋하게 보내고 있었다.

"오늘은 어느 파티에게 대접을 받을까~."

소심해 보이는 직원이 산토아를 비난 섞인 눈으로 바라봤다. 그러나 그건 아랑곳하지 않고 책상 위에 있던 서류 등을 난잡하게 정리해서 파일에 넣었다.

"산토아 씨. 제대로 체크를 해주세요."

소심해 보이는 직원에게 산토아가 내심 혀를 찼다.

'칫. 뭐야, 평직원 주제에.'

"네~에, 확인할게요~."

그렇게 말하며 서류를 펼치자, 소심해 보이는 직원은 아직 일이 남아있었기에 텐트를 나와 다른 작업에 들어갔다.

산토아의 작업량은 제일 적고, 그래서 다른 직원에게도 여파가 미치고 있었다.

"시끄럽다니까. 정말이지……."

산토아가 그렇게 짜증을 내고 있는데 모험가 한 명이 들어왔다. 느긋한 느낌의 모험가는 산토아를 보더니 식사를 권했다.

"산토아. 우리 지금부터 연회를 할 건데 함께 참가하지 않겠어?"

산토아는 상대를 보며 생각했다.

'뭐, 여기 있는 모험가 중에 제대로 된 녀석들은 적으니까, 이 녀석들로 참을까…….'

"네~에. 지금 갈게요~."

귀여운 동작으로 텐트에서 나온 산토아가 모험가들과 함께 갔다. 책상 위에 펼쳐진 서류 안에는 소드 윙스의 오늘 계획이 적힌 것이 있었다.

그들은, 그곳에 적힌 귀환 시간이 지났는데도 아직까지 야영지에 돌아오지 않고 있었다.

—대럴은 황급히 길드 텐트로 뛰어들었다.

"아무도 없는 건가! 호킨스! —는, 다리온인가. 누구 없나!"

저녁이 되어 어두워진 텐트 안을 돌아보자 책상 위에 서류가 흩어져 있었다. 대럴은 그것들을 보고 아직 렉스 일행이 돌아오지 않았다는 것을 알게 되었다.

"그 녀석들 뭘 하고…… 내가 쉬는 날에 하필…… 그래. 길드 카드!"

길드 카드에는 몇 가지 특징이 있다. 그 중에는 두 장이 한 쌍이 되어 하나를 모험가가, 다른 하나를 길드 측이 보관하는 구조가 있다. 그 이유는 모험가가 죽으면 길드 카드의 이름이 새겨진 부분에 상처가 나며 사망을 알려주기 때문이다.

길드 카드가 붙은 게시판을 대럴이 서둘러 확인했다. 렉스 일행의 이름은, 아무도 상처가 나지 않았다.

"다행이군. 무사해. 하지만 이대로 가면……. 움직이지 못하는 건지, 아니면 초조해져서 앞으로 나간 건지……."

대럴은 이럴 때 호킨스가 없다는 것을 원망하며 텐트에서 나와 렉스 일행을 쫓아가기로 했다. 누군가에게 도움을 요청하기로 정하자 가장 먼저 젤피의 얼굴이 떠올랐다.

서둘러 장비를 갖추고 지인 모험가들에게 말을 걸면서 라이엘 일행의 텐트로 향했다.

그러나 그곳에는 레이첼과 라프밖에 없었다.

"이봐, 젤피는 돌아오지 않은 거냐!"

장비를 착용하고 초조한 모습을 보이는 대럴에게 레이첼은 젤피와 일행들이 오늘은 돌아오지 않는다는 걸 설명했다.

"오, 오늘은 미궁 안에서 숙박하는 방법을 가르쳐준다고 해서 돌아오지 않아요. 슬슬 최심부 방 발견도 가깝다면서요. 내일 아침에는 돌아올 거예요."

대럴이 끄덕였다.

"알았다. 만약 돌아온다면 중년 아저씨 대럴이 찾고 있었다고 전해다오. 그것만 전하면 나머지는 알 수 있을 테니까!"

레이첼이 대답을 하기도 전에 대럴은 달렸다.

서둘러 미궁 입구로 향하자 그곳에는 이미 지인 모험가들이 기다리고 있다가 대럴에게 지도를 건넸다.

대럴은 지인들 앞에서 렉스 일행의 수색을 부탁하고 설명을 했다.

"젤피는 미궁 안이라더군. 그리고 그 녀석들은 이 구역을 조사하고 있었을 거다. 미안하지만 찾는 걸 도와다오."

한 모험가가 수긍했다.

"알았어. 이럴 때는 서로 도와야지. 하지만, 대럴 나리. 이제 밤인 데다 인원도 부족해. 찾을 수 있는 범위는 한정되어 있다고."

대럴은 지도를 보면서…….

"알고 있어. 하지만, 어떻게든 찾아내야지."

모험가들이 불안해했다.

"너무 무리는 하지 말아줘. 일단 다른 녀석들에게 말은 걸어볼게."

"미안하다. 아무 일도 없다면 좋겠는데……."

'실수였군. 그 녀석들의 조바심을 가볍게 보고 있었어……. 내 책임이야.'

대럴은 렉스 일행에게 책임감을 느끼고 어떻게든 찾아내겠다고 결심했다.

그렇게, 대럴 일행은 소인원으로 미궁 안으로 발을 들였다.

—미궁 안에서 밝기가 사라진지 한동안 지났다. 어둠속을 서포터가 가진 랜턴의 빛이 밝혀주고 있다.

꽤 많은 마물과 싸웠지만, 그보다도 전원이 눈앞의 광경에 눈을 크게 뜨고 있었다.

렉스는 랜턴의 불빛에 떠오르는 눈앞의 문을 보고 흥분하고 있었다. 나무가 비틀려서 문의 형태를 만들고 있다. 미궁 안에서 이런 입구가 있다면…….

"이봐, 이건 최심부 방, 이라는 거 아냐?"

동료들 중 누군가의 목소리에 한 명, 또 한 명 흥분했다.

어두운 통로를 나아가다가 운 좋게 발견했다. 원래는 나머지 날짜도 적고, 조금이라도 벌기 위해 무리를 하고 있었다. 그뿐이었는데, 여기서 최심부 방을 발견하다니.

렉스 일행이 환성을 내질렀다.

"최심부 방 발견은 확실히 재보의 분배 대상이지?! 우리도 이걸로 거금을 손에 넣을 수 있어!"

그 말에 렉스가 고함쳤다.

"여기까지 와서 나머지만 받아먹겠다는 한심한 소리 하지 말라고. 잘 들어, 여기는 우리밖에 없어. ……우리가 최심부 방을 공략하면 전부 우리 거야."

전원이 얼굴을 마주 보고 렉스에게 의견을 제기했다.

"아무리 그래도 그건 무모해. 일단 돌아가자."

"맞아. 귀환 시간도 벌써 지나갔어. 자칫하면 수색대가 편성될지도 몰라."

"그거, 벌금이 나오는 녀석이잖아? 이봐, 돌아가자고."

렉스도 그걸 떠올리고 바로 돌아가야 하나 생각했다. 그러나 머릿속에 라이엘의 얼굴이 스쳤다.

"……그럼, 안을 정찰하자. 그 정도라면 괜찮겠지?"

동료들이 그 정도라면 하고 찬성했고, 경장비 동료가 입구에서 안을 들여다봤다.

'대럴 씨가 남았으니까, 이번에는 9인 전원을 데려올 수 있

었어. 이런 기회는 좀처럼 없을 거야. 여기서 도전하지 않으면 우리는 그 녀석에게 이길 수 없어.'

단지, 경장비 동료가 두 사람 모두 고개를 갸웃했다.

"왜 그래?"

두 사람은 랜턴을 빌렸고, 한 명이 신중하게 안으로 들어가 천장이나 벽을 확인했다. 그리고 바로 돌아왔다.

그대로 둘이서 얼굴을 마주 보며 고개를 갸웃했다.

"그러니까, 왜 그러냐니까!"

짜증을 낸 렉스에게 두 사람이 설명했다.

"없어."

"뭐?"

"그러니까, 마물이 없어. 흔적도 없다고."

렉스가 입가에 손을 대고 가능성을 생각했다.

'보이지 않는 마물? 확실히, 카멜레온 같은 게 그런 특징이 있다고 들었는데……. 아니, 하지만 그 녀석이라면 우리라도 쓰러뜨릴 수 있을 정도야. 시험해볼까?'

"이봐, 마법으로 상황을 보지 않겠어? 모습이 보이지 않는 마물일 가능성도 있으니까."

마법사가 앞으로 나와 입구에서 지팡이를 들고 마법을 썼다. 주변에 물을 뿌리며 상황을 엿봤다.

그러나 반응은 없었다.

"……아무것도 없어."

전원이 얼굴을 마주 봤다.

"거짓말이지?"

"그런 미궁이라서, 라든가?"

"하지만, 최심부 방에는 반드시 강한 마물이 있다고 했어."

각자 의견을 늘어놓던 중 렉스가 각오를 다지고 방 안으로 들어갔다. 동료들이 제지하는 목소리를 무시한 행동이었지만, 한동안 무기를 들고 있어도 아무런 반응이 없었다.

마물이 있다는 기척도 없다.

"……없어."

전원이 안도하며 렉스를 따라 방으로 들어갔다. 방 안에는 호화로운 보물상자가 놓여 있어서 그야말로 재보가 잠들어 있다는 분위기였다.

"노, 놀라게 만들기는……."

"혹시, 마물은 이 주변을 걷고 있다거나? 이 방에서 나갔다거나?"

"그러고 보니, 여기에 오기 전에 본 커다란 도마뱀은 강적이었어."

전원이 조심조심 보물상자로 다가갔다. 전원이 골탕을 먹었다고 생각하며 보물상자를 봤다.

렉스가 최심부 방의 재보에 기대감을 가졌다.

"꽤 벌 수 있는 미궁이었다고 하니까, 최심부 방의 재보도 분명 그에 걸맞을 거야. 이건 기대할 수—"

손을 뻗으려 하자, 뒤쪽에서 대럴의 목소리가 들렸다.

"그 녀석에 손대지 마!"

방으로 뛰어든 대럴 뒤에는 모험가들의 모습이 보였다. 그러나 대럴보다는 늦었다.

렉스가 뻗은 손이 순간 보물상자에 닿자, 그걸 기다렸다는 듯이 입구의 지면에서 일제히 나무가 자라나며 방에 출입하는 걸 막으려 했다. 대럴이 아슬아슬하게 방으로 뛰어들었지만 다른 모험가들은 제때 맞추지 못했다.

"……어?"

보물상자는 무너지고, 그리고 지면이 흔들렸다. 대럴이 창을 겨누고 전원에게 지시를 내렸다.

"자세 잡아! 그건 함정이야! 젠장, 불길한 느낌이군."

대럴이 그렇게 말했을 때, 아래쪽에서 뭔가가 올라오는 기척이 느껴져서 그 자리에서 이동했다. 직후, 흙속에서 나타난 것은 커다란 입을 벌린 꾸물꾸물한 무언가…… 몸길이가 10미터를 넘는 마물이었다. 눈도 없거니와 귀도 없다. 그저 입만 달려있을 뿐.

검은 몸에 하얀 얼룩무늬가 있고, 둥근 입에는 뾰족한 이빨이 원형으로 늘어서 있다. 씹는 게 아니라, 회전하며 짓이겨버리는 이빨이 몇 겹이나 대열을 만들어서 무척 꺼림칙했다.

대럴이 식은땀을 흘렸다.

"자이언트 웜이냐. 하아, 마지막이라고 허세 부리며 금속 갑옷 따위를 입고 오는 게 아니었는데……. 이 녀석한테는 의미도 없고, 무거워서 움직임이……. 너희들, 계속 움직여! 이 녀석은 지면 속을 이동하는 성가신 녀석이야!"

전원이 무기를 들자 대럴이 안심시키기 위해 외쳤다.

"갇혔지만 걱정하지 마. 바깥에는 알려졌어. 천천히 버티다가, 동료가 오는 걸 기다리자고. 아니면, 쓰러뜨리고 야영지로 개선이다!"

대럴의 목소리가 방 안에 울렸다—.

제39화 모험가의 가치

13일째 아침.

미궁 안에서 1박을 한 나, 론도 씨, 노웸, 아리아 씨, 소피아 씨…… 그리고 젤피 씨까지 여섯 명은, 젤피 씨 말고는 지친 얼굴로 미궁 입구에서 나와 하늘을 올려다봤다.

익숙하지 않은 환경이라 큰일이었던 것도 있지만, 미궁 안에서 1박을 하는 게 얼마나 큰일인지를 알 수 있었다. 주로, 수치심이나 마음에서 우러나는 것들이 문제였다.

그런 우리를 보고 젤피 씨가 일갈했다.

"뭐야, 한심하기는. 인간은 먹으면 나오는 게 당연하다고. 현실을 알아서 잘 됐잖아."

론도 씨가 긍정적으로 생각하려 했다.

"뭐, 확실히. 중요한 일이고, 무엇보다 적지에서 쉰다는 일이니까요. 그래도 이걸 제가 레이첼이나 라프에게 가르쳐주는 건……."

그랬다. 한 마디로 말해서, 지쳤다. 익숙하지 않은 환경도 그렇지만, 미궁 안에서 안전 확보를 해야 한다고나 할까 뭐랄까…… 하아.

내가 고민에 잠기자 5대가 어이없는 목소리를 냈다.

『젊으니까 부끄러운 걸지도 모르지만, 인간은 알맹이가 모두 똑같다고. 전장에서는 질질 흘리는 일도—.』

뭔가 내게 가르쳐주려는 모양이지만 지금은 봐줬으면 좋겠다.

"텐트로 돌아가서 자자. 푹 자자."

그렇게 말하며 야영지 쪽을 보자 이쪽을 향해 에바 씨가 달려왔다. 평소와 같은 웃는 얼굴이 아니다.

뭔가 초조한 모습이었다.

길드 텐트 앞, 그곳에는 모험가들이 모여 있었다.

아침부터 미궁 안으로 들어가지 않은 채 장비를 착용하고 와글와글 뭔가 대화를 나누고 있었다. 지친 표정을 한 몇 명의 모험가가 호킨스 씨와 이야기를 하고 있고, 그걸 많은 사람들이 불안하게 둘러싸고 있는 형태였다.

텐트 안에는 몇 장의 길드 카드를 든 직원 남성이 뛰어다니고 있었다.

"호킨스 씨!"

호킨스 씨는 말없이 받아서 확인하고는 길드 카드를 움켜쥐었다.

너덜너덜한 모험가들이 연약하게 목소리를 쥐어짜냈다.

"알리기 위해 서둘러 돌아오려고 하다가, 마물에게 습격을 받아 한 명 당했어. 어떻게든 돌아오긴 했지만, 시간이 걸려서…… 게다가, 대럴 나리는 문 너머에…… 구할 수가 없었어!"

덩치 큰 남자가 울고 있는 모습. 하지만 그걸 아무도 질책하지 않았다.

젤피 씨가 눈을 크게 뜨고 모험가들을 난폭하게 밀어젖히며 앞으로 나왔다. 호킨스 씨가 젤피 씨를 보고 텐트 안으로 안내했다.

그러자 젤피 씨가 내 이름을 불렀다.

"라이엘, 너도 와."

그러자 2대가 내게 말했다.

『라이엘. 짐은 노웸 쪽에 맡기고 텐트로 돌려보내. 출발 준비를 갖추고 대기하는 거다.』

2대의 감인지 아니면 경험에서 나온 판단인지는 모르겠지만, 나는 그 지시를 따르기로 하고 짐을 노웸에게 맡겼다.

"노웸. 전원 텐트로 돌아가서 출발 준비를 하고 대기해줘."

노웸은 짐을 맡으며 끄덕였다.

"알겠습니다."

론도 씨도 노웸이나 다른 일행과 함께 텐트로 돌아갔다. 나는 그대로 길드 텐트로 들어갔다. 그러자 그곳에는 센트럴에서 온 모험가들이 있었다.

이런 상황인데도 의욕은 느껴지지 않았다. 줄곧 이런 모습인가?

호킨스 씨는 막 돌아왔는지 상의를 걸친 채 서류 등을 체크하고 있었다.

산토아 씨는 덜덜 떨면서 부지런히 주변을 살피고 있었다. 그런 산토아 씨를 젤피 씨가 무표정하게 바라봤다. 아니, 감정을 억누르고 있는 것처럼 보였다.

호킨스 씨는 자료를 다 읽고는 지금까지의 일을 정리했다.

"어제 저녁에 돌아올 예정이었던 파티가 돌아오지 않았는데 방치, 입니까. 그걸 대럴 씨가 몇 명을 데리고 수색하러 나갔다가 최심부 방의 함정에 걸렸다, 라."

산토아 씨는 자신을 끌어안으며 변명을 했다. 절규하는 목소리였다.

"나, 나는 잘못 없어! 돌아오지 않았던 그 녀석들의 잘못이야! 게다가, 멋대로 뛰쳐나간 건 내 탓이…… 나는 잘못 없어!"

3대가 탄식을 내쉬었다.

『이제 얘는 무시해도 돼. 상황을 따라가지 못한다고나 할까, 자기 보신에만 몰두해서 이야기해봐야 시간낭비니까.』

호킨스 씨가 난폭하게 길드 카드를 책상 위에 내리쳤다. 한동안 말없이 있다가 이윽고 천천히 입을 열었다.

"실례, 울컥하고 말았군요. 그럼 젤피 씨, 구출부대를 편성하려고 하는데—."

거기서 센트럴에서 온 모험가의 리더가 입을 열었다.

"구출은 필요 없어. 그 계통의 함정은 최심부 방에 있는 보스를 쓰러뜨리든가, 얼간이들이 전멸하는 것 말고는 문이 열리지 않아. 시간 경과로 봐서는 보스를 쓰러뜨리진 못하겠지. 그럼 전멸하는 걸 기다리면 돼. 그보다도, 시급하게 미궁을 토벌해줬으면 하는데. 그걸 위한 파티를 보내줘야겠어."

5대가 센트럴에서 온 모험가들의 태도를 보고 뭔가 짐작한 모양이다.

『이 녀석들. 혹시 센트럴에서 파견된 이유는 감시 목적인가?』

5대는 센트럴 근처에서 미궁의 폭주가 일어나기를 원하지 않으니, 그걸 위한 감시 목적으로 이들이 파견된 게 아닐까 하는 예상을 하고 있었다.

그건 잘못된 게 아니었다.

"구출이라 칭하며 쓸데없이 미궁을 자극해서 폭주가 일어나면 대책이 없어. 다리온은 고사하고 센트럴까지 피해가 미칠 거다. 게다가, 모험가 열 명 정도가…… 전멸해봤자."

모험가 따위는 죽어도 좋으니 미궁을 자극하지 말라는 태도였다. 젤피 씨가 움켜쥔 주먹이 떨리고 있었다.

호킨스 씨도 뭐라 말하고 싶은 것 같았지만, 센트럴에서 파견된 그들의 의견을 따르는 모양이었다.

"실례했습니다. 다리온에서는 모험가를 소중히 하고 있으니까요. 그럼, 토벌부대는 젤피 씨에게 맡기려고 합니다. 이 미궁 토벌에 참가하는 모험가 중에서 실력은 제일이겠죠."

센트럴에서 온 모험가들이 우리를 보며 딱히 흥미 없다는 표정을 지었다. 변함없이 패기가 없다고나 할까, 이쪽을 깔보고 있다고나 할까…… 의욕이 느껴지지 않는다.

"그럼 됐어."

그들은 그렇게 말하며 텐트에서 나갔다.

젤피 씨가 입을 열었다.

"망할 자식들이!!"

나간 그들을 향한 말이겠지. 젤피 씨에게는 내기를 할 정도로 친분이 두터운 모험가가 위기에 처한 것이다. 그걸 구하러 갈 수 없는 게 분한 것이리라.

호킨스 씨도 분한 모양이었다.

"……젤피 씨, 제가 사과드리겠습니다. 그리고, 아무쪼록 토벌부대를 이끌고 최심부 방을 공략해주세요."

호킨스 씨도 구해달라고는 말하지 않았다. 젤피 씨가 말없이 끄덕이며 텐트에서 나갔다.

나도 뒤따라서 밖으로 나갔다.

우리 텐트로 돌아오는 길에 젤피 씨가 중얼중얼 말해준 것은 대럴 씨와의 추억이었다.

"마음에 안 드는 아저씨였어. 아직 신인이었던 나를 놀리고, 그걸로 내기를 하더니 언제나 나한테서 거둬가고……. 하지만, 신인인 나를 한 사람 몫으로 단련해줬어. 철부지였던 시절의 내게, 모험가의 삶을 가르쳐준 사람이야."

조금 목소리가 떨리고 있었다.

"만날 때마다 불만을 늘어놓고……. 그러면서, 지금껏 감사의 말도 하지 못했어."

우리에게는 젤피 씨 같은 사람이라고 생각한다.

젤피 씨가 말했다.

"알고는 있어. 모험가의 가치 따위는 쓰레기나 마찬가지라고. 마물을 쓰러뜨리고, 마석을 모으는 밑바닥 놈들로밖에는 보지 않아. 도적이나 용병과의 차이도 애매하고, 일반인 쪽에서 보면 무법자에 미움 받는 자들…… 하지만, 대럴 나리는 좋은 녀석이었어."

모험가. 반세임에서는— 아니, 세간 일반적으로는 평가가 낮다. 젤피 씨의 말대로 모험가는 미움 받는 자들이다.

다리온이 특별히 친절할 뿐, 다른 도시 사람들이라면 죽든 살든 흥미도 없을 거다. 오히려 센트럴의 모험가들이 보이는 반응이 일반적일지도 모른다.

젤피 씨가 울 것 같은 표정으로 나를 돌아봤다. 억지로 미소를 만들고 있는 게 반대로 안타까웠다.

"이봐, 라이엘…… 평소처럼, 기발한 아이디어가 나왔다든가 해서 의욕을 낸다든가, 해주지 않겠어? ……미안, 농담이야. 잊어줘. 정말이지, 나는 지도원인데도 한심하네."

내가 구해줬으면 좋겠다고 말하며, 그리고 농담이라고도 말한다. 젤피 씨 스스로도 구할 수 없다는 걸 알고 있는 모습이었다.

나는 보옥을 움켜쥐었다. 거의 무의식에 가까웠지만, 역대 당주들에게서 돌아온 대답은—.

『못할 일은 아니지.』

『난 말이지. 그 센트럴의 모험가…… 왠지 싫거든.』

『한 방 먹여주고 싶다, 아니 되갚아주고 싶군요.』

『센트럴 녀석은 싫어. 그러니 나도 찬성하겠어.』

『하지 말라고 하면, 하고 싶어지는 게 인지상정이죠.』

『나는 모험가가 싫으니, 녀석들의 명령도 싫습니다. 구출은 대찬성이군요!』

—어쩌지. 평소에는 역대 당주들이 의욕을 보이면 내가 곤란해지는데, 오늘만큼은 기뻐진다.

그대로 2대가 내게 말했다.

『즐거워졌구나. 라이엘, 구출할 거라면 서두르는 편이 낫다. 짐도 최소한, 그리고 전력으로 임할 필요가 있어.』

나는 앞을 걷던 젤피 씨에게 말을 걸었다.

"젤피 씨. 짐은 최소한, 약이나 붕대 등을 많이 가져가죠."

젤피 씨가 뒤를 돌아 나를 봤다.

"이봐, 아무리 안심시키기 위해서라고 해도 거짓말은—."

나는 마음속으로 중얼거렸다. 「자신감을 갖고, 자신을 속일 정도로」 그리고 당당히 말했다.

"거짓말? 유감인데요. 저는 구할 수 있다고 말하는 거예요. 그 말에 거짓은 없어요."

당당히 선언하자 6대가 웃었다.

『잘 했다, 라이엘! 너도 꽤나 익숙해졌구나!』

어쩌지. 6대의 말에 순순히 기뻐할 수가 없다.

텐트로 돌아가자 노웸 일행이 출발 준비를 하고 기다리고 있었다.

젤피 씨가 전체에 지시를 내렸다.

"최대한 짐을 줄이겠어. 약이나 치료에 필요한 것, 그리고 최저한의 식량과 물을 가져가자. 도중에 마물이 나와도 최대한 전투는 하지 않아. 보물상자 회수도 하지 않을 거고."

그러자 론도 씨가 미묘한 표정을 지었다.

"젤피 씨, 방금 에바 씨가 소문을 듣고 전해준 건데…… 구출은 하지 않는다는 이야기 아니었던가요?"

에바 씨가 젤피 씨의 시선을 받고 고개를 돌렸다.

젤피 씨가 손끝을 이마에 댔다.

"정말로 엘프란 녀석들은……. 확실히 그렇지. 하지만, 여기 있는 라이엘이 할 수 있다고 했어. 그럼, 한번 걸어보자고."

젤피 씨가 내 등을 치며 모두 앞에 내세웠다. 나는 머리를 긁적이며 전원의 시선을 받고, 살짝 심호흡을 하면서 자세를 고쳤다.

5대가 내게 조언을 주었다.

『문제는 시간이야. 작전은 이동하면서 설명하기로 하고, 가능하면 모든 전력으로 싸우고 싶어. 상대가 어떤 녀석인지도 모르니까.』

6대가 말을 이었다.

『최심부 방 말인데, 붙잡힌 녀석들이 아직 살아있다면 극단적으로 강한 마물이 나왔다고는 생각할 수 없겠구나. 다소 성가신 정도겠지. 게다가, 이런 함정에서 극단적으로 강한 녀석은 내 시대에서는 나오지 않았어.』

다른 역대 당주들이 나도, 나도, 라며 저마다 말하니까 괜찮겠지. 터무니없이 강력한 마물― 보스가 있었을 경우 이미 전원이 전멸했을 거다.

"문제가 있다면, 전력이에요. 제 아츠로 이동하는 데 익숙하지 않은 다른 파티 사람들에게는 구조를 부탁할 수 없어요. 한 명이라도 전력이 갖고 싶으니, 우리 전원이 가게 된다면 여기가 텅 비어버려요. 누구에게 파수를 부탁할 수밖에—.”

그러자 에바 씨가 오른손을 들었다.

“나, 나! 내가 파수를 볼게. 신세도 졌고, 여러모로 재미있는 이야기도 들었으니까!”

아무래도 에바 씨가 기운차다. 다른 사람에게 부탁하는 것보다는 낫겠지만, 이렇게 기운차면 뭔가 꾸미고 있는 것 같다.

노웸이 에바 씨를 보며 말했다.

“보수는, 구출의 상세한 과정을 가르쳐준다, 인가요?”

에바 씨가 엄청난 기세로 끄덕였다.

“안 돼?”

그러자 젤피 씨가 고민하면서 끄덕였다.

“호킨스 나리에게도 부탁하자. 우리가 미궁에 들어가 있는 사이 여기서 에바랑 같이 파수를 봐달라고 하는 거야. 그 정도는 해주겠지.”

이걸로 전원을 데려갈 수 있게 됐다.

2대의 목소리가 보옥 안에서 들렸다.

『라이엘. 시간과의 승부가 될 거다. 한 발짝만 잘못 디디면 미궁이 폭주할 테니까.』

보옥을 움켜쥔 나는 일단 눈을 감았다가 천천히 떴다.

“그럼, 준비가 되는대로 출발하죠.”

우리는 짐을 한계까지 줄였다.

특히 나는 무기를 든 것 말고는 짐다운 짐은 갖지 않았다. 이것도 역대 당주들의 지시다.

가장 커다란 짐을 진 것은 중량 조작의 아츠를 가진 소피아 씨다. 엄청 커다란 짐을 들고 있더라도 움직임에 제한이 갈 정도로밖에 느껴지지 않는다고 한다.

그 때문에 나나 론도 씨, 라프 씨 같은 전위의 짐까지 들어주고 있다.

미궁 안의 통로를 달리던 우리는 소피아 씨에게 미안한 마음이 들었다.

라프 씨도 힐끔힐끔 소피아 씨를 보며 미안한 모습을 보이고 있었다.

나는 그런 가운데 작전의 설명을 역대 당주들에게 들었다.

『자, 우선 대전제다. 구출하기 위해서는 봉쇄된 입구— 문을 파괴할 필요가 있어.』

2대의 말을 7대가 이어받았다.

『파괴한다면, 미궁이 폭주할 가능성이 생긴다. 센트럴의 모험가가 부주의하게 구출하지 않으려는 것도 그 때문이지.』

내가 통로 안을 선행하고, 루트를 판단하면서 이동하는 가운데 역대 당주들이 말을 이었다.

6대가 즐겁게 말했다.

『하지만, 자극을 주고 나서 폭주하기까지는 시간이 걸려. 무리하게 파괴한다고 당장 미궁이 폭주하는 건 아니야. 활성화

되는 건 사실이지만.』

7대는 미궁의 기본적인 이야기를 꺼냈다.

『최심부 방의 재보. 그것만 빼앗는다면, 미궁은 「시든다」. 그것에 예외는 없어. 그럼, 문을 파괴하고 최심부 방의 주인을 쓰러뜨린 뒤, 폭주하기 전에 미궁 토벌을 완료하면 된다.』

문을 파괴하는 방법은— 노웸의 마법일까? 숲속에서 발생한 미궁이다. 벽은 나무, 지면은 흙이다. 노웸이라면 파괴할 수 있을 것 같은 느낌이 들었다.

한동안 걷자 머릿속에 떠오른 지도의 루트상에 마물을 발견했다. 더 이상은 우회할 수 없기에 마물이 있는 곳을 뚫고 가야 한다.

내가 사브르를 두 자루 뽑자 전원이 무기를 들었지만—.

"저 혼자 하죠. 전원, 그대로 따라와 주세요."

외길을 나아가자 그곳에는 오크 한 마리에 고블린이 두 마리. 세 마리가 통로 중앙에 앉아있었다. 이쪽을 깨닫고 허리를 들려고 할 때 내가 마법을 쐈다.

"라이트닝 불릿."

사브르 끝을 각자 고블린에 돌리자, 빛이 빠직빠직 소리를 내며 방출되어 고블린을 덮쳤다.

타버린 고블린들이 입을 벌리고 절규하면서 그 자리에서 쓰러지자 오른손에 든 사브르를 오크에게 던졌다.

목에 꽂힌 사브르를 회수할 때 일부러 상처를 벌리듯이 뽑았다.

오크가 피를 내뿜으며 쓰러지자 그대로 달렸다.

3대가 나를 놀려댔다.

『성장 후라 그런지 마법을 쓰더라도 괜찮은 것 같네. 위력도 꽤나 올라갔고.』

4대가 마석이나 소재를 회수하지 않는 걸 아깝다고 말할 것 같다. 그런 생각을 하고 있는데 내 머릿속을 간파했는지 4대가 유감이라는 듯이 말했다.

『라이엘. 저를 단순한 수전노라고 생각하는 것 아닙니까? 정말이지, 시간이 때로는 무엇보다도 귀중하다는 것은 확실히 이해하고 있어요.』

아무래도 내가 실례였던 모양이다.

『뭐, 최심부 방의 재보만 얻으면 마석이나 소재 정도는—.』

정정하자. 역시 4대는 4대다.

사브르를 넣고, 그대로 통로를 달려가자 2대가 내게 말을 걸었다.

『라이엘, 일단 휴식하자. 이대로 최심부 방에 가더라도 전원이 지쳐서야 싸울 수 없어.』

제때 맞추지 못할지도 모른다. 그런 마음이 들었던 것을 짐작했는지 5대가 말했다.

『진정해. 목적지에 도착해도 전원이 움직이지 못하는 상태여서는 웃을 수 없잖아.』

그 말에 따라 휴식을 하기 위해 근처 방에 들어가기로 했다.

"잠시 쉬죠."

그러자 근처를 달리던 론도 씨가 후방의 레이첼 씨를 보며 끄덕였다.

"부탁해. 레이첼이 한계야."

마물이 없는 방으로 들어가 그대로 휴식에 들어가자 레이첼 씨가 숨을 헐떡이며 주저앉았다.

확실히, 이대로 목적지에 도착한 뒤에 쉬게 되어서는 늦었을 거다.

"미, 미안. 나, 체력이……."

사과하는 레이첼 씨를 라프 씨가 위로했다.

"됐으니까 쉬어. 꼭 서둘러야 할 때는 내가 업고—."

"제가 안고 갈까요?"

그렇게 나선 것은 땀을 닦고 있던 소피아 씨다. 아리아 씨가 물었다.

"너 여유롭네. 괜찮아?"

그러자 소피아 씨가 끄덕였다. 무거운 짐을 그대로 내리고는 어깨를 돌려보였다.

"업는 건 무리라도, 이렇게 안고 가면 문제없을 겁니다."

아츠로 중량 조작이 가능하다고는 해도, 여성에게 그런 일을 시키는 건…… 아니, 하지만 긴급사태니까.

그렇게 생각하고 있는데 레이첼 씨가 웃었다.

"아무래도 무리일 것 같으면 부탁할게. 하지만 목적지는 이제 곧 도착하잖아?"

거리로 보면 확실히 그렇다. 최단거리로 가면 빠르지만, 그러면 마물과의 조우 횟수가 늘어나기에 문제가 있다.

우회 루트를 사용하므로 거리로는 조금 더 가야 하는 정도다.

6대가 내게 말했다.

『이제 얼마 안 남았다. 그렇게 말해둬라. 아직 거리가 있다고 바보 같이 정직하게 말하지는 마. 주변 녀석들도 마음이 급해져 있어. 그쪽은 주의해서 발언해라.』

나는 고개를 끄덕이기로 했다.

"네. 마물을 피하기 위해서 조금 우회하긴 하겠지만, 이제 얼마 남지 않았어요."

이러는 사이에도 최심부 방에 갇힌 모험가들이 한 명, 또 한 명 쓰러질지도 모른다.

그렇게 생각하니 초조한 마음도 들지만, 지금은 체력을 조금이라도 회복시키기로 했다.

—최심부 방.

하룻밤이 지난 그곳에는 천장을 가득 메운 가지와 나뭇잎 사이에서 빛이 내리쬐고 있었다.

소드 윙스의 멤버들은 하룻밤 내내 움직였지만, 날이 밝을 무렵에는 세 명이 자이언트 웜에게 죽고 말았다.

렉스의 품에는 마법사 남자가 입에서 피를 뿜으며 괴로워하고 있었다.

"이봐, 이봐! 죽지 마. 네가 죽으면…… 네가 죽으면!"

울부짖는 렉스에게 마법사 남자는 웃으며 말했다.

"나, 친가에서는 가문도 잇지 못하는 아들이고…… 마법도 제대로 쓸 수 없어서, 언제나 바보 취급을 당했으니까, 너희들이 의지해줘서…… 기뻤어."

모험가가 된 귀족의 5남. 첩의 자식이고, 마법도 제대로 쓰지 못한다며 바보 취급을 당하던 남자는, 렉스 일행과 만나 구원받았다고 말했다.

마법사 남자는 그대로 숨이 끊어졌고, 렉스는 눈물을 흘렸다. 검은 부러지고, 방패도 일그러졌다.

큰 방패를 든 전사 두 명이 가장 먼저 희생되었다. 동료를 지키고자 무리를 하다 먹혀버렸다.

그 후에는 자이언트 웜을 끌어들이려던 경장비 동료가 희생되었다.

그리고, 지금은 마법사가 쓰러지고—.

"……바보 자식. 마지막까지 포기하지 말라고."

그들을 감싸면서 최전선에서 계속 싸우던 대럴도 자이언트 웜의 입에 붙잡혀서 지금 막 삼켜지려 하고 있었다. 금속제 무구가 날카로운 이빨에 부서지고, 깎이는 소리가 들렸다. 손에 든 창이 떨어지며 지면에 창끝부터 박혔다.

"대럴 씨!"

대럴은 괴로운 듯이 웃으면서, 그대로 자이언트 웜에게 삼켜졌다.

남은 동료들이 절망하며 얼굴이 새파래졌다.

렉스는 자신이 섣불리 행동했던 것을 후회하며 이를 갈았다.

'내 탓이야…… 내가!'

마법사를 그대로 바닥에 내려놓고 부러진 칼자루를 쥐었다. 자이언트 웜이 대럴을 삼키고 다음 사냥감은 무엇으로 할지 머리를 움직이자 렉스는 부러진 검을 던졌다.

자이언트 웜이 렉스를 봤다. 아니, 눈이 없으니 본다는 건 잘못됐다. 커다란 입을 벌리고 렉스 쪽을 향해 다가왔다.

렉스는 지친 몸을 움직이며 달려서 가지고 있던 방패도 던졌다. 자이언트 웜은 그 방패를 삼키고 입을 닫았다. 그 틈에 대럴이 떨어뜨린 창을 주운 렉스는 자이언트 웜에게 돌격했다.

"웃기지 말라고, 이 지렁이 자식!"

표면이 기름 같은 액체에 덮여서 미끌미끌한 자이언트 웜. 몇 군데에 상처가 남아있는 것은 대럴이 공격을 했던 증거였다.

그러나 창을 다루는데 익숙하지 않은 렉스는 상처조차 주지 못했다. 미끄러져서 자세가 무너진 렉스를 자이언트 웜이 덮쳤다.

"렉스!"

동료가 비명을 지르며 렉스를 밀어냈다. 그러자 그 동료가 자이언트 웜에게 먹혀버렸다.

절규를 내지르며 먹히는 동료를 보고 렉스의 얼굴이 일그러졌다.

"왜 구한 거냐고오!"

여섯 번째 희생자가 나오자 자이언트 웜은 몸을 흔들며 지면에 들어갔다. 지금까지 중에도 드물게 있었다.

한동안 지면 속에서 움직이며, 마치 뜸들이듯이 이쪽에 두려움을 준다.

언제 밑에서 덮쳐올지 모르는 상황에 렉스 일행은 다시 공포에 빠졌다.

"그러니까 나는 싫다고 했다고!"

한 동료가 발광하며 문으로 향했다. 무기를 들고 어떻게든 나가려고 문을 막은 나무들을 자르려 하고 있었다.

그러나 공격을 받고 상처가 난 쪽부터 나무가 재생해서 전혀 나갈 수 있을 것 같지 않았다. 불로 태우려고도 했다. 도끼로 베려고도 했다.

하지만, 전부 소용없었다.

그리고 자이언트 웜이 입구 주변 아래쪽에서 나타나서 동료를 삼키고, 그대로 지면으로 파고들고 말았다.

이걸로 일곱 명이다.

남은 것은 서포터와 경장비 모험가뿐. 두 명이 렉스의 곁으로 모였지만 렉스는 창을 던져서 떨어뜨리고 말았다.

그대로 무릎부터 무너져서 눈물을 흘렸다.

"젠장! 젠장! 빌어먹으으으을……."

이런저런 마음이 솟구쳤다. 그곳에서 돌아갔다면. 판단을 그르치지 않았다면.

……그러자 땅속을 움직이던 자이언트 웜이 갑자기 움직임을 멈췄다.

"뭐지?"

경장비 남자가 지면을 보면서 중얼거리자 서포터 남자가 뭔가 메모를 꺼냈다. 그리고 웜계 마물의 특징을 조사했다.

“웜계 마물은, 배가 가득 차면 한동안 움직임이 둔해지는 것 같아요. 보통은 사람 한 명을 삼키면 한동안 움직이지 않는다고 하는데요.”

거대화했다고는 해도 웜이다. 그렇다면 분명 마찬가지로 만복 상태인 것이리라.

렉스가 웃었다.

“뭐야. 우리는 그냥 먹이냐……. 하핫, 뭐가 일류 모험가가 되겠다는 거야. 마지막은 이렇게나 비참한데.”

렉스 일행은 그 자리에 주저앉아, 저항을 그만뒀다.

우리는 최심부 방으로 보이는 입구에 도착했다.

전원이 무기를 손에 들고 언제라도 싸울 수 있는 상태가 되자 젤피 씨가 입구를 막고 있는 나무를 베었다.

바로 그 상처가 아물어가는 것을 보건대, 어지간한 공격으로는 안에 들어갈 수 없을 것이다.

나는 보옥을 움켜쥐었다.

노웸의 마법으로 날려버리는 건가, 아니면 태우는 건가.

어느 쪽이든 일단 역대 당주들의 의견을 들어보려고 하니, 2대가—.

『좋아, 라이엘! 아버지의 무기를 쓰자.』

—응?

나는 보옥을 굴리면서 초조해하며 설명을 요구했다. 왜냐하면 그 은빛의 대검은 나를 따르려 하지 않는다. 그보다, 내가 제어할 수가 없다.

게다가 사용한 뒤에 쓰러진다는 덤까지 붙는다. 그래서는 내가 전투에 참가할 수 없다.

그렇게 생각하니 5대가 입을 열었다.

『그 대검, 전투에는 못 써먹지만 이럴 때라면 도움이 돼. 노웸의 마법은 전투에서 필수고. 소거법으로 생각하면…… 너잖아.』

나는 보옥을 손끝으로 굴리며 부정의 뜻을 보였지만, 6대가 웃었다.

『싫으면 무리해서라도 노력해서 의식을 유지해라. 뭐, 그 경우에라도 도움은 못 되겠지만.』

잠깐 기다려줬으면 좋겠다. 틀림없이 나는 노웸의 마법으로 날려버리는 거라 생각했다. 그런데 이 작전은 예상 밖이다.

2대가 말했다.

『괜찮아. 네가 없더라도 이 멤버라면 쓰러뜨릴 수 있어. 그걸 위해 전원을 데려온 것 아니냐.』

어라? 혹시 내 역할은 문을 여는 것뿐?

—소피아는 라이엘을 보고 있었다.

문을 앞에 두고 집중이라도 하고 있는지, 가보인 목걸이를 만지작거리고 있었다. 아무래도 고민에 빠진 모습이다.

'도착하고 나서 바로 움직이지 않는군요. 문이 있다는 건, 아직 안에서 전투가 이어지고 있다는 게 확실…… 우리의 휴식을 위해서일까요?'

전원을 돌아보자, 역시 여기까지 달려와서 그런지 전원이 조금 지쳐있었다.

젤피는 라이엘을 진지한 표정으로 보고 있고, 노웸에 이르러서는 믿고 있다는 듯이 그저 라이엘의 말을 기다리고 있다.

'여기까지 와놓고 실은 작전이 없었다는 건 아닐 테고…… 예상 이상으로 문이 성가시다거나?'

소피아는 그렇게 생각했지만 라이엘에게는 곤혹스러운 모습이 없었다. 그저, 문을 바라보며 생각에 잠겨있다.

이윽고 목걸이의 푸른 옥 부분을 손끝으로 굴리는 것을 그만둔 라이엘이 전원을 보려는 듯이 몸을 돌렸다.

"이 문은 제가 날려버릴게요. 단지, 유감스럽게도 전력을 쏟아 붓게 될 거라, 전투에 참가할 수 있을지 알 수 없어요. 문을 파괴한 뒤에는 전원이 안으로 들어가서 전투를 해주세요."

그러자 노웸이 갑자기 당황했다. 조금 전의 여유가 보이지 않았다.

"라이엘 님, 혹시 저번의 그걸? 안 돼요. 전에 그걸 쓰셔서 의식을 잃으셨잖아요!"

의식을 잃을 정도인 비장의 카드. 라이엘이 그런 걸 가졌다는 것을 모두가 이해했다.

'그 정도로 이 문이 성가시다는 건가요. 하지만, 그거라면—.'

노웸의 마법으로 날려버려도 되지 않을까? 소피아가 그렇게 말하려던 것을 노웸이 먼저 스스로 들고 나왔다.

"그럼, 제가 마법으로 날려버릴게요. 저라면 가능해요!"

그러나 라이엘은 바로 기각했다. 이유도 있었다.

"안 돼. 안에서 보스와 전투를 하게 될 거야. 그때 노웸의 마법이 필요해질 때도 있을 거고. 게다가, 안에 있는 녀석들이 빈사일 경우에는 네가 치료해줬으면 좋겠어."

라이엘은 보옥을 움켜쥐며 잡아당기는 동작을 취했다. 그러자 보옥의 사슬이 팔에 얽히면서 그대로 모습을 바꿨다.

'굉장해. 그리고 아름다워…….'

소피아는 라이엘이 가진 무기, 그리고 라이엘에게 넋을 잃었다.

은빛의 대검— 아니, 사람 한 명 크기는 되는 참마도가 나타났다—.

제40화 자이언트 웜전

심호흡을 했다.

천천히 오른손을 들어 대검을 이미지했다. 은빛 금속이 유체로 변하고, 총량이 부풀어 올라 대검의 형태를 만들었다.

무게를 느끼고 대검을 짊어지듯이 들자 양손에 묵직한 자루가 잡혔다.

손을 놓아버리면 당장에라도 날뛸 것 같은 감각. 마치 나를 사용자로 인정하지 않는 듯한, 난폭한 말 같은 대검을 억지로 움켜쥐었다.

초대의 아츠로 억누르려고도 해봤지만 소리를 내며 마력을 빼앗아갔다.

2대의 목소리가 들려왔다.

『라이엘, 일격이라도 좋아! 무리하지 말고, 지금 할 수 있는 걸 생각해라』

초대의 아츠 중 3단계인 【풀 버스트】는 무리라도, 1단계인 【풀 오버】라면 사용 가능하다. 그런 느낌이 들었다.

"……풀…… 오버……!!"

힘이 늘어나는 게 느껴졌다. 대검을 크게 들어 올리자 내가 휘두르는 게 싫은지 대검이 날뛰었다.

"야생마가!"

억지로 문에 내려치기 위해 외치면서 대검을 휘둘렀다.

"적어도 도움이라도 되라고, 으랴아아압!!"

억지로 휘두른 칼날이 문을 막던 나무를 손쉽게 베어버렸다. 충격파가 주변 나무들을 날려버리고, 산산조각 난 나무파편이 흩어졌다.

지면에 칼날 끝이 부딪치자 흙이 피어올라 나까지 날아가버렸다. 대검을 손에서 놓자, 바로 보옥의 형태— 목걸이로 돌아가 공중에 떠올랐다.

직후, 마치 미궁 안이 크게 맥동한 것처럼 느껴졌다. 충격파가 미궁 통로 안까지 반향해서 비명처럼 들렸다.

날아간 건 좋지만 몸에 힘이 들어가지 않았다. 이제 역대 당주들의 목소리도 그다지 들리지 않았다.

낙법을 취할 수 있을지 불안했는데 아리아 씨가 나를 안고 보옥도 회수해주었다.

"너무 날아갔어!"

가속해서 나를 붙잡아준 모양인지, 어찌어찌 바닥에 처박혀 구르지는 않게 되었다.

"아하하, 고마워요."

문 쪽을 보자 오른쪽 상단에서 왼쪽 하단에 걸쳐서 문이 크게 파였고, 내부가 보이고 있었다. 이미 젤피 씨나 론도 씨 일행은 안으로 뛰어들었다.

그러자 빠르게도 나무가 재생을 시작해서 다시 문이 닫히려 하고 있었다.

아리아 씨는 착지하고는 나를 안은 채 아츠로 가속했다.
나무들이 재생하며 좁아지는 문 틈새를 나를 안은 채로 통과했다. 그 충격에 나는 숨을 토해냈다.
“커헉! 이거, 힘들지 않나요?”
아리아 씨가 나를 천천히 내려놓고 보옥을 목에 걸어줄 때 물어봤지만 본인은 태연했다.
“그래? 나는 괜찮은데.”
바로 노웸이 내 쪽으로 달려오는 걸 보며 나는 방 안을 둘러봤다. 중앙에 늘어져 있는 세 사람이 있었다.
다른 사람은 확인할 수 없다.
“노웸, 먼저 저 세 사람을—.”
“네, 넷!”
노웸은 지시대로 바로 방향전환해서 구조대상인 세 사람에게 달려갔다. 그러나 세 사람은 공허한 표정으로 고개를 들었을 뿐이었다.
어렴풋하게 5대의 목소리가 들렸다.
『의식은 갖고 있군. 좋아. 너는 그대로 지시를 내려라, 라고 하고 싶지만…….』
6대가 말을 이었다.
『소피아에게 업어달라고 하는 편이 좋겠군. 아무래도 적은 밑에 있는 것 같다. 움직이지 못하는 건 위험해.』
그건 즉, 소피아 씨한테 업혀야 한다는 건가?
불만을 말해봐야 어쩔 수 없다.

"소피아 씨, 죄송하지만 업어주실 수 있을까요. 아무래도 보스 녀석은 땅속에 있는 것 같아서요."

한심하지만 지금은 그런 말을 하고 있을 수 없다. 몸이 엄청나게 나른하다. 소피아 씨가 달려와서 나를 들어올렸다.

아츠로 내 중량을 가볍게 만들었는지 왼손으로 들어서 왼쪽 어깨로 안았다. 참으로 한심한 그림이다.

"이렇게 소모할 때까지 힘을 짜내시다니. 너무 무리하셨어요."

소피아 씨가 그런 말을 했지만 내 쪽에서 보면 한심할 따름이다.

"죄송해요. 조금만 지나면 움직일 수 있을 정도까지는 될 것 같은데요."

그렇게 우리는 중앙에 있는 세 명을 봤다.

노웸이 부상을 확인하면서 세 명에게 말을 걸었다.

"괜찮으신가요? 대체 무슨 일이 있었죠?"

내 일로 조금 당황한 노웸이 세 사람에게 말을 들으려 했다. 세 사람은 무표정하게 밑을 보고 있었다.

보라색 머리를 한 남성이 눈물을 흘렸다.

"……죽어버렸어. 내가, 내 탓에…… 우리는 마물이 만복이 되어서, 그저 오래 살아남았을 뿐이고……."

나는 그 말을 듣고 침울해졌다.

세 사람밖에 구하지 못했던 것이다. 그러나 6대가 내게 말했다.

『라이엘. 세 사람「이나」 구했다고 생각해라. 너는 지금 할 수 있는 최선을 다했다. 가슴을 펴.』

여성에게 업혀서는 펼 가슴도 없다.

그렇게 생각하던 중에 땅속에서 뭔가가 움직이는 기색이 났다.

"서치……."

아츠를 사용해서 지면 밑을 보자 뭔가가 움직이고 있었다. 미궁이 활성화된 것으로 지면 밑에 있는 마물이 움직인 것이다.

"이런, 맵과 서치로—."

5대와 6대의 아츠를 사용하기 위한 준비에 들어가자 5대가 크게 외쳤다.

『바보, 쓸 때가 잘못됐어! 이런 근거리라면 우리의 아츠보다는—.』

2대가 조용한 목소리로 내게 천천히 설명했다.

『진정해라, 라이엘. 가르쳐준 아츠를 써라. 원래 내 아츠는 이럴 때야말로 활약한다. 땅속이든 뭐든, 손에 잡힐 듯이 알 수 있으니 안심해라.』

깜짝 놀랐다. 지금까지 5대와 6대의 아츠가 너무나도 유용해서 계속 의지하고 말았다. 바로 【필드】를 사용하자 땅속에서 움직이는 마물의 모습을 확인할 수 있었다.

"밑이에요! 계속 움직이지 않으면 표적이 될 거예요!"

내 큰소리에 전원이 밑을 보며 움직이기 시작했다. 그러자 라프 씨가 서 있던 곳에서 검은 몸에 하얀 얼룩무늬가 들어간 꾸물꾸물한 뱀— 이 아니라, 뭔가 꺼림칙한 것이 튀쳐나왔다.

노웸이 지팡이를 들고 화염구를 날리면서 외쳤다.

"자이언트 웜이에요! 조심하세요, 땅속에 들어가서 저희를 밑에서 노릴 거예요!"

너덜너덜한 지면은 자이언트 웜이 들어갔다 나오는 걸 반복한 증거였다. 원래대로라면 당장 원래대로 돌아가도 이상하지 않은 지면은 매우 천천히 원래대로 돌아가고 있었다. 구멍은 전부 막히지 않고, 부드러운 부분도 많다. 최심부 방의 입구와는 큰 차이다. 미궁이 자이언트 웜을 위해 편의를 봐주고 있는 것처럼 느껴졌다.

소피아 씨도 달리면서 부드러운 지면에 발을 붙들리고 있었다.

젤피 씨가 이동하며 대처법을 큰소리로 설명했다.

"뛰쳐나왔을 때 전력으로 쳐라! 라이엘, 적의 위치를 알 수 있다면 지시를 내려. 다음은 어디에서—."

그러나 바로 자이언트 웜이 뛰쳐나오려 하고 있었다.

"거기 세 명, 녀석이 노리고 있어!"

내가 도우러 왔던 세 명이 표적이 되었다는 걸 알려줘도 세 명은 모두 움직이려 하지 않았다. 아니, 이미 마음이 꺾여서 죽는 걸 기다리는 상태였다.

그런 세 명에게 젤피 씨가 달려가서 구하려 했다.

"아리아 씨!"

"맡겨둬!"

아리아 씨를 부르자 눈치를 챘는지 아츠로 가속해서 세 명을 억지로 그 자리에서 튕겨내서 이동시켰다.

그대로 젤피 씨도 회수했을 때, 땅속에서 자이언트 웜이 입을 크게 벌리고 뛰쳐나왔다.
아리아 씨가 인상을 찌푸렸다.
"우와아, 저 녀석의 입 안에 이빨이 잔뜩 있어."
원형으로 배치된 이빨이 수도 없이 늘어서 있는 거다. 참으로 꺼림칙했다.
그러자 지팡이를 든 레이첼 씨가 마법을 썼다.
"이걸로 붙잡을 수 있어. 샌드 암!"
지면에서 모래로 된 팔이 뻗어서 자이언트 웜을 붙잡으려 했지만, 몸의 부드러움과 끈적함을 이용해서 슬쩍 빠져나가고 말았다.
노웸이 외쳤다.
"붙잡는 건 어려우니까, 태워주세요! 파이어 캐논!"
커다란 화염구가 힘차게 발사돼서 자이언트 웜의 옆구리에 부딪쳐 타올랐다. 그러나 바로 땅속으로 도망쳐버렸다.
이대로 가더라도 쓰러뜨릴 수 있을 것 같지만, 문제는—.
"왠지, 조금 전부터 주변이 소란스럽지 않습니까?"
소피아 씨의 말이 맞다. 미궁 자체가 활성화를 시작해서, 당장 폭주 상태로 이행하려고 하는 듯한…….
"시간이 없어. 이대로 깎아나가는 건…… 먼저 재보를!"
그러자 3대가 내 생각을 정정했다.
『그건 최심부 방의 주인, 지금 식으로 치면 보스라고 해야 하나? 그 녀석을 쓰러뜨리지 않으면 나오지 않아. 그건 그렇고 성가시네.』

3대가 성가시다고 하는 거니 상당히 강한 걸까?

『우리…… 그다지 자이언트 웜하고 싸워본 경험이 없거든.』

다른 당주들도 전원 비슷한 말을 했다.

……어쩔 거야.

—젤피는 아리아의 구출을 받고는 바로 튕겨나간 세 사람 곁으로 향했다.

패기가 없는 표정의 세 사람을 보고 어금니를 악물고 주먹을 쥐며 세 사람을 후려 팼다.

"작작 좀 해. 이쪽은 너희들 탓에 개고생을 했다고."

렉스가 얻어맞아서 입이 찢어져 피를 흘렸다.

"……내버려두면 됐어. 보라고, 너희가 무리를 한 탓에 미궁도 폭주할지도 몰라. 우리 따위는 내버려뒀다면 됐다고!"

구해주러 왔는데 이런 말이라니. 그러나 젤피는 버릴 생각 따위는 없었다.

"대릴 나리가 칭찬했었는데, 꽤나 한심한 녀석들이네. 잘 들어, 모험가라는 건 더럽고 끈질기게 발버둥치는 법이라고! 당장 움직여!"

이번에는 걷어차 버린 젤피가 무기를 들었다.

렉스 일행은 대릴의 이름을 듣자 느릿하게나마 일어서서 도망치기 시작했다.

'그래. 그러면 돼. 나머지는 이 괴물을 어떻게든 해야—.'

젤피가 고민하던 중, 자이언트 웜이 지면에서 튀어나왔다.

바로 방패를 크게 휘둘러 작은 화염구를 몇 개 발사해서 자이언트 웜을 맞췄다.

젤피의 아츠【파이어 샷】이었지만, 화력이 부족해서 자이언트 웜의 표면을 그슬리기만 하고 바로 꺼져버렸다.

“젠장! 내 아츠로는 무리인가.”

그때, 아리아가 젤피의 뒤에서 뛰쳐나와 창을 자이언트 웜에게 찔렀다. 젤피는 아리아의 모습을 눈으로 쫓을 수밖에 없었다.

“이 녀석, 끈적끈적해서 기분 나빠!”

창을 뽑자 표면의 끈적한 체액이 창에 묻어서 아리아는 솔직한 감상을 외쳤다.

‘아가씨…….’

예전에 젤피의 집이 섬기던 록워드가. 그 록워드가의 딸이자 젤피에게는 어린 시절에 같이 놀았던 귀여운 여동생과 같은 아이다.

그런 아리아가 성장해서, 젤피로는 상처를 줄 수 없는 마물을 상대로 창을 깊숙이 꽂아 넣는 모습은 이제 자신이 지켜줄 대상이 아니라는 것을 알려주는 거나 다름없었다.

‘그래, 이제 아가씨에게 나는…….’

무기를 다시 쥔 젤피는 살아남은 세 사람에게 기합을 넣었다.

“죽고 싶지 않다면 돌아다녀! 나머지는 우리가 어떻게든 하겠어!”

주변을 보자 론도 일행도 좋은 움직임을 보이고 있었다.

그 이상으로, 라이엘이다. 지금은 소피아에게 안겨서 한심한 모습을 보이고 있지만, 땅속에 들어간 자이언트 웜의 움직임을 정확하게 파악하고 있다.

무엇보다, 한번 하겠다고 결심한 라이엘은 강하다.

젤피는 이제 라이엘 일행이 자신을 넘어섰다는 것에 조금 쓸쓸한 기분이 들었다.

틀렸다. 역대 당주들이 도움이 되지 않는다.

그렇게나 해내 보이겠다는 말을 해놓고서는 이제 와서 자이언트 웜과는 싸워본 적이 없다는 말을 꺼냈다.

생각해야 한다. 어떻게든 쓰러뜨릴 방법을 생각해야 해!

소피아 씨에게 안겨서 골몰하던 중, 론도 씨와 라프 씨 두 사람이 땅속에서 튀어나온 자이언트 웜을 앞뒤로 몰아넣고 서로 고개를 끄덕이며 동시에 베었다.

론도 씨가 든 검이 아츠를 사용하며 낮은 소리를 냈다.

"라프, 깊숙하게 베어!"

"그래!"

라프 씨도 창을 옆으로 휘두르며 자이언트 웜을 베었다. 표면의 끈적끈적한 분비물과 체액이 튀자 자이언트 웜이 커다란 입을 벌리며 비명을 질렀다.

땅에서 버둥거리는 것이 아픔에 괴로워하는 것처럼 보였다.

"지금이에요, 레이첼 씨!"

"맡겨줘!"

노웸이 레이첼과 함께 지팡이에서 불을 쏴서 자이언트 웜을 태웠다. 그러자 자이언트 웜은 표면이 타들어가면서도 나를 안고 있는 소피아 씨를 향해 다가왔다.

"소피아 씨, 도망—."

"아뇨, 할 수 있습니다!"

나를 바닥에 내린 소피아 씨가 배틀 액스를 양손에 들고 크게 휘둘렀다. 일회전, 이회전 하면서 자이언트 웜을 향해 배틀 액스를 내던지자 그것은 회전하면서 자이언트 웜을 향해 날아가 그 커다란 입의 일부를 베어버렸다.

배틀 액스는 그대로 벽에 격돌해서 깊숙이 꽂혔다.

"……굉장해."

그러나 자이언트 웜은 아직 움직이고 있었다. 역시 보스라 그런지 강인하다.

자이언트 웜은 약하게 움직이면서도 지면으로 숨으려 하고 있었다. 여기서 들어가 버리면 쓰러뜨릴 방법이— 시간도 없다.

론도 씨와 라프 씨는 무기를 닦고 있었다. 깊숙하게 베었기에 무기에 점착질 체액이 묻어서 무기를 쓸 수 없는 상황이다.

"젠장!"

"끈적해서 찌를 수가 없어!"

젤피 씨도 무기를 못 쓰게 되었다. 레이첼 씨는 마법을 연발해서 지쳤고, 아리아 씨는 자이언트 웜에게 돌격해서 창을 꽂았을 때 손이 미끄러졌는지 창을 놓쳐버렸다.

노웸만이 자이언트 웜에게 불을 쐈지만, 쓰러뜨릴 수 있을 것 같지는 않았다.

소피아 씨도 손에 든 손도끼를 던졌지만 자이언트 웜에 꽂히기만 하지 커다란 대미지가 되는 걸로는 보이지 않았다.

"앞으로 조금…… 앞으로 조금인데!"

2대의 아츠인 필드가 자이언트 웜이 약해졌다는 것을 감지했다. 단지, 쓰러뜨리려면 시간이 걸릴 것 같았다.

쓰러뜨리는 건 간단하다. 단지, 시간이 걸린다. 하지만 미궁의 반응으로 보아 폭주까지 그리 시간이 없는 것 같았다.

그러자 2대가 말했다.

『……단숨에 승부를 내려면, 이런 녀석은 내부에서 공격하는 게 제일이겠지.』

나는 숨을 삼켰다. 근처에 있던 소피아 씨가 눈치챈 낌새는 없지만, 불찰이었다.

3대도 고민하기 시작했다.

『입을 벌렸을 때 불을 쑤셔 넣든가, 번개라도 쏘든가…….』

4대도 마찬가지다.

『그래도 확실하다고는 할 수 없겠군요. 한다면, 몸 안으로 들어가서 찢어버리지 않으면 안 됩니다.』

5대도 찬성인 것 같다.

『그렇다면, 자이언트 웜의 뱃속에 뛰어들 필요가 있어. 단지, 그냥 먹히는 건 안 돼. 저 날카로운 이빨 탓에 끔찍한 꼴을 겪을걸. 입을 크게 벌린 순간에 뛰어들어서 일격을 꽂아 넣는 게 좋아.』

6대가 조금 즐거워했다.

『단지, 그러면 조금 난이도가 높아지는군요. 노웸에게는 무리겠지만…….』

아무리 노웸이라도 자이언트 웜의 뱃속으로 뛰어들어서 마법을 쏘는 건 어려울 거다.

그러자 7대가 내게 말했다.

『하지만, 라이엘이라면 가능하겠군요. 2대의 필드라면, 그걸 가능케 해줄 겁니다.』

나는 보옥을 움켜쥐었다. 2대가 다정한 목소리로 내게 말했다.

『믿어라. 내 아츠라면 할 수 있어. 문제는, 지금의 라이엘 네게는 도움이 필요하다는 거다.』

결의를 다지고 소피아 씨와 아리아 씨를 불렀다. 가능한지 어떤지 생각하기보다는, 지금은 조금이라도 빨리 실행해야 한다고 판단했다.

저 자이언트 웜의 뱃속으로 뛰어들 방법. 가능한 한 입을 크게 벌린 상태가 베스트다.

"지면에서 뛰쳐나오는 타이밍. 혹은, 위를 바라본 상태라면!"

바로 아리아 씨와 소피아 씨에게 설명하자 두 사람이 내 제정신을 의심했다. 나도 잘 될지는 의심스럽지만, 이대로 가면 미궁이 폭주하고 만다.

아리아 씨가 외쳤다.

"너, 정신 나간 거 아냐! 그런 거, 라이엘이 제일 위험하잖아!"

소피아 씨도 같은 의견이었다.

"반대입니다. 스스로 뛰어들다니…… 게다가, 조금이라도 잘못되면 그냥 자살이에요!"

걱정해주는 두 사람에게 나는 조금 감동했다. 그러자 2대가 웃음소리를 냈다.

『걱정을 받다니 잘 됐구나, 라이엘. 하지만 안심해라. …… 내 아츠라면 너의 작전도 가능해.』

2대의 아츠인 필드. 확실히 편리하다. 이럴 때는 5대와 6대의 아츠보다도 믿음직하다. 전투에 잘 맞는다.

"시간이 없어요. 바로 준비를 해주세요."

내 말에 두 사람이 억지로 납득하고 그대로 행동을 개시했다. 소피아 씨가 나를 들어 올려서 자기와 함께 체중을 가볍게 했다. 아리아 씨는 우리 두 사람을 짊어졌다.

"정말이지! 어떻게 돼도 난 몰라!"

자이언트 웜은 땅속으로 들어가서 천천히 움직이고 있었다. 다른 동료들이 움직이는 가운데, 우리만 그 자리에서 움직이지 않았다.

론도 씨가 외쳤다.

"세 사람, 뭘 하는―."

움직이지 않는 우리의 발밑까지 온 자이언트 웜. 나는 타이밍을 계산해서 아리아 씨에게 외쳤다.

"지금이에요!"

아리아 씨가 수그리면서 바로 위로 뛰어올랐다. 가속을 실은 급격한 이동에 나와 소피아 씨는 따라가지 못했다.

부유감. 눈앞의 경치가 단숨에 바뀌면서 내가 어디에 있는지 순간 알지 못하게 되었다.

직후, 자이언트 웜이 지면에서 수직으로 입을 크게 벌리며 튀어나왔다. 날카롭고 흉흉한 이빨이 늘어서 꺼림칙한 입이 최대한 벌어진 것을, 2대의 아츠— 필드로 똑똑히 확인하며 소피아 씨에게 외쳤다.

"바로 아래! 그대로 던져줘요!"

바로 소피아 씨가 나를 던질 자세를 잡았다.

"꼭 무사히 있어주세요!"

던진다기보다는 단숨에 체중을 무겁게 만들어서 기세를 싣는 느낌이다. 지금까지는 가벼웠는데, 갑자기 무게를 갖고 지면에 강하게 이끌리는 감각으로 변했다.

소피아 씨가 나를 자이언트 웜을 향해 던지자, 그대로 나는 사브르를 뽑아서 양손으로 들었다.

공중에서 몸을 틀어 미조정을 하며 그대로 자이언트 웜의 입 속으로 뛰어들었다.

노웰이 이쪽을 보고 놀란 표정을 지은 것을 알 수 있었다. 2대의 아츠가 주변 상황까지 내게 정확히 전해주고 있다.

"라이엘 님!"

각오를 다졌다.

"이대로 단숨에 끝장내주마!"

자이언트 웜은 배틀 액스로 베인 입을 크게 벌리고, 안의 이빨을 회전시키지는 못하는 상태에서도 나를 먹어치우기 위해 대기하고 있었다. 나를 먹으려는 타이밍을 틀고, 그대로 입속으로 뛰어들었다.

2대의 목소리가 들렸다.

『라이엘, 상대와 자신의 거리만이 아니다. 모든 걸 파악할 수 있다는 건 일종의 극의와도 같은 것이지. 너는 이미, 달인의 영역에 있다고 생각해라.』

수수하다고 말한 2대의 아츠지만, 부차적인 효과도 포함하면 실로 유익한 아츠다. 쓰는 방식에 따라서는 집단에게 몇 배의 힘을 발휘하게 해줄 수 있으니까.

"칼날이 들어가기 쉬운 곳은…… 거기냐!"

자이언트 웜의 입속. 사브르 날을 꽂아서 베어버리면서 뱃속으로 내려갔다.

배 주변으로 들어가자 끈적끈적한 체액이 분비되고 있었다. 정체 모를 체액, 그리고 혈액이 쏟아져서 내 몸도 끈적끈적해졌다.

가장 넓어졌던 타이밍에 안으로 들어갔는데도 육벽에 끼워져서 움직이기 힘들다.

몸속으로 들어간 나는 불쾌한 냄새를 느꼈다. 매우 비릿하다.

왼손을 자루에서 떼어내고 손을 벌렸다. 자이언트 웜이 날뛰고 있는지 몸을 트는 것을 알 수 있었다. 오른손으로 사브르를 쥐고, 자세를 유지하면서 마법을 사용했다.

"바깥은 강인했지만, 안이라면 어떨까…… 내부에서 찢어버리겠어! 아이스 니들!"

왼손에서 조금 떨어진 위치. 그곳에서 얼음 가시가 발생해서 바로 커지더니 주변으로 가시를 뻗어서 그대로 안쪽에 꽂혔다. 얼음 가시는 마치 기둥처럼 변해서 육벽을 찢고 바깥으로 나와 뚫어버린 부분부터 얼려버렸다.

"아직이다! 아직 멀었어!!"

억지로 마력을 쥐어짜냈다. 얼음기둥은 더욱 커져서 자이언트 웜을 안에서 찢고, 뚫어버렸다.

날뛰는 자이언트 웜.

육벽에 짓눌릴 것 같았다.

끈적끈적한 분비물까지 얼어붙고, 좁은 공간에서 내가 내쉬는 숨까지 하얘지자, 날뛰던 자이언트 웜의 활동이 정지됐다.

직후, 바깥에서 칼날이 꽂혀서 빛이 들어왔다.

"라이엘!"

론도 씨다. 그가 자이언트 웜을 베어버렸고, 라프 씨가 내게 손을 뻗었다.

"잡아!"

"고마워요."

마력을 너무 써서 이제 역대 당주들의 목소리도 들리지 않는다. 손을 뻗자 끌려 나가서 자이언트 웜의 뱃속에서 구출됐다.

론도 씨가 나를 질책했다.

"너무 무모했어. 보고 있자니 식은땀이 났다고."

라프 씨는 웃었다. 자이언트 웜을 보니 안쪽에서 튀어나온 얼음으로 배가 터지고 반쯤 얼어붙어 있었다.

"정말이라니까. 하지만, 라이엘은 겉보기보다는 근성이 있네. 다음에 시엘에서 케이크 사줄 테니까 기대하고 있으라고."

두 사람이 그렇게 말하며 쓴웃음을 짓자 노웸이 내 쪽으로 달려왔다. 걱정하는 것 같아서 나는 노웸에게 웃어주려—.

"워터!"

노웸이 엄청난 기세로 우리 세 명에게 물을 끼얹었다. 이 수압, 서 있을 수가 없을 정도다.

"노웨, 노웸?! 잠깐 기다—."

문답무용으로 수공을 당해서 화가 난건가 싶어 당황하고 있는데 젤피 씨도 다가왔다.

"일단 자이언트 웜의 체액은 씻어둬. 노웸, 여기는 맡겨둘 테니까."

젤피 씨가 그렇게 말하자 노웸이 힘차게 끄덕였다.

"라이엘 님. 조금만 참아주세요. 바로 씻어낼 테니까요."

조금 전 마법을 써서 조금 식어버린 몸에 이 수공은 조금 심했다.

"저, 적어도 온수로 씻어줘……."

그런 내 목소리는 물의 기세에 삼켜져버렸다.

—렉스는 라이엘 일행이 자이언트 웜에게 승리하는 것을 보고 있었다.

자신들이 이기지 못했던 상대를, 그걸 정말로 짧은 시간에 쓰러뜨린 라이엘 일행을 어딘가 분한— 아니, 자신들이 한심하다는 심정으로 보고 있었다.

"……처음부터 달랐잖아. 우리가 이길 수 있을 리가……."

라이엘 개인만 보더라도 그렇지만, 개개인의 실력이 매우 뛰어났다. 우수한 마법사인 노웸에 더해서 아츠를 발현한 아리아와 소피아.

라이엘에 이르러서는 검술도 마법도 높은 레벨이라 자신들이 이길 수 있는 것이 아무것도 없었다.

물에 쫄딱 젖어서 한심한 모습을 보이고 있지만 실력은 진짜였다.

'소문에 현혹돼서, 단순한 바람둥이라고만…… 내 쪽이 얼간이였잖아.'

자신이 한심해져서 그 자리에 무릎을 꿇고 눈물을 흘렸다.

'이런 내 탓에 소중한 동료가 죽은 거냐. 대럴 씨도 죽었는데…… 왜 나는 살아남은 거야.'

눈물을 흘리는 렉스에게 다른 두 동료는 말을 걸지 못했다.

그러자 젤피가 세 사람에게 다가왔다.

"너희들, 자기들이 한 짓은 알고 있겠지?"

렉스는 고개를 들어서 젤피의 얼굴을 봤다. 그녀의 표정은 분개하는 것도, 깔아보고 있는 것도 아니었다.

그저, 덤덤한 말이었다. 렉스는 그것이 더 괴로웠다.

좀 더 욕해준다면 좋을 텐데, 라고 생각했다.

"……전부 제 실수입니다. 그러니, 질책하려면 저를……."

"착각하지 마. 너희가 한 일은 길드가 정한 룰을 깨고 우리가 파견되게 만든 것 정도야. 오히려 터무니없는 일을 해버린 건 우리 쪽일지도 모르지."

미궁을 크게 자극해서 자칫하면 폭주를 일으킬 수도 있었다. 최종적으로 폭주하지 않았을 뿐, 라이엘 일행이 더 심한 일을 저질렀다.

단지, 렉스 일행에 관해서만 따지자면 룰을 깨고 길드나 다른 모험가들에게 폐를 끼쳤다, 그 정도다.

"너희 말고도 대럴과 행동했던 모험가가 한 명 죽었어. 나중에 사과하라고. 뭐, 얻어맞는 것 정도는 각오해둬."

렉스가 일어섰다.

"질책하지 않는 겁니까? 제 탓에 대럴 씨가 죽었는데—."

거기까지 말하자 젤피가 렉스의 멱살을 잡았다. 얼굴이 다가오자 그 눈동자에 분노가 깃들어있는 것이 보였다.

"화가 나지 않는다, 라고 말하면 거짓말이 되겠지만. 그것도 대럴 나리가 선택한 일이야. 모험가라면 자신의 선택에 책임을 지는 법이지. 그게 당연한 거야. 판단을 그르쳤다가 죽는 건, 당연한 일이라고."

렉스가 눈물을 흘렸다.

자신의 선택, 판단 실수로 많은 생명을 잃었다.

"……대럴 씨에게 사과하고 싶은데, 이제 없어서…… 우, 우리는……."

젤피가 손을 놓자 렉스는 그 자리에서 무너졌다. 그리고 그대로 울부짖었다.

물에 젖어서 조금 한기가 드는 가운데, 나는 최심부 방 안쪽을 봤다.

입구에서 봐서 정면에 있는 벽에, 천장에서 커다란 과일이 매달려 있었다. 어느새 내려왔는지 잘 익은 과일은 노란색을 띠고 있었다.

잘 익은 것처럼 보이는 건, 달콤한 향기가 방 안을 감쌌기 때문이다.

크기로 보면 나 한 명이 들어가도 쏙 이상하지 않을 정도다. 정말로 커다란 과일이다.

젤피 씨가 검을 뽑아서 노란 과일을 톡톡 찔렀다. 표면이 딱딱하게 보이던 과일은 천천히 세로로 균열이 가더니 그대로 깨져서 내용물을 털어놓았다. 잘 익은 것처럼 보였지만, 내용물은 과육이나 과즙이 아니라 금속 덩어리가 주르륵 떨어졌다.

아니, 과즙만큼은 다소 들어있어서 금속을 적시고 있다. 검은 주먹 사이즈의 금속이 다 안을 수 없을 만큼 떨어졌고, 전부 떨어지자 과일은 주름이 잡히며 쪼그라들더니 바닥에 떨어졌다.

젤피 씨가 휘파람을 불고는 재보를 보며 「대박이네」라고 말했다.

"꽤나 성가신 미궁이었지만, 그만큼 보답은 있었어. 전원 모여서 잘 확인해봐. 이게 희귀금속이야."

검은 쇳덩어리는, 아무래도 평범한 금속으로 보이지 않았다. 손에 들어보니 약간 마력이 느껴졌다. 금속 자체가 마력을 발하고 있는 것이리라.

아리아 씨가 손에 들고 한 마디.

"무겁네, 이거. 이 인원으로 들고 갈 수 있을까?"

하나만이라면 문제없지만, 전부라면 어렵다. 소피아 씨라면 가능할지도 모르지만…… 거기까지 생각하던 중, 젤피 씨가 살짝 웃었다.

"문제없어. 주변을 봐."

그 말을 듣고 주변을 돌아보자, 아무래도 너무 조용하다. 아니, 항상 소리를 내고 있는 건 아니지만, 갑자기 지금까지와는 느낌이 달랐다.

아무래도 미궁의 폭주는 저지한 모양이다. 젤피 씨는 입구를 가리켰다.

"그곳에서 나가보면 돼."

아츠로 확인하면 되겠지만 지금 내게는 거기까지 여유가 없다. 역대 당주들의 목소리도 들리지 않기에 설명해줄 사람이 없다.

약간…… 목소리가 들리지 않는 게 쓸쓸해졌다.

라프 씨가 창을 짊어지고 그대로 입구로 향했다. 신중하게 밖으로 나가서 그대로 나가더니, 잠시 뒤에 뛰어서 돌아왔다.

그 얼굴은 놀라움으로 가득했다.

"론도! 우리, 꽤 많은 거리를 달려서 여기까지 왔지?!"

"어, 어어. 왜 그래? 라프."

라프 씨가 흥분하며 바깥의 모습을 설명했다.

"일직선 길이 있고, 그 옆에 몇 군데 방이 있었어. 그곳에서 다른 모험가들도 얼굴을 내밀었고, 조금 나가니까 바로 바깥이야. 야영지가 바로 앞에 있었다고!"

라프 씨는 이 넓었던 미궁이 마치 축소된 것처럼 말하고 있었다.

"그렇구나. 「시든」 건가."

우리는 처음으로 미궁을 토벌하고, 미궁이 시든 것을 체험하게 된 것이다. 노웸이 짐에서 닦을 것을 꺼내서 내게 건넸다.

"네. 이걸로 미궁 토벌은 끝이에요. 수고하셨어요, 라이엘 님."

전부 예상대로인 건 아니었다. 하지만 끝나 보니, 우리는 대량의 재보로서 철의 희귀금속을 손에 넣었다.

천장에서 내리쬐는 빛은 미궁 안의 부자연스러운 것이 아니게 되었다. 전부 끝났다고 생각하니, 허리에 힘이 빠져서 그 자리에 주저앉고 말았다.

"라이엘 님!"

노웸이 나를 끌어안자 따스하게 느껴졌다.

"미안. 긴장이 풀렸더니 갑자기 의식이……."

레이첼 씨가 내게 걸어왔다.

"라이엘, 너 안색이 나빠."

소피아 씨도 다가왔다.

"무리를 하셨으니까요. 그건 그렇고, 이만큼의 금속을 어떻게—."

모두의 목소리가 멀리 들려오자, 의식이 멀어지는 익숙한 느낌이 들었다. 익숙함이란 무섭다.

아아, 또 정신을 잃는 건가. 스스로도 알아채고 말았다. 의식을 유지하려고 해도 끝났다고 생각해서 긴장이 풀렸기 때문에 거스를 수 없었다.

"……뒷일, 잘 부탁해요."

마지막으로 그렇게 말한 나는 의식을 놓았다.

제41화 지도 기간의 끝

—라이엘, 론도 일행이 미궁을 토벌하자 바깥에서 길드의 직원이나 모험가가 들어왔다.

짐차를 준비해서 대량으로 발견한 희귀금속을 싣고 밖으로 옮겼다.

안으로 들어온 호킨스는 바닥에 누운 자이언트 웜을 보고 안타까운 표정을 지었다. 그 뱃속에서 빛나는 물건을 찾아 세심하게 회수했다.

그곳에는 일곱 장의 길드 카드가 있고, 모두의 이름란에 상처가 나 있었다. 소유자의 사망을 알리고 있다.

호킨스가 길드 카드를 움켜쥐었다.

"이번에는 괜찮을 거라 생각했습니다만……."

실제로 미궁 토벌에는 일정 실력을 가진 파티를 선발했다. 우수한 이들이 다른 미궁 토벌에 나간 가운데서도 그나마 나은 멤버를 모았다.

도중까지는 잘 풀렸다. 그런데도 마지막에 와서 여덟 명이나 죽게 되자 호킨스는 마음이 아팠다.

그런 호킨스에게 젤피가 다가왔다.

"호킨스 나리, 이것저것 이야기를 하고 싶은데……."

젤피 쪽을 바라본 호킨스가 끄덕였다.

"멋대로 행동한 것은 사실. 하지만 세 명의 동료를 구출한 것도 사실. 제 쪽에서 상부에 보고하겠습니다. 단지, 재보의 몇 할 정도는 이유를 붙여서 길드가 가져갈지도 모르겠군요."

희귀금속인 철은 수요도 많다. 공급이 부족할 정도로. 그 때문에 길드도 목에서 손이 튀어나올 정도로 원하고 있었다.

라이엘 일행의 행동을 묵인하는 대신 희귀금속을 손에 넣으려는 걸로 보였다.

"상관없어. 그걸로 넘어간다면, 말이지. 나는 이제 틀렸어. 은퇴할게."

호킨스가 조금 놀랐다.

"젤피 씨, 딱히 젤피 씨가 책임을 느끼실 필요는—."

언뜻 봐서는 다치지도 않은 젤피가 은퇴를 입에 올렸다. 호킨스는 책임을 지는 형태로 그만두는 게 아닌가 하고 지레짐작했지만, 젤피는 그게 아니라며 고개를 내저었다.

"아니야. 왠지, 이제 힘이 빠져버려서 틀렸어. 계속할 만한 자신감도, 의미도 사라져버린 느낌이 들거든."

젤피의 말을 들은 호킨스는 생각했다.

'베테랑이신 분이 사라지는 건 힘들겠지만, 젤피 씨에게도 자신의 인생이 있으니까요…….'

"알겠습니다. 그것도 제 쪽에서 보고하도록 하죠. 단지, 영주님 쪽에는—."

젤피는 영주인 벤틀러와 연결을 가진 모험가다. 그 때문에 그만둔다고 해도 그쪽의 허가가 필요해진다.

“물론, 내 쪽에서 이야기할게.”

모험가들이 자이언트 웜에게서 소재를 벗겨내고, 안에 있던 마석을 꺼냈다. 보스라서 그런지 그 마석의 광채는 강했고, 크기도 성인 남성의 주먹 정도는 됐다.

그런 가운데, 눈에 띄는 것은 역시 라이엘이다.

“꽤나…… 저기, 훌륭해지셨군요.”

호킨스가 쓴웃음을 지으며 그렇게 말한 이유는, 라이엘이 커다란 짐을 짊어진 소피아에게 공주님 안기 자세로 정신을 잃고 있었기 때문이다.

해낸 일은 굉장한데 마지막이 참으로 어이없었다.

젤피가 웃었다.

“자랑스러운 제자, 라고나 할까. 저 녀석들이 유명해지면, 나도 콧대가 높아질 거야. 뭐니 뭐니 해도, 『라이엘 일행을 단련시킨 건 나다』라고 말할 수 있을 테니까.”

호킨스와 젤피는 농담을 하면서 철수 작업으로 돌아갔다.

전원이 미궁에서 나온 것을 확인한 호킨스가 마지막으로 미궁으로 나오자, 나무가 비틀려서 만들어진 입구는 급격하게 시들어서 말라붙고, 미궁은 평범한 숲으로 돌아갔다.

‘자, 나는 그들에게도 보고해야겠군.’

호킨스는 그렇게 생각하며 센트럴에서 온 모험가들에게 향했다.

—야영지에 있는 가장 호화로운 텐트.

그곳에서 호킨스는 미궁 토벌의 결과에 대해서 보고했다. 센트럴에서 온 모험가들은 라이엘이 제멋대로 행동한 것에 인상을 찌푸렸지만 그것뿐이었다.

"이상이 이번 토벌의 결과입니다."

리더 격인 남자가 살짝 끄덕이며 호킨스에게 말했다.

"수고 많았어. 물러가도 좋아."

깔아보는 말투에 거만한 태도. 그러나 호킨스는 화내지 않고 텐트에서 나갔다. 바로 그때였다.

"……이걸로 그분이 오시기 전에 센트럴로 돌아갈 수 있겠어."

텐트에서 나올 때 호킨스는 조금 신경 쓰이는 말을 들었다. 그러나 일이 산처럼 남아있었기에 모험가의 말에 대해 생각하기도 전에 업무에 돌아가고 말았다.

미궁 토벌을 마치고 오랜만에 돌아온 다리온.

그곳에서 기다리고 있던 것은 갖가지 수속이었다.

제멋대로 한 행동에 대한 질책을 듣고, 재보의 2할을 길드에 내기로 정해졌다. 그 후에 나머지도 길드에서 구입하겠다고 주장하며 3할이나 팔리게 되었다.

어느 정도의 금액은 받았지만 아무래도 납득이 가지 않는다. 이번 건은 길드에도 책임이 있다고 생각하는데 말이지.

나는 혼자 여관에 딸린 작은 책상에 앉아서 이런저런 서류를 훑어보고 있었다.

"……으~음, 보물상자에서 얻은 재보는 한꺼번에 팔고, 그리고 론도 씨 일행에게 줄 보수로는 현물이 건틀릿과 팔찌에, 희귀금속이……."

론도 씨 일행의 협력도 있어서 우리는 대성공을 거뒀다. 보수는 이것저것 챙겨서 주고 싶었기에 노웰이나 아리아 씨, 소피아 씨와도 이야기는 해두었다. 젤피 씨는 바쁜지 이야기를 할 때는 오지 않았다.

이런저런 처리를 할 때는 이런 서류작업이 특기인 4대가 내게 자세하게 가르쳐주었다. 아니, 화내고 있나?

『라이엘. 이럴 때는 여러 케이스가 있습니다. 개별적으로 파는 경우도 좋습니다만, 한꺼번에 팔 때는 그걸 이유로 다소 비싸게 거래하는 것도 좋겠죠. 아, 물론 품목마다 분류하는 걸 잊지 마세요. 경우에 따라서는 금화를 운반하는 것보다는 재보 쪽이 운반하기 편합니다. 스스로 확보하는 것도 생각을—.』

조언이 너무 많아서 아무래도 시끄럽게 느껴진다. 그러고 보니 제일 귀한 보물인 페리도트가 있었다.

책상 위에 꺼낸 나는 팔짱을 끼고 고민했다.

"그보다도, 이건 어쩌죠? 사고 싶다는 상인도 있었고, 경매에 내지 않겠느냐는 이야기도 왔어요. 론도 씨 일행은 제가 돈을 뿌린 것도 있어서 저희가 가져야 한다고 말씀해주셨지만……."

황록색 마광석을 손에 들고 묻자 4대가 떠올랐다는 듯이 외쳤다.

『뭐, 이쪽도 우선은 조사가 필요— 아니, 아아아아앗!!』

"왜, 왜 그러세요?"

내가 놀라서 의자에서 일어나자 4대가 아리아 씨의 이름을 입에 올렸다.

『라이엘, 당신은 아리아에게 권유를 했습니까? 미궁 토벌 후, 한동안 상황을 확인하지 못했었는데, 그 사이에 뭔가 선물이나 외출 같은 일을 권유했었나요!』

듣고 보니 떠올렸는데, 미궁 토벌 후에는 피로로 움직이지 못해서 이틀 정도는 자고 있었던 느낌이 든다. 그대로 주변이 철수 작업을 진행하는 바람에 나는 돌아올 뿐이었다.

그러나 아리아 씨와 뭔가를 한 기억은 없다.

"없네요."

그러자 4대가 아니라 5대가 외쳤다. 꽤 의외라서 내가 더 놀랐다.

『바보 자식! 지금 당장 어떻게든 해! 뭐든 좋아, 가진 것들 중에 나름대로 괜찮은 걸 선물하든가, 이것저것 있잖아!』

그 말을 들은 나는 손에 있는 페리도트를 봤다.

"……그, 그거라면 이거라든가요?"

농담으로 한 소리였지만, 5대가 진지하게 대답해서 오히려 곤란해졌다.

『그거라면 지나치잖아. 게다가 대체 얼마나 나가는 줄 알아? 게다가 페리도트라고. 아리아가 좋더라도 주변이 어떻게 생각할지…….』

나는 고개를 갸웃했다.

"여성은 보석을 좋아한다고 들었는데요?"

5대가 페리도트에 대해 가르쳐주었다.

『부정은 하지 않겠지만. 하지만 페리도트만이 아니라, 보석에는 각각 의미가 있어. 꽃말하고 마찬가지로 페리도트에도 의미가 있다고. 페리도트에는 부부나 가정이 화목하기를, 이라는 의미가 있어. 그거, 아리아가 어떻게 생각할 것 같아? 받아서 좋아하더라도, 이번에는 노웸이나 소피아가 어떻게 생각할지 고민하거나 그러진 않는 거야?』

금화로 쳐도 수백 닢이나 되는 보석을 주면 상대가 곤란해질 거다. 게다가 아리아 씨에게만 이런 걸 주면 다른 일행과의 균형이 잡히지 않는다고 5대는 말했다.

"균형인가요."

『엄청 중요하거든. 잘 들어, 다시 한 번 말한다. 중요한 일이야!』

평소에는 4대가 이런 화제에 시끄러운데, 5대도 너무 진지해서 무섭다. 나는 페리도트를 눈높이까지 들어서 바라봤다.

"보석에도 의미가 있었던 거군요."

마지막으로 7대가 말했다.

『물론이지. 참고로 페리도트는 「8월의 탄생석」이니 기억해두거라.』

선물에는 어울리지 않는 것 같아 페리도트를 가죽주머니에 넣었다.

"듀란타처럼 가벼운 선물인가요. 뭔가 없을까……."

노웸과는 함께 외출, 소피아 씨에게는 꽃을 건넸다. 아리아 씨에게는 뭘 해줘야 좋을까…….

그렇게 생각하던 중에 문에서 노크소리가 들렸다. 대답을 하고 상대를 확인하자, 아리아 씨여서 안에 들였다.

“어쩐 일이신가요?”

“저, 저기, 그게…… 내 보수 말인데, 선불로 해줄 수 있을까? 아직 전부 팔지 않았다는 건 알지만, 꼭 필요해서……. 내일까지 금화 네 닢이 필요해. 게다가, 또 하나 부탁할 게 있어서.”

내일이라면 젤피 씨와의 계약이 끝나는 날이다. 아니, 끝나고 젤피 씨의 업무 내용을 평가하는 날이었다.

아리아 씨가 말을 이었다.

“젤피, 우리의 지도가 끝나면 은퇴하려는 것 같아. 결혼할 거라면서. 그래서 축하선물을 주고 싶은데, 필요 없다고 해서…… 그러니까…….”

모험가의 업무 평가는 5단계. 그러나 실질적으로는 4단계로 이루어지며, 최고는 『B』평가다. 이유는, 『A』평가를 내면 보수를 추가로 낼 필요가 있기 때문이다.

『A』평가는 좀처럼 나오지 않는다.

즉, 아리아 씨는 축하선물 대신 자신의 보수로 그 추가보수를 충당해서 『A』평가를 주고 싶은 것이다. 길드에도 얼마 정도 빼앗기겠지만, 그럼에도 확실히 젤피 씨에게도 보수가 나온다.

보옥 안에서 3대의 밝은 목소리가 났다.

『음! 기회가 왔네. 여기서 은혜를 입혀서 아리아에게 줄 선물로 치고 넘어가자.』

발상이 너무하다고 생각하자 다른 역대 당주들도 나와 같은 마음이었던 모양이다.

『식겁하겠군.』

『최악이네요.』

『발상이 심하네.』

『선의가 아니고, 타산이라니…….』

『속이 시커먼 3대에게는 어울리지 않을지.』

3대의 목소리가 낮아졌다.

『……분명 이중에서 몇 명 정도는 이걸로 넘어갈 수 있다고 생각하고 있을 걸? 나는 그렇게 좋은 사람을 연기하는 쪽이 더 시커멓다고 생각한다고. 뭐야? 나만 질책하는 거야?』

3대가 너희도 마찬가지라고, 라며 불만을 입에 담았다.

보옥 안에서 일제히, 3대를 향해 「그럴 리가~」 같은 분위기를 냈다. 그러나 아리아 씨의 제안을 거절할 이유도 없었다.

없었지만…….

"보수의 선불은 안 되겠네요."

내가 그렇게 말하자 아리아 씨가 어깨를 떨궜다.

"부탁해. 내 몫이 적더라도—."

"하지만, 평가 이야기와 추가보수는 저희 전원이서, 라는 거라면 생각해 볼게요."

아리아 씨가 고개를 들었다. 나는 미소를 지으며 말을 이었다.

"1인당 금화 한 닢, 으로 이야기를 해보죠. 안 되면 저와 아리아 씨 둘이서 두 닢씩, 이거면 어떨까요?"

아리아 씨가 기뻐했다.
"고마워, 라이엘!"

아리아 씨는 자신이 이용하던 여관으로 돌아갔고, 나는 기분 전환 겸 밖으로 나왔다.
서류만 봐서 눈이 지친 것도 이유였지만, 뭔가 먹고 싶어졌다. 포장마차라도 찾아볼까 했는데 아는 사람을 발견했다.
에바 씨다.
"어라, 에바 씨 아닌가요. 오늘은 어쩐 일이시죠?"
"라이엘, 부탁이야 도와줘!"
"……네?"
영문을 모르고 있는데 에바 씨가 내게서 떨어져서 배를 잡았다. 귀엽지……는 않은, 배가 꼬르륵 우는 소리가 들려서 사정을 짐작한 나는 근처 포장마차로 들어갔다.
간이 테이블과 의자가 놓인 포장마차로 몇 가지 요리를 주문해서 그걸 둘이서 먹었다.
에바 씨는 눈을 반짝이며 식사를 했다.
"살았어. 정말이지, 이것저것 지출이 겹쳐서 큰일이었거든."
"어라? 저, 개인적으로 나름 보수를 드렸을 텐데요? 소문을 퍼뜨려주는 거라든가, 무대에 서달라고 있던 이유로 꽤 많은 액수를 드렸는데요?"
에바 씨가 시선을 돌리며 웃었다.
"그거야, 그랬지. 하지만 이것저것 볼일이 있어서. 무대용

의상이라든가 화장품이라든가…… 이것저것 샀거든. 돈이 부족해졌답니다."

데헷, 하고 자기 머리를 살짝 두들긴 에바 씨는 그대로 식사를 재개했다. 엄청난 기세로 먹어서 요리가 부족하다.

추가로 주문하자 이번에는 메모를 꺼냈다.

"그리고, 미궁 안에서의 활약은 들었지만 라이엘의 이야기를 듣지 못했잖아? 자이언트 웜을 쓰러뜨렸을 때를 자세하게 물어보고 싶어서. 뱃속에 들어가서 뭘 했다든가, 어떤 감상을 느꼈나, 라든가."

이 사람도 엘프답게 이야기를 듣고 싶은 모양이다. 마지막 날은 내가 곯아떨어져서 이야기를 듣지 못해 유감스러워했었던 것 같다.

"노웸이나 다른 일행한테 들으면 됐던 거 아닌가요?"

"그건 안 돼. 아무리 생각해도 주역은 라이엘이잖아. 괜찮아, 여자아이한테 업혔다든가, 공주님 안기를 당한 부분은 한심하니까 잘라줄게."

나는 시선을 돌리며 메마른 웃음소리를 내고는 한심한 모습을 유포하지 않는 대신 전부 이야기해주기로 했다.

식사를 마친 무렵에는 이야기도 모두 끝났고, 에바 씨는 꽤나 기분이 좋아졌다.

"좋아, 이걸로 여기에도 미련이 없어졌네."

"미련? 어디 가시는 건가요?"

"서쪽으로 가려고 해서. 전과는 다른 극단하고 같이 행동하기로 했어. 그러니까 오늘로 다리온과는 작별. 그래도 라이엘과는 또 만날 것 같아. 운명으로 재회가 정해져 있다, 라는 게 취향이야?”

나 역시 다시 만나면 좋겠다고 생각하면서 에바 씨와 작별을 말하려 했고…….

“그럼, 나중에 또 만나요, 라고 하는 편이 좋겠네요.”

“그러네. 라이엘, 나중에 또 보자.”

에바 씨는 윙크를 하며 떠나갔다. 역대 당주들이 나를 놀려댔다. 특히 3대가 심했다.

『미궁 안에서는 미숙함을 대놓고 드러나며 초조해했었는데, 여자아이 다루는 법은 꽤 좋아졌네. 이것도 라이엘의 아츠—익스피리언스 덕분인가?』

획득하는 경험을 늘리는 익스피리언스, 그 효과가 어느 정도인지는 모른다. 나는 누구에게도 들리지 않는 목소리로 말했다.

“정말로 아슬아슬했으니까, 초조하기야 했죠. 처음에는 괜찮다고 해놓고서는 제대로 싸워본 적이 없다고 하던 어떤 사람들 때문에 말이죠.”

맡겨두라는 소리를 해놓고서는 아슬아슬한 싸움을 강요받게 된 이쪽의 사정도 감안해줬으면 좋겠다. 그렇게 생각하자 전원이 신기한 반응을 보였다.

그리고, 뭔가를 깨달았는지 대표로 2대가 내게 설명해주었다.

『라이엘, 확실히 미궁은 활성화되었지만, 폭주할 때까지는 아직 시간이 있었을 거다.』

"……네?"

『아니, 꽤 초조해하고 있구나, 라고 생각했었는데 착각했었나 보구나. 그거라면 아직 괜찮았고, 자이언트 웜을 천천히 쓰러뜨렸어도 충분히 시간에 맞출 수 있었어.』

……나 혼자 착각해서 초조해하고 있었다는 건가.

5대가 내가 초조해했던 이유를 납득한 듯이 말했다.

『뭐, 그럴듯한 분위기였으니까, 우리도 그에 맞춰주기는 했지만.』

역대 당주들도 내게 맞춰서 아슬아슬한 분위기를 연출하고 있었던 것 같다.

급격하게 부끄러워져서 양손으로 얼굴을 덮었다. 그렇게나 노력했는데, 그냥 평범하게 했어도 괜찮았다는 말을 들은 내 마음은…….

"그럼 그렇게 말해달라고요……."

2대가 살짝 웃으며 말했다.

『아니, 착각하고 있었을 줄은 몰랐지. 괜찮아. 이겼으니까. 즉흥적으로 그렇게까지 움직일 수 있었던 건 굉장하다고 생각해.』

이기긴 했지만, 마지막에 정신을 잃어서 소피아 씨에게 공주님 안기를 당했다. 그걸 야영지의 전원에게 보인 내 마음을 이해해줬으면 좋겠다.

무리하지 않았어도 이길 수 있었나……. 그랬었나…….

다음날.

길드 회의실로 향한 우리는 호킨스 씨의 입회하에 젤피 씨의 업무를 평가하게 되었다.

의뢰인은 마지막에 의뢰한 업무의 평가를 하고 길드에 보고할 의무가 있다. 그걸로 보수가 변하기 때문이다.

"그럼, 지도 기간이 끝났으므로 라이엘 일행은 젤피 씨의 평가를 이 서류에 기입해 주십시오."

모험가의 대다수는 평가를 받는 쪽이며, 평가를 하는 일은 좀처럼 없다. 이번에 론도 씨 일행과 뭉친 것처럼 서로 협력하는 경우에는 길드를 통하는 경우가 적기 때문이다.

길드를 통한 상의는 꼭 길드에게 수수료를 지불할 필요가 있다.

나는 노웸, 소피아 씨, 그리고 아리아 씨의 얼굴을 보고 전원이 끄덕이는 걸 확인하고 나서 평가란에 『A』라고 기입했다.

호킨스 씨는 서류를 받고는 살짝 웃었다.

"평가 『A』라면 추가보수가 발생합니다. 알고 계시겠죠? 최저라도 보수의 2할이 더 올라가게 될 겁니다만."

나는 고개를 끄덕이고, 보수의 2할에 해당하는 금화 네 닢을 지불했다.

젤피 씨가 뭐라 말 못할 표정으로 머리를 긁적였다.

"……순순히 『B』라고 적으면 될 것을……."

나는 젤피 씨를 보며 말했다.

"은퇴하신다고 들었어요. 게다가, 결혼도 하신다든가…….
축하선물을 받아주지 않으신다면 이쪽이 좋을 것 같아서요."

호킨스 씨는 묵묵히 서류를 처리하며 끼어들려 하지 않았다. 젤피 씨가 금화 두 닢을 받았다. 나머지는 길드 몫이겠지.

우리는 젤피 씨에게 감사의 말을 전했다.

"지금까지 감사했습니다."

노웸도 고개를 숙였다.

"무척이나 큰 도움이 되었어요. 이 평가는 정당하다고 생각해요."

소피아 씨는 조금 곤란한 듯이 말했다.

"저는 도중부터 참가했습니다만, 저기…… 지도해주셔서, 감사했습니다. 무척 많은 폐를 끼치기도 했고……."

당초에 『E』라는 최저평가를 받아서 젤피 씨가 관계 각처에 머리를 숙이며 돌아다녔던 걸 말하는 것이겠지.

아리아 씨가 입을 열려고 하자 젤피 씨가 이쪽을 보지 않고 방을 나가버렸다.

"젤피……."

호킨스 씨가 아리아 씨에게 말했다.

"따라가 주세요. 아마 지금의 얼굴을 보이고 싶지 않은 거라 생각합니다."

아리아 씨가 그 말을 듣고 방을 뛰쳐나갔다.

나는 호킨스 씨와 대화를 나눴다.

"호킨스 씨, 덤으로 드리는 말씀인데요……."

호킨스 씨는 묵묵히 서류를 준비해주었다. 그것은 다리온을 나가기 위해 필요한 전출신청서이며, 다른 마을이나 도시에서 활동하기 위해 필요한 수속을 밟는 서류였다.

"알고 있습니다. 라이엘 일행은 입장이 특수하니까요. 저로서는 무척이나 섭섭합니다만, 앞으로의 활약을 기대하겠습니다."

험상궂고 근육질인 호킨스 씨. 접수대에서는 다들 피하지만, 업무는 정중하고 무척 친절했다.

"저야말로, 등록부터 이것저것 신세를 지기만 해서…… 감사했습니다."

—젤피는 길드 안 통로를 서둘러 떠나가려고 했다.

그런 젤피의 등에 달라붙은 것은, 아리아였다.

그대로 젤피의 등에 얼굴을 묻은 아리아가 감사를 표했다.

"젤피, 나…… 친가가 그렇게 되고, 젤피에게는 폐를 끼쳐서……. 그리고, 엄청 많은 신세를 졌어. 그런데, 축하선물도 주지 못하는 건 쓸쓸하니까, 라이엘에게 부탁해서……."

울고 있는 아리아에게, 젤피는 눈물을 닦아주며 떨리는 목소리로 말했다.

"힘들지 않았다, 라고는 말하지 않겠어요. 하지만, 저도 나름대로 충실한 인생을 보냈습니다. 그러니, 사과하지 말아주세요……. 아리아 아가씨."

젤피는 아리아를 돌아보며 안아주었다.

"원래대로라면, 좀 더 제대로 돌봐드리고 싶었습니다. 하지만 전…… 저는…….”

살아가는 데도 벅찼고, 할 수 있었더라도 멀어서 지켜볼 수 밖에 없었다.

“젤피, 고마워. 나, 라이엘과 같이 갈게.”

그 말을 듣자 젤피는 끄덕였다.

본심을 말하자면 라이엘을 따라가는 걸 막고 싶었다. 자신과 함께 다리온에서 조용히 살아주길 바랐다.

그러나 동시에 아리아의 재능도 깨닫고 있었다.

‘아리아 아가씨는, 나 같은 녀석보다 훨씬 재능이 있어. 분명 여기에 갇혀있는 것보다는 바깥 세계를 아는 편이…… 그래도…….’

라이엘에게 맡기는 건 안심이기도 하지만 불안하기도 했다.

“……라이엘에게 정나미가 떨어지면, 언제라도 돌아와 주세요. 영주님께는 제가 부탁을 해서 살 수 있도록 수배해드릴 테니까요.”

아리아가 울면서 웃었다.

“고마워. 하지만 괜찮아, 젤피. 나는 괜찮으니까……. 지금까지 미안했어. 그리고, 고마워.”

젤피는 소리 내서 울었다.

전출신청서를 기입하고 이번에는 전입신청서를 받은 뒤에 길드가 보관하는 길드 카드도 받았다. 전입신청서는 다른 길드에 이동할 때 길드 카드 한 장과 함께 제출하는 형태다.

길드를 나온 나는 혼자 목적한 곳으로 향했다.

론도 씨와 라프 씨가 기다리고 있다. 짐을 노웸에게 맡기고 간식 전문점인 【시엘】에 발을 옮겼다.

남성 손님이 발을 들이기 쉽도록 천박한 입구로 되어있는 가게로 들어갔다. 하늘하늘한 귀여운 제복을 입은 여성들이 「어서 오세요」라고 말하며 내 얼굴을 보고 론도 씨 일행이 있는 테이블로 안내했다.

단골손님 같은 대우다.

"오, 왔네."

라프 씨가 메뉴를 보면서 좋아했고, 론도 씨가 쓴웃음을 짓고 있었다.

"미안해. 라프가 꼭 여기서 축하를 하고 싶다고 해서."

라프가 항의했다.

"내일은 모두 모여서 술집에서 신나게 놀 거니까, 오늘은 여기면 되잖아! 난 다리온을 나가기 전에 여기 메뉴를 전부 제패하지 않으면 직성이 풀리지 않는다고."

라프 씨의 말을 듣고 나는 조금 가슴이 아파졌다.

"역시, 론도 씨네도 다리온에서 나가시는 거네요."

의자에 앉으며 그렇게 말하자 론도 씨가 끄덕였다. 이런저런 예정이 정해진 모양이다.

"그래. 여기는 무척 좋은 곳이지만, 일류를 노린다면 어쩔 수 없이 앞으로 나가지 않으면 안 되니까."

라프 씨가 향후 예정을 이야기해주었다.

"실은, 오란으로 갈까 해. 라이엘이 나눠준 희귀금속으로 나는 창을 만들었어. 레이첼은 지팡이고, 론도는—."

"나는 가진 검을 다시 두드렸고, 덤으로 이거야."

테이블 위에 놓인 것은, 론도 씨가 가진 검과 생김새가 비슷한 단검이었다.

"방패를 가지지 않으니까, 방어를 해주는 아츠를 새겼어. 라프는 전위계 아츠를, 레이첼은 후위계 아츠를 몇 개 새겼지. 그러니 이제 준비도 갖춰졌다고 생각해서."

오란은 확실히 집을 나갈 때 젤 할아버지에게 들었다. 용병단이나 모험가를 모으는 곳이었을 거다.

"조금 위험하지 않나요? 게다가, 인원도."

라프 씨가 내게 설명해주었다.

"뭐, 보통은 그렇긴 한데. 우리도 어느 정도 경험을 쌓았고, 전원이 마구를 가졌어. 이거, 모험가로서 보면 꽤 우수한 거라고."

론도 씨가 말을 이었다.

"본격적인 방어구 같은 건 오란 쪽이 품질이 좋으니까 그쪽에서 갖출까 해서. 하지만 마구가 있는 것과 없는 건 크게 다르니까. 저쪽에서 인원을 모으려고 해. 그 너머에는 국경도 있어서 기사나 용병은 그쪽에 전념하고 있어. 모험가의 일은 많으니까, 그곳에서 활약해서 인원을 모으겠어."

우리의 방침과는 다르다. 그래서 우리는 여기서 헤어지게 된다.

그렇게 생각했지만, 론도 씨가 미소를 지었다.

"최종적으로는 자유도시 베임으로 향할 거야. 라이엘도 그곳이 목적이지? 그럼, 누가 먼저 도착해서, 그리고 일류에 속하게 될지 경쟁하게 되겠네."

그 말을 듣고 떠올렸다. 내 목표는 일류 모험가가 되는 거고, 그 최종목표는 베임이었다는 것을.

"론도 씨……. 네, 반드시 베임에서 재회하죠. 라프 씨도, 꼭이에요!"

론도 씨가 끄덕이고, 라프 씨가 나를 놀렸다.

"당연하지. 근데, 라이엘…… 재회했을 때, 여자가 더 늘어나는 건 아니겠지?"

나는 부정했다.

"아니, 여성만 가입시키는 건 아니거든요! 남성 동료도 모집하고 있다고요!"

론도 씨가 웃으면서 내가 왔으니 주문을 하자고 말했다. 그대로 우리는 이후의 예정이나 남자끼리 바보 같은 이야기를 나누며 즐겁게 보냈다.

밤.

나는 보옥 안에 고개를 내밀었다.

역대 당주 6인의 시선이 모이는 가운데, 나는 앞으로의 예정을 이야기했다.

"아람사스에 가려고 해요. 학술도시고, 도장이나 서당도 많죠. 동료를 모으기에도 좋을 거라 들었어요."

조사해본 바로는 아람사스에서 동료를 모집하는 건 유명하다고 한다. 기술을 갈고닦은 모험가가 보다 좋은 파티, 자신에게 맞는 파티를 찾는 일이 많다는 모양이다.

2대가 의외라는 표정을 지었다.

『론도 일행과 오란으로 가도 좋을 거라 생각하는데?』

3대도 조금 놀랐다.

『그러게. 나는 라이엘이 오란으로 간다고 할 거라 생각했어. 모처럼 생긴 친구니까.』

부정은 하지 않았다. 나도 오란으로 가자는 권유를 받았고 그것도 생각해봤다.

"약속했으니까요. 베임에서 만나자고요. 그러니, 저는 론도 씨 일행과 재회할 때까지 좀 더 강해지고 싶어요."

오란에는 용병단이나 모험가가 많다. 마물 토벌 같은 일도 많을 것 같지만, 아람사스도 메리트가 크다. 모험가로서의 기술을 배울 수 있다. 그것도 좀 더 특수하고 고도의 기술을.

다리온에서는 기초적인 것을 배웠지만, 더 나아가기를 바란다면 그런 기술이 필수라고 생각했다.

또한, 그런 기술을 가진 동료를 찾는 것도 가능하다.

"방식은 다를지도 모르지만, 저도 론도 씨네와 목표는 같아요. 그러니, 반드시 재회할 수 있을 거예요."

4대가 조금 기뻐 보였다.

『무척 좋군요. 떠밀려서 오란에 가기보다는, 지금 라이엘이 가진 생각을 존중하겠습니다.』
5대도 마찬가지였다.
『그럼, 한 번 센트럴에 들르고 거기서부터 아람사스인가. 한동안 금전적인 여유도 있으니, 너희 일행에게는 그쪽이 좋을지도.』
꽤 벌었다고는 해도 론도 씨 일행은 장비에 돈을 너무 들였다. 게다가 오란에서도 방어구를 구입할 예정인 모양이다. 당분간은 괜찮겠지만, 다시 자금을 모으기 위해 일 우선으로 생활하겠지.
우리도 마찬가지지만 무구나 방어구를 다시 사는 데는 그렇게 돈이 들지 않았다. 노웹과 소피아 씨는 가보인 지팡이와 도끼가 있고, 아리아 씨는 붉은 옥을 가지고 있기 때문에 마구를 가질 수 없다.
나도 마찬가지다. 산다고 해도 질 좋은 무기 정도다. 여유가 있는 사이에 아람사스에서 기술을 획득하고 싶다.
6대는 내키지 않는 모양이었다.
『학술도시라. 그런 곳은 놀 곳이 적어서 재미가 없어. 생각을 고쳐라, 라이엘.』
7대가 어이없어했다.
『6대는 너무 노는 겁니다. 하지만 앞으로의 일을 생각하게 되기는 했지만, 그게 일류 모험가가 되기 위해서라니…… 순순히 환영할 수는 없군요.』
7대는 역시 아직까지 내가 모험가가 된 것을 납득하지 못하는 부분이 있는 것 같다.

나는 평소대로의 대화에 조금 웃었다.

초대가 사라져서 쓸쓸하기도 하다. 초대가 이 자리에 있었다면 뭐라 말했을까?

원탁 위에 떠 있는 대검을 보면서, 그렇게 생각했다.

제42화 약속

—론도 일행은 연결마차를 내려서 다음 연결마차가 있는 마을을 향해 도보로 가도를 이동하고 있었다.

"역시 교통편이 나쁘네."

라프가 새로운 창을 어깨에 짊어졌다. 마음에 들어 하는 건 틀릿을 장착하고, 맑은 하늘 밑을 걸으며 불만을 늘어놓았다.

레이첼도 마찬가지로 새로운 지팡이를 들고 걷고 있었다.

"국경인데 교통편이 좋아서 어쩔 거야. 제한이 걸려있는 거겠지."

공격을 받아 적의 군세가 들어오면 큰일이다. 그 때문에 연결마차가 다니는 길이 정비되어 있지 않다고 생각한 모양이다.

론도가 레이첼의 착각을 바로잡았다. 단지, 조금 시선은 부드럽게, 화를 내지 않도록 주의를 기울이면서.

"오란은 국경을 유지하는 데 돈을 쓰고 있으니 그쪽에 자금이 돌지 않는 걸지도 몰라. 뭐, 실제 어떤지는 오란에 도착하고 나서 물어볼까."

그런 말을 나누면서 걷고 있는데, 눈앞에 모래먼지가 보였다. 지면은 태양이 비쳐서 메말라 있고, 먼지가 나기 쉬웠다.

"마차가 왔네. 옆으로 비킬까."

그러자 라프는 다가오는 집단을 보고 휘파람을 불었다.

"꽤나 호화롭네. 귀족님인가? 꽤 숫자가 많은걸."

론도는 상대가 귀족이라면 섣불리 반감을 사지 않도록 가도 옆으로 나와 얌전히 있기로 했다.

"너무 빤히 보지 마. 자, 두 사람 모두 가도에서 떨어져."

마차가 다가오자 말의 숫자나 그 주변에 있는 기사들, 뒤에서 따라오는 짐마차나 병사들을 본 론도는 놀랐다.

'꽤나 삼엄한데. 게다가, 저 규모는 백작 클래스인가?'

론도도 원래는 친가가 귀족이어서 그런 것에는 두 사람보다 자세했다. 단지, 백작에 비하면 하늘과 땅 정도의 차이가 있다는 건 론도 자신도 알고 있었다.

그렇게 집단이 떠나가는 걸 기다리고 있었는데, 론도 일행을 살짝 지나쳐 나가던 와중에 마차가 멈췄다.

'뭐지?'

남방에서 이동해온 걸로 보이는 집단. 그 호화로운 마차에서 한 소녀가 기사가 내민 손을 잡고 내려왔다.

금발벽안, 머리에는 리본을 달고 있다. 하얀 드레스 위에 상의를 걸치고 있어서 땡볕에서는 덥게 보이는 차림이다.

그러나 그 소녀를 보자 이 땡볕임에도 불구하고 한기가 들었다.

'뭐지? 대체 뭐냐고?!'

론도는 자신의 손이 떨리고 있는 것을 깨닫지 못했다. 소녀는 론도 일행을 향해 걸어왔다.

소녀는 론도에게 웃는 얼굴을 보였다. 라프나 레이첼에게는 시선도 돌리지 않았다.

"저기, 거기 당신. 꽤나 멋진 눈동자를 갖고 있네."

소녀의 말에 론도는 목소리를 꺼내지 못했다.

"어, 아……."

그러자 옆에 서 있던 기사가 론도를 노려봤다.

"이놈, 세레스 님께서 말씀을 건네셨는데 대답을 하지 않다니—."

"알프레트, 물러나. 떨고 있어서 불쌍하잖아."

"예!"

기사가 세레스라 불린 소녀의 말을 듣고 쥐고 있던 칼자루에서 손을 뗐다. 그대로 있었다면 진짜로 베였을지도 모른다.

그 이상으로, 론도는 자신이 떨고 있다는 걸 지금에 와서야 눈치챘다.

레이첼이 불안하게 론도를 보고 있었다.

"왜 그래? 론도."

라프도 떨고 있는 모습이 없다.

"이, 이봐. 대체 왜 그래?"

이 상황에 사고가 따라가지 못하고 있는 모양이다. 론도도 마찬가지다. 단지, 론도는 라프보다도 위험을 본능 레벨로 감지하고 있었다.

소녀가 오른손을 가슴에 댔다.

"나는 세레스. 세레스 월트. 나, 당신이 마음에 들었어. 그러니, 내 애완동물로 삼아줄게."

론도는 눈앞의 소녀가 무슨 말을 하는 건지 알 수 없었다.
"무, 무슨 소리를……."
세레스가 어리둥절한 표정을 지었다. 놀라움, 이라기보다는 신기해하는 것처럼 보였다. 그리고 세레스는 검지를 입술에 댔다.
론도는 그 입술에서 시선을 떼어놓을 수 없었다. 마치 빨려 들어가는 것 같았다.
"어라? 이 사람, 혹시 저항하고 있는 건가? 응, 많지는 않지만 가끔 있다니까. 얼마 전이라면 사크라이 자매가 그랬고. 미란다, 라는 아이는 마음에 들었었는데…… 아, 당신하고는 상관없는 말이네."
세레스는 그렇게 말하면서 웃고는 론도의 얼굴에 손을 댔다. 연인인 레이첼이 「잠깐!」이라 외쳤지만, 세레스는 개의치 않았다.
"바로 매료되지 않는 아이는 우수한 사람이 많으니까. 마음에 들었어. 내 곁에 놔줄게."
그 말에 론도는 공포에 휩싸였다. 무릎을 꿇고 싶은 감각에 놀라고, 세레스가 왠지 아름답게 보여서…….
'안 돼. 이런 건 안 돼! 나는 약속을…… 그래, 약속!'
라이엘과의 약속이 떠올랐다. 일류 모험가가 되는 것이 론도 일행의 꿈이다.
론도는, 세레스의 손을 천천히 밀어내면서 입을 열었다.
"거절하도록 하죠. 저희는…… 해야 할 일이 있습니다."

그러자 세레스의 표정에서 웃음이 사라졌다.

"……그래. 내 것이 되지 않겠다는 거네. 그럼 됐어, 사라져."

직후, 세레스 옆에 서 있던 기사가 검을 뽑았다. 그 기사를 향해 라프가 창을 들고 돌격했다.

"론도, 레이첼을 데리고 도망쳐!"

"라프!"

론도가 황급히 검을 뽑자 다음 순간에 론도의 오른팔이 잘려나갔다. 놀라는 사이, 눈앞의 세레스가 어느새 손에 고급스러운 레이피어를 들고 있었다. 날아간 오른팔은 갈기갈기 찢어졌고, 막 다시 만든 검도 간단히 부러지고 말았다.

"뭐야, 약하네. 기대가 빗나갔어."

그렇게 흥미를 잃은 세레스는 론도에게 달려온 레이첼을 보고 레이피어를 휘둘렀다. 간격에 들어오지도 않았건만, 레이첼의 지팡이가 절단되고 몸에서 피가 솟구쳤다.

론도는 절규하면서 달려가 레이첼을 안았다.

"레이첼!"

피가 대량으로 흘렀고, 메마른 지면에 레이첼의 피가 흡수됐다. 레이첼은 왼손으로 론도의 옷을 붙잡았다. 그 손가락에는 미궁에서 찾은 반지가 끼워져 있었다.

"어, 어라…… 론도, 나…… 힘이 들어가지 않아. 눈도 보이지 않아…… 론도, 어디 있어? 저기, 나…… 무서워."

레이첼이 입에서 피를 토했다. 가슴에서 흐르는 피는 멈추지 않았다. 론도가 레이첼을 안으면서 라프 쪽을 봤다.

"아, 아아……."

라프는 공중에 떠서 버둥거리고 있었다. 마치 뭔가 보이지 않는 무언가가 들어 올린 것처럼…… 그리고, 기사의 사브르에 가슴이 꿰뚫렸다. 피를 뿜으며 발버둥 쳤지만, 이윽고 라프는 공중에서 창을 놓고 저항을 멈춘 채 움직이지 않게 되었다. 그 후, 라프는 날아가서 바닥을 굴렀다.

알프레트라 불린 기사는 그런 라프를 내려다보며 중얼거렸다.

"잔챙이가. 세레스 님께 수고를 끼치게 만들다니."

세레스는 우아하게 웃었다. 이 상황에서, 웃은 것이다.

"괜찮아, 알프레트. 그보다 빨리 마차에 타자. 아버님과 어머님이 기다리시는 게 더 문제야."

"예!"

두 사람은 론도 일행에게 등을 돌려 마차로 향했다.

자신의 품에서 숨을 거둔 레이첼. 라프도 움직이지 않게 되었다. 론도는 천천히 레이첼을 내려놓고, 단검을 한손에 뽑았다.

"너희들…… 너희드으으으을!!"

론도가 달려오자 알프레트가 돌아보며 사브르를 뽑았지만 세레스가 막았다.

몸을 돌린 세레스가 웃으며 론도를 바라봤다. 그건 너무나도 추악한 웃음이었다.

직후, 세레스의 오른손에는 레이피어가. 그리고, 왼손에는 론도가 뽑았던 단검이 쥐어져 있었다.

"뭣!"

무슨 일이 벌어진 건가? 생각하기도 전에, 론도는 바닥에 쓰러졌다.

"으~음. 이 단검에는 아츠가 새겨져있네. 포상용으로 갖고 돌아갈까?"

쓰러진 론도가 세레스와 알프레트를 올려다봤다. 그러나 두 사람 모두 이미 론도에게는 흥미가 없었다.

"세레스 님께서 내리신다면, 주변에 있는 돌멩이라 해도 가보가 될 겁니다."

그 말을 듣고 세레스가 기분이 좋아졌다.

"그래? 그럼, 알프레트에게 줄게."

알프레트가 진심으로 울 정도로 기뻐하며 바닥에 무릎을 꿇고 양손으로 단검을 받았다. 그것을 주변 사람들이 무척 부러워하며 보고 있었다.

불합리한 광경. 그것을 주변 사람들은 모두 묵묵히 보고 있었다. 이상한 광경이 그 자리에 펼쳐지고 있었다.

"황공합니다! 이 알프레트 바덴, 생애의 충성을 세레스 님께 맹세하겠습니다."

세레스는 그건 곤란해! 라는 느낌으로 귀엽게 화냈다.

"정말! 아버님과 어머님은 어쩔 거야! 그런 말을 하면 압수하겠어."

잔인한 소녀. 그러나 부모에게는 뭔가 강한 집착이 있는 걸로 보였다.

"시, 실례했습니다. 물론, 이 몸은 월트가에 바치고 있습니다."

세레스는 웃으며 끄덕였다.

"좋아. 자, 빨리 마차에 타야지. 아버님과 어머님이 걱정하시며 이쪽을 보고 계시잖아."

그렇게 말한 세레스가 마차에 올라타자, 집단은 아무 일도 없었다는 듯이 이동을 재개했다. 쓰러진 론도 일행에게 그 집단이 피워 올린 먼지가 쌓였다.

론도는, 집단이 떠나자 어느새 양손을 잃었다는 걸 깨달았다. 피가 너무 흘러서, 이제 살아날 것 같지 않았다.

바닥을 기며 레이첼에게 가서, 그대로 레이첼의 옷을 물고 당기며 이동해 라프에게 당도했다.

눈물을 흘리고, 그리고 피를 흘리며, 숨이 끊어진 소중한 동료들을 바라봤다.

"레이첼, 라프…… 미안, 미안해. 이런 곳에서…… 정말로 미안."

두 사람에게 사죄한 론도도 의식이 멀어졌다. 세 명이 서로 겹쳐서 가도 옆에 쓰러져 있는 광경.

론도는 목소리를 쥐어짜냈다.

"아버지, 어머니, 형…… 여기까지인 것 같아. 건방진 소리를 하며 집을 나왔는데, 미안."

그리고 마지막으로, 론도는 라이엘을 떠올렸다.

"라이엘과의 약속…… 지키지 못했구나."

론도는 눈을 감고, 그리고 마지막으로 깊게 호흡을 한 뒤, 움직이지 못하게 되었다.

여기에, 한 파티가 어이없이 목숨을 잃었다.

다리온을 출발하기 전.

나는 왠지 갑자기 쓸쓸한 마음이 들었다. 분명 다리온을 출발하는 날이 가까워졌으니 그 탓이라고 생각한다.

여러모로 신세를 졌던 사람들에게 인사도 거의 마쳤고, 마지막으로 다리온의 영주인 벤틀러 씨의 저택으로 발을 옮겨서 이야기를 했다.

젤피 씨를 경유해서 얼굴을 내밀라는 말을 들었던 것도 이유지만, 아무래도 거래를 하고 싶었던 모양이다. 저택에서 벤틀러 씨와 이야기를 해보니 역시나 희귀금속 이야기였다.

“들었습니다, 라이엘 공. 꽤 많은 희귀금속을 수중에 갖고 계신다지요.”

길드에게 빼앗기고, 헐값에 넘긴 것도 있어서 그렇게 대량으로 남지는 않았다. 론도 씨 일행에게 준 보수나, 현물 지급도 있어서 수중에는 적은 양이 남아있을 뿐이다.

“너무 무리한 덕분에 헐값에 넘겼지만요. 이번에는 합동으로 파티를 맺었으니까, 그쪽에 줄 보수도 있어서 수중에 남은 양은 적어요.”

센트럴에 들를 때에 사브르를 만들려고 생각하고 있다. 그걸 위한 재료로서 남겨두고 있었는데, 벤틀러 씨가 사겠다고 나섰다.

“수중에 남은 양으로도 좋습니다. 그걸 팔아주십시오. 뭐,

길드처럼 싸게 후려치는 일은 하지 않겠습니다."

금액을 제시받은 나는 조금 고민하는 시늉을 했다.

4대가 금액을 보고 납득했다.

『여기서 분쟁을 일으켜도 어쩔 수 없습니다. 게다가, 라이엘은 마구를 쓸 수 없습니다. 그렇다면 무리해서 희귀금속에 얽매일 필요도 없겠죠.』

그것도 그렇다고 생각한 나는 그 금액에 납득하며 팔기로 결정했다. 희귀금속은 가신이 나중에 내가 있는 곳으로 와서 받아가기로 했다.

그건 그렇고, 벤틀러 씨가 내게 준 금액이 많다. 너무 많다.

"……저기, 이 금액은 대체? 제가 가진 양하고는 맞지 않는 것 같은데요."

벤틀러 씨는 싱글벙글 웃으면서도 눈초리를 조금 진지하게 바꿨다.

"실은 이번 길드의 대응, 저로서는 조금 화가 나서요. 로베니아가의 방침은 모험가를 모으고, 노동력으로 삼는 것. 그리고 상주하는 인원을 늘리는 것. 그러려면 치안의 향상이나 이런저런 필요한 것이 많습니다만, 길드의 협력도 불가결합니다."

6대가 『그렇군』 하고 말했다.

『그 산토아라는 아이의 태도, 자칫하면 모험가 경시로 이어질 테니 소문으로 퍼지면 좋지 않다는 건가.』

벤틀러 씨가 차를 마시면서 잡담이라는 듯이 말을 이었다.

"그런데 그런 길드가 실수를 저지르고, 전부 라이엘 공의 책임으로 한다. 저로서는 보고도 못 본 척할 수가 없어서요. 그러니 길드가 이유를 붙여서 빼앗은 몫과, 싸게 후려친 몫까지 제가 라이엘 공에게서 사도록 하겠습니다."

빼앗긴 몫의 대금을 준다는 것 같다.

"그것 참, 꽤나 배포가 좋으시네요."

벤틀러 씨가 웃었다.

"네, 기분이 좋으니까요. 실은, 영지 관련으로 손이 닿기 힘든 곳에 다리온 길드의 출장소가 생겼습니다. 전부터 문제였습니다만, 그게 해결되어서 기분이 좋거든요."

이야기의 내용을 확인하니, 벤틀러 씨의 영지에 있는 도시에서 떨어진 곳. 개발이 뒤쳐진 시골이라고 하는데, 그곳에 다리온 모험가 길드의『출장소』가 설치된다고 한다. 기사나 병사를 파견하기에는 힘든 곳이라 마물이 많다는 것 같다.

"그거라면, 처음부터 출장소가 아니라 길드를 놓는 편이—."

내 말에 5대가 살짝 웃었다.

『라이엘. 이 경우에는 다리온 길드의 출장소, 라는 게 의미가 있다고 생각하지 않아? 그래. 마치 좌천되는 곳 같은 장소야.』

그걸 알아챈 나는 길드 직원의 이름을 댔다.

"—산토아 씨인가요?"

벤틀러 씨가 끄덕였다.

"눈치가 빠르시군요. 단지, 딸 한 명만이 아니라, 마이에 부녀 두 사람입니다. 부모가 간부라서, 아무래도 딸이 제멋대로 굴었던 것 같습니다. 제 방침을 확실히 전하고, 신참 모험가를 모으기 위해 이런저런 노력을 해왔건만…… 그걸 헛수고로 만들다니 너무하다고 생각하지 않으십니까? 하지만 이제부터는 두 사람 모두 기꺼이 출장소에서 일해 주는 모양입니다. 무척 바람직하군요."

3대가 즐거워 보였다.

『길드에게 본보기를 보이고, 누가 상급자인지를 알렸다는 거네. 그 마이에 부녀, 이야기 이상으로 심한 꼴을 겪고 있을지도 모르겠어.』

이게 산토아 씨에게 주어지는 벌이라는 거겠지. 아니, 길드에게 주어진 걸지도 모른다.

나는 일어섰다.

"대금은 받았습니다. 남은 희귀금속도 바로 건네 드릴게요."

"그걸로 부탁드립니다."

다리온에서 센트럴로 향하는 연결마차 승강장.

다리온을 출발하는 우리를 배웅하기 위해 호킨스 씨와 젤피 씨가 와 주었다.

대장간 여주인이나 남편은 일이 있어서 오지 못했다. 그래도 노웸이 다리온을 떠나는 걸 무척 아쉬워하고 있었다.

그 밖에도 신세를 진 여관 주인에게 힘내라는 말을 들어서, 크고 작은 만남이 있었다는 것을 이제 와서 실감할 수 있었다.

젤피 씨가 아리아 씨와 대화를 나눴다.

"명심하세요. 너무 무리하시면 안 돼요."

"젤피, 걱정이 너무 많잖아."

노웹이나 소피아 씨는 호킨스 씨와 이야기하고 있었다. 내 쪽은 짐을 정리하고, 출발을 기다릴 뿐이다.

보옥 안에서 2대가 『손님이군』이라고 해서 다가오는 사람을 봤다. 그곳에는 소드 윙스의 렉스 씨와 또 한 명, 서포터로 보이는 사람이 있었다.

두 사람 모두 얼굴이 멍투성이였다. 미궁에서 구했을 때보다도 심해져 있었다.

"……라이엘."

"아, 네. 저기, 무슨 일이시죠?"

렉스 씨가 말을 걸었기에 무슨 말을 들을지 생각하고 있는데 갑자기 그가 고개를 숙였다.

"구해줬는데 감사도 말하지 못했어. 그리고, 사과하려고 왔어. 폐를 끼쳐서 미안했다. 그리고, 구해줘서 고맙다."

서포터도 내게 감사를 표했다.

이상하다. 한 명이 더 있었을 텐데? 그렇게 생각해서 시선을 돌리는 걸 깨달았는지, 렉스 씨가 조금 슬프게 웃었다.

"다른 한 명은 모험가를 그만뒀어. 다리온에 거주한다고 해."

모험가를 그만뒀다. 그걸 들은 나는 뭐라 말해야 좋을지 알 수 없었다.

렉스 씨는 납득한 모양이었다.

"이쪽 이야기니까 신경 쓰지 말아줘. 게다가, 대화를 나눠서 서로 납득한 일이야. 하지만, 우리는 아직 모험가야. 단 둘만 남았지만, 다시 시작하겠어."

처음 만났을 때보다도 꽤나 둥글어진 것 같다. 그러자 렉스 씨가 내게 선언했다.

"너도 베임으로 가겠지? 그럼, 나도 반드시 가겠어. 지금은 크게 뒤쳐졌지만, 반드시 따라잡아주겠어. 그때에 다시 감사를 하게 해줘. 지금은 여러모로 힘드니까."

두 사람 다 사실은 너덜너덜했다.

딱히 감사를 기대한 건 아니지만, 그럼에도 지금의 두 사람에게는 이렇게 말하는 게 좋을 것 같았다.

"그럼, 기다릴게요. 베임에서 만나죠."

렉스 씨가 다친 얼굴로 웃었다.

"그래, 반드시. 그때는 술을 사게 해줘."

이걸로 론도 씨 일행과 렉스 씨, 두 파티와 약속하게 되었다. 나는 「열심히 해야겠네」라고 살짝 중얼거리고, 약속을 이루기 위해 센트럴행 연결열차에 탔다.

다리온을 출발한 연결마차 안.

나는 멍하니 창밖을 보고 있었다. 아리아 씨와 소피아 씨는 차내에서 이런저런 이야기를 나누고 있다.

소피아 씨는 조금 긴장하고 있었다.

"저, 센트럴은 처음이라……."

아리아 씨 쪽은 고향이기도 한지라 복잡한 모양이다.

"내 경우에는 저쪽에서 아는 사람도 있어서 얼굴을 보이고 싶지 않아. 무슨 말을 들을지 모르고."

노웸이 나를 봤다.

"라이엘 님, 바로 아람사스로 가실 건가요?"

잠시 생각해본 나는 고개를 가로저었다.

"무기 같은 걸 이것저것 보고 싶고, 게다가 조금 들르고 싶은 곳이 있거든."

"들르고 싶다? 라이엘 님이 신경 쓰실 곳이 있었나요?"

센트럴에는 다리온에 갈 때 들렀을 뿐이다. 그런 내가 신경 쓰이는 곳이 있다고 하니 노웸으로서는 상상도 가지 않은 것이리라.

7대가 내 생각을 짐작했는지 그다지 기대하지 말라고 말했다.

『라이엘, 너무 기대하지는 마라. 원래는 같은 월트가라 해도, 지금은 다른 가문이니까. 내 시대에도 별 볼 일 없었다.』

내가 들르고 싶은 곳은 우리 영주 귀족이 시작된 가문— 궁정 귀족인 월트가 본가였다.

"센트럴의 월트가, 아직 있잖아?"

노웸의 표정이 일그러졌다. 그다지 얽히기를 바라지 않는 모양이다.

"네. 하지만, 훨씬 전에 절연했어요. 게다가, 선대이신 브로드 님 시절에는 구걸 같은 짓을 했다든가. 라이엘 님이 얽히실 곳은 아니에요."

구걸 같은 짓? 그러자 7대가 설명해주었다.

『나는 왕가의 상담자였으니까. 그 은혜를 얻으려고 접촉했었던 게 당시 센트럴의 월트가다. 말석의 무직…… 일도 맡고 있지 않던 이름뿐인 귀족이었지.』

7대가 왕가의 상담자인 걸 떠올리고 그 연줄을 이용하려 했던 모양이다.

"그래도, 봐두고 싶어."

초대와 봤던 센트럴의 풍경은 대체 얼마나 변했을까? 기억의 방에서 걸었던 곳을 그저 걷고 싶었다.

"안 될까?"

노웸은 조금 곤란한 표정을 짓고는, 마지못해 끄덕였다.

"라이엘 님께서 바라신다면요."

노웸의 허가를 받은 나는 안심했다. 강하게 반대한다면 억지로 보러 가려는 생각은 하지 않았을 것이다.

나는 센트럴의 월트가가 신경이 쓰인 게 아니라, 그저 초대와 걸었던 그곳이 어떻게 변했는지를 알고 싶었을 뿐이었으니까.

도착한 다음날.

나는 초대의 기억의 방에서 봤던 저택 앞에서 우두커니 서 있었다.

좋게 말해줘도 너덜너덜했고, 뜰 앞에는 잡초가 나서 손질이 되어있지 않다. 벽에는 금이 가있어서, 사람이 살지 않는다고 해도 믿어버릴 것 같은 집이었다.

"상상한 것보다도 심하네."

노웸은 나를 보며 어이없어했다. 아니, 혐오감을 숨기려 하지도 않았다. 그 때문에 말투가 평소보다 날카로웠다.

"그래서 말씀드렸잖아요. 영주 귀족 월트가에 비교하는 것도 주제넘은 가문이에요 아무리 지나도 무직, 존재하고만 있을 뿐인, 귀족이라고도 부를 수 없는 가문이니까요."

2대가 조금 곤란해 하고 있었다.

『노웸이 감정적으로 나오다니 별일이군. 뭐, 확실히 내 시대에서도 그다지 좋은 추억은 없지만.』

확실히, 노웸이 이렇게까지 혐오감을 드러내는 일은 드물다.

역시 이대로 현관 앞에서 소란을 부릴 수는 없는지라 우리는 이동하기로 했다.

어쩌면, 센트럴의 월트가— 그중 누군가와 만날 수 있지 않을까? 그렇게 생각했지만, 아무래도 만나지 않는 편이 좋은 것 같다.

제43화 센트럴에서의 휴일

센트럴의 무기점.

점주가 보여준 사브르는 전부 실전용이라 장식이 적었다. 센트럴에서는 장식이 많은 감상용 사브르가 많다고 생각했었는데, 이건 놀라웠다.

"투박한 디자인이랄까, 실전용 물건도 많네요."

그렇게 말하자 점주가 설명해주었다.

"직공 중에는 장식을 꺼리는, 혹은 고집이 강해서 그런 물건밖에 만들지 않는 사람도 많거든요. 뭐, 들여오는 게 적어서 문제는 없습니다만. 지금의 유행은 이보다도 벽에 장식되어 있는 저쪽입니다."

금은재보를 아낌없이 퍼부었다는 듯이 장식된 사브르가 벽에 걸려있다. 실전에 못 쓰지는 않을 것 같지만, 사용하는 건 주저됐다.

예술품이라는 측면이 더 강해 보인다.

"……실전에서 휘두르기에는 아깝네요."

"센트럴에서는 실전 같은 건 상정하지 않으니까요. 본직인 기사나 병사, 그리고 용병에 모험가 분들은 사브르보다는 두꺼운 무기를 고르거든요."

뭐, 그렇겠지. 모험가 중에 나 말고 사브르를 쓰는 사람은 지금껏 본 적이 없다.

사브르를 하나 들었다.

"그럼, 이걸 만든 직공을 만날 수 있을까요?"

그러면 차라리 내 취향의 물건을 만들어달라고 하기 위해 물어보자 점주는 고개를 가로저었다. 역시 안 되는 건가?

"북부에서 들여온 상품이라, 누가 만들었는지까지는 파악하지 못했습니다. 반대로, 센트럴에 있는 직공이라면 소개해 드릴 텐데요."

어쩔 수 없다. 일단은 괜찮은 물건을 골라서 구입하기로 했다. 앞으로 오래 쓸 것을 생각하면 역시 오더 메이드가 제일일지도 모른다.

지금은 무리라도 언젠가 신용할 수 있는 직공에게 만들어달라고 하자.

구입한 사브르도 실전적인 구조라 튼튼해 보인다. 한동안 교체는 필요 없을 것 같았다.

짐을 여관에 둔 나는 허리에 사브르 하나를 차고 외출하기로 했다.

노웸과 아리아 씨, 그리고 소피아 씨도 장을 보러 나갔기에 나는 혼자 센트럴의 거리를 걷고 있다.

하지만—.

"……한가하네요."

그렇게 말하자 6대가 기뻐하며 말했다.

『라이엘, 너도 놀이를 익힐 때가 왔구나!』

6대가 말하는 놀이가 신경이 쓰인 나는 보옥을 움켜쥐며 다음 이야기를 요청했다. 아무래도 5대나 7대가 보옥 안에서 꺼림칙한 소리를 하고 있었다.

『네가 그렇게 말하니 불안해지는데.』

『너무 놀던 사람한테 놀이를 배우는 게 괜찮은가 싶습니다만.』

6대가 노골적인 헛기침을 하고는 말을 이었다.

『라이엘, 네게도 취미는 필요해. 뭔가 흥미가 가는 걸 찾아내는 건 중요하니까. 그런고로. 라이엘…… 이 거리를 똑바로 걸어가서, 그리고 오른쪽으로 돌아라.』

6대의 지시에 따라 그곳으로 향하자 명백하게 천박해 보이는 거리로 나오고 말았다. 그런 거리에 있는 어느 떠들썩한 가게.

가게 앞에는 검은 수트를 입고, 등을 쫙 뻗은 험상궂은 점원이 서 있었다. 그러나 6대는 이 가게에 볼일이 있는 모양이다.

『좋아, 들어가자!』

4대가 어이없어했다.

『도박입니까? 어이가 없군요. 이런 건 영업자가 이기도록 만들어져 있습니다. 처음부터 소용이 없잖습니까.』

3대가 조금 다른 의견을 냈다.

『운을 시험해보거나 신세를 망치지 않는 정도라면 괜찮잖아.』

그렇게 나는 카지노에 발을 들였는데—.

우선 카드 게임이었다.

『트럼프는 정석이지.』

6대가 그렇게 말하며 내 손패를 확인했다. 다른 손님들과 함께 게임을 하는 모양이다. 여기서 역대 당주들의 의견이 갈라졌다.

『불길한 느낌인데. 이 승부, 포기하자!』

『하지만 나름 모였잖아? 교환해서 상황을 보자. 세 장 정도 교환할까.』

『그럼 대부분 아닙니까? 여기서는 무난하게—.』

『아무래도 좋으니까 빨리 하자고.』

『승부! 여기선 승부하자. 라이엘!』

『아니, 여기는 견실하게 가야 할 국면입니다!』

어쩌라는 거야? 나는 잠시 고민하다 카드를 두 장 정도 교환해봤다. 페어가 두 쌍이 되었기에 승부를 해봤지만, 다른 손님이 그 이상의 족보를 내서 졌다.

2대가 거들먹거리며 말했다.

『그러니까 말했잖아. 포기하는 편이 좋다고!』

거들먹거리는 2대에게 다른 사람들이 울컥했는지 그대로 승부를 계속하게 되었다. 이기기도 했지만 패배도 많았고, 결과적으로 은화 몇 닢의 코인이 순식간에 사라졌다. 수중에 남은 건 한 닢뿐.

그보다…….

"왜 카지노에서는 코인을 사는 거죠? 현금으로 하면 편할 텐데."

내 말에 4대가 달관한 느낌으로 말했다.

『뭐, 세상은 복잡하다는 겁니다. 그래서, 이걸로 끝입니까?』

6대가 외쳤다.

『아직입니다! 아직 다른 놀이는 많이 있어요! 라이엘, 다음은…… 저거다!』

아무래도 작은 구슬을 회전하는 고리에 던져서 구슬이 어디에 멈출지를 맞추는 게임인 모양이다.

솔직히 그다지 흥미는 없었지만 해보기로 했다.

결과—.

『……라이엘, 센데?』

2대의 말대로, 나는 계속 이겼다. 3대도 놀라고 있었다.

『너무 세. 그보다, 여기까지 오면 무섭네. 주변도 놀라고 있어.』

다른 손님이나 점원도 내가 계속 이기는 걸 보고 놀라고 있었다.

수중에 있는 코인은 처음 했을 때보다 배 이상으로 늘어서 환금하면 금화에 닿을 것 같았다.

6대가 흥분했다. 다음에는 어디에 걸까? 그게 즐거운 모양이었다.

『좋아, 라이엘. 다음에는 어디에—.』

—하지만, 질렸다.

"다른 게임을 해볼게요."

『야. ……야! 너, 이렇게나 이겨놓고 너!』

6대가 내가 불만을 늘어놓았지만 코인을 들고 다른 게임을 하기로 했다. 그 이후에 이것저것 해봤지만…….

이기고, 지고, 이기고 지고…… 최종적으로는 플러스가 되었지만, 이렇게나 시간을 들여서 은화 한 닢이라니…… 의의가 있었던 걸까? 평범하게 일하는 것보다는 벌었지만, 아무래도 내게는 맞지 않았다.

"……돌아갈까."

은화 한 닢. 모두와 식사를 하는 데 쓰자. 카지노는 아무래도 내게는 맞지 않는 것 같다.

—아리아는 노웸, 소피아와 함께 센트럴에서 장을 보고 있었다.

주로 구입하는 건 의류, 그리고 소모품 등이다. 센트럴은 반세임의 수도라서 품목도 풍부했다.

양손에 짐을 든 아리아는 장을 본 뒤여서 그런지 기분이 좋았다.

"이야~ 센트럴에서 이것저것 사서 다행이야. 일에 쓰는 도구도 상했었고, 교환이 필요했으니까."

소피아도 마찬가지였다.

"조금 의류를 너무 구입했습니다만."

노웸은 두 사람을 보고 키득키득 웃었다.

"필요하니까요. 단지, 아람사스에서는 조금 절약이 필요할지도 몰라요."

그걸 듣고 아리아가 조금 놀랐다.

"어?! 너무 사버렸어?!"

아리아, 아니 라이엘 일행의 자금은 지금으로서는 윤택하다. 그러나 그런 거금도 모험가로서 생활한다면 소비도 심하다.

노웸이 고개를 가로저었다.

"아뇨, 이 정도라면 별것 아니에요. 단지, 앞으로 향하는 곳은 아람사스니까요. 뭘 배우려면, 돈이 필요해요."

소피아는 아람사스에 대해 떠올렸는지 이런 말을 했다.

"어떤 지식, 그리고 기술이건 돈을 내면 얻을 수 있는 게 아람사스니까요. 학술도시라고 해서, 학원이었나요? 건물도 있다고 들었습니다만, 돈이 드는 도시라는 것도 들었습니다."

아리아가 조금 고민했다.

"지식은 몰라도, 기술이라……. 돈만 내면 가르쳐준다고 생각해야 하나? 게다가 기술은 그리 간단히 배울 수 있는 걸까?"

노웸은 살짝 고개를 들어서 두 사람에게 설명했다.

"경우에 따라서는 연 단위, 어려운 게 아니라면 몇 주일 단위일까요. 단지, 저희가 억지로 배우지 않더라도 문제는 없어요. 그런 기술을 가진 모험가를 동료로 권유해도 되니까요."

새로운 동료. 라이엘 일행은 모험가로서는 단적으로 말해서 규모가 적은 부류다. 그만큼 움직이기 편하기도 하지만, 한 명 한 명에게 걸리는 부담이 크다고도 할 수 있다.

그걸 생각하면, 동료를 늘려서 각자의 부담을 줄이는 건 당연하다. 딱히 소수정예를 노리는 것도 아니다.

'뭐, 동료는 자연스럽게 늘어나겠지. 응?'

거기서 아리아가 눈치챘다.

"그러고 보니, 왜 노웸은 론도 씨 일행에게 권유하지 않았어? 라이엘이 권유에 응하지 않았다는 건 들었는데, 좋은 사람들이었잖아. 게다가, 레이첼 씨가 권유하지 않았었어?"

론도 파티를 동료로 삼지 않은 이유를 묻자 노웸은 조금 복잡한 표정을 지었다.

"확실히, 레이첼 씨에게서 몇 번 말을 듣긴 했어요. 단지, 저희는 라이엘 님을 리더로 하는 파티에요. 그쪽은 론도 씨가 리더……. 심한 말로 들릴지도 모르지만, 리더는 둘이나 필요하지 않아요. 반드시 누가 위인지 정하지 않으면 안되니까요."

합류한 경우, 누구에게 결정권이 있는가? 그걸로 지금까지 해오던 자신들의 룰도 크게 변하게 된다. 노웸은 친하다는 이유로 파티를 맺는다면 큰일이 벌어질 거라고 설명했다.

"게다가, 라이엘 님의 친구는, 친구인 채로 있어줬으면 좋겠다고 생각했어요."

소피아는 납득했다.

"자칫하면 친구관계로 있을 수 없게 되니까요. 확실히, 합류하지 않아서 다행이라고 할 수 있을지도 모르겠네요."

아리아는 그런 감각을 이해할 수 없었지만 두 사람이 그렇게 말하기에 납득하기로 했다.

'그런 건가? 그 세 사람이라면 잘 해나갈 수 있을 것 같았는데.'

"그럼, 아람사스에서는 얼마나 늘릴 건데?"

아리아의 질문에 노웸이 대답하려 했지만 다른 사람의 목소리에 가로막혔다.

"너, 혹시 록워드 아냐?"

그곳에는 두 여성이 서 있었다. 귀엽고 고급스러운 옷을 입었고, 아리아를 보고 비웃고 있었다.

'이 녀석들…….'

아리아가 인상을 찌푸렸다. 이유는 그녀들이 센트럴에 있었을 때의 지인— 이었기 때문이다. 록워드가가 기울어졌을 때쯤에는 소원해졌다.

그런 두 사람이 아리아를 머리부터 발끝까지 보며 웃었다.

"뭐야, 그 차림. 서민 차림을 하고는, 부끄럽지도 않아?"

"바보네. 이제 서민이라고. 록워드가는 망했어. 센트럴에서 쫓겨나서 작위도 박탈당했다고. ……그래서, 왜 센트럴에 있는 거야?"

소피아가 아리아에게 귓속말을 했다.

"아는 사이입니까?"

아리아가 꺼림칙하게 대답했다.

"센트럴의 궁정 귀족 딸. 얽히고 싶지 않으니까 가자."

친구라고는 해도 집안 관계로 가깝게 지내고 있었던 관계였다. 그러니 집이 기울어져서 친구는 아니게 되었고, 게다가 원래부터 좋아하는 타입도 아니었다.

게다가, 그녀들의 가문은 록워드를 함정에 빠뜨리고 자기들만 살아남았던 가문이다. 록워드와 마찬가지로 죄를 범했지만, 모든 걸 아리아의 가족에게 떠넘기고 아무 일도 없었다는 듯이 넘어간 궁정 귀족들이다.

노웸도 눈치를 채고 떠나가려 하자 상대는 그런 아리아 일행에게 울컥한 모양이었다.

"기다려. 너, 센트럴에서 퇴거하라는 말을 들었을 텐데? 여기에 있었다는 걸 보고할 수도 있어."

아리아의 어깨를 잡고 생트집을 잡아왔다. 아리아는 억지로 팔을 풀고는 노려봤다.

"단기간의 체류 정도라면 문제없어. 딱히 너희하고는 상관없잖아?"

강경한 태도의 아리아에게 두 사람이 코웃음 쳤다.

"귀족도 아닌 너 따위는 우리 마음 하나로 어떻게든 된다는 걸 알기나 하는 거야? 뭣하면, 지금 당장에라도 사람을 불러올 텐데."

아리아가 입을 열려고 하자 노웸이 한 발 앞으로 나왔다.

"뭐야 넌?"

"실례. 노웸 폭스즈라고 합니다. 저도 원래는 귀족 출신. 그리고, 아리아 씨와는 친구입니다. 잠자코 내버려둘 수는 없죠."

그러자 한 명이 노웸을 노려봤지만 다른 한 소녀가 노웸의 성을 듣고 얼굴이 새파래졌다.

"폭스즈라니…… 가자."

"뭐야! 왜 우리가 이 녀석들 상대로 도망쳐야 하는 건데!"

한 명이 억지로 잡아당겨서 두 사람은 아리아 일행에게서 떨어졌다.

소피아가 그걸 보고 놀라고 있었다.

"저기, 센트럴에서는 저게 보통입니까? 아무리 그래도……."

아리아는 소피아가 하고자 하는 말을 알고 있었다. 아무리 그래도 너무 오만하다는 거겠지. 그러나 반세임이라는 거대한 대국에서, 귀족들 가운데는 저런 인간도 많았다.

오히려 귀여운 레벨이다.

"저런 건 귀여운 수준이야. 심한 녀석은 더 심하고……. 그건 그렇고, 노웸의 가문은 효과가 있네. 역시, 영주 귀족이라 그런가?"

노웸은 떠나가는 두 사람을 진지하게 보고 있었다. 그리고 아리아에게 대답했다.

"아무리 그래도 그렇게까지 유명하지는 않지만요. 월트가와 관련이 있어서 상대가 억측을 했던 걸지도 몰라요."

세 사람은 그대로 여관으로 향해서 짐을 놓기로 했다.

"……하아, 아직 시간이 있네."

노웸 일행이 장을 보고 있기 때문에 나는 혼자 어슬렁어슬렁 걷고 있었다.

카지노도 나는 그렇게까지 재미를 느끼지 않았고, 6대가 제안한 놀이도 술이나 여자라서 역대 당주들이 반대했다.

술에 관해서는 문제없지만, 마시기에는 시간적으로 너무 이르다. 노웸 일행과 합류하기 전에 취해서 어쩔 건가? 라며 4대가 강하게 반대했다.

여자 놀이에 대해서도 마찬가지다. 이쪽은 5대가 강하게 반대했다. 2대도 같은 의견이었다.

단지, 3대는—.

『라이엘은 조금 더 여성을 알아둬야 하지 않을까? 나는 찬성인데.』

6대가 자기 의견에 찬성하는 사람이 나와서 기운을 되찾았다.

『그렇죠! 라이엘, 무슨 일이건 경험이다. 합류하기 전에 조금 놀아라.』

7대는 침묵했다. 그보다, 가만히 있는 7대가 무슨 생각을 하는지 신경이 쓰였다.

"그렇게 말씀하셔도, 시간적으로 그런 놀이를 할 분위기도……."

그렇게 걷고 있는데 뭔가 싫은 냄새가 났다. 썩은 듯한, 그런 느낌의 악취다. 얼굴을 찌푸렸지만 주변을 걷는 사람들은 신경 쓰는 모습이 없었다.

그런 거리를 걷고 있는데 한 가게가 눈에 들어왔다.

가게 앞에 도구가 놓여있고, 그걸 보니 아무래도 『낚시도구점』인 모양이다.

그걸 보고 있으니 2대가 말을 걸었다.

『뭣하면, 낚시라도 가르쳐줄까.』

초대가 가르쳐주지 못했던 낚시를 2대가 가르쳐주려는 것 같다. 나는 보옥을 움켜쥐면서 가게로 들어가 도구를 한 세트 구입하기로 했다.

"우와아…… 더럽네요."

아무래도 불쾌한 냄새의 정체는 강이었던 모양이다. 강의 흐름을 타고 쓰레기가 흐르고, 양 옆에는 걸려버린 대량의 쓰레기와, 뭔가 정체 모를 것들이 떠 있었다.

나는 이런 곳에서 낚시 데뷔를 하는 건가 싶어 싫어졌다.

2대도 곤혹스러워하고 있었다.

『심각한데. 이거, 물고기가 있긴 한가?』

돌아보니 낚시를 하는 사람들이 드문드문 보였다. 사놓고 이용하지 않는 것도 아까우므로 2대의 말대로 준비를 해서 낚싯줄을 내렸다.

"……안 낚이네요."

3대가 놀라서 입을 열었다.

『아니, 막 시작했는데 바로 낚일 리가 없잖아!』

적당한 곳에 앉아서 그대로 멍하니 강을 바라봤다. 잘 보니 강의 색상은 슬라임의 내용물과 비슷했다. 탁한 녹색이랄까, 황록색에 끈적끈적한 것이 매우 비슷하다. 센트럴에 사는 사람들은 이 강을 보고도 괜찮은 걸까?

4대가 그리운 듯이 옛날을 떠올렸다.

『그러고 보니, 옛날에는 강에 들어가서 물놀이를 했었죠. 아무리 그래도 이 안에 들어가면 병에 걸릴 것 같습니다만.』

3대도 그리워했다.

『물놀이에 나가면 4대가 좋아했었지. 뭐, 나도 마찬가지야. 형과 자주 놀았다고나 할까. 근데, 이 강에서 낚이는 물고기…… 먹을 수 있나?』

7대가 나를 염려하며 거절했다.

『이런 오수 속에서 사는 물고기를 라이엘에게 먹일 수는 없습니다. 라이엘, 절대로 먹지 마라. 알겠지. 절대로다!』

굳이 못을 박지 않더라도, 낚시를 체험하기만 하면 되므로 먹으려는 생각은 들지 않았다. 2대가 옛날이야기를 했다.

『시골이었으니 강물이 깨끗했고, 고기도 많았었으니까. 종류에 따라서는 먹어서 그 자리에서 굽든가, 돌아가고 나서 진흙을 토해내게 한 뒤에 구워서 먹었었지……. 이 강에 사는 물고기는, 진흙을 토해내게 해도 먹을 수 있을 것 같지 않다만.』

5대가 조금 부러운 목소리를 냈다.

『물놀이는 저택에서 했었는데. 하지만, 낚시는 하지 않았어.』

6대는 다른 모양이다.

『밖에 나갔을 때는 낚시를 했었지요. 낚은 고기를 당시에는 갖고 돌아가서 여자에게…… 아무것도 아닙니다.』

7대가 외쳤다.

『이봐! 잠깐 기다려! 지금 여자라고 했나! 실토해! 설마 어머님「들」 이외의 여자가 있었다는 소리는 아니겠지! 이제 와서 다른 형제자매가 있다거나 그런 일은—.』

6대가 침묵하자 보옥 안이 단숨에 소란스러워졌다. 2대부터 순서대로 6대를 질책했다.

『너, 아무리 그래도 그건…….』

『바깥에서 여자를 끼고 다니는 게 과연 괜찮은 건가 싶은데. 애초에 본처 말고도 여성이 있었다며?』

『최악이군요. 라이엘보다 심해요.』

『너…… 어떻게 된 거야! 그렇게나 나한테 민폐를 끼쳐놓고, 아직도 숨기고 있던 게 있었어!』

『실토해! 이제 이 자리에서 모든 걸 실토해!』

너무 떠들썩했다. 덤으로 6대의 글러먹은 부분이 요즘 들어 눈에 띄기 시작한 것 같다. 월트가의 역사에서 보면 6대는 가혹한 시대를 살아남아 영지를 크게 넓힌 영주다. 그런데도 이렇게나 글러먹은 부분이 많을 줄이야…….

그러자 6대가 외쳤다.

『에~잇, 시끄러! 이미 관계 청산은 끝났고, 7대에게 다른 「형제자매」는 없어. 그게 진실이야! ……오, 라이엘, 줄이 움직인다.』

최종적으로 억지로 이야기를 접어버린 6대였지만, 이제 와서 알아봐야 어쩔 도리가 없다.

줄이 움직였기에 당겨보았다. 낚싯대가 당겨졌다. 꽤 무게가 느껴졌지만 강에서 나온 것은 물고기가 아니었다.

꺼림칙한 색상을 가진, 아니 끈적끈적한 뭔가가 묻은 무언가다.

낚아 올려서 공중에 매달아놓고 바라봤다.

"……뭐지, 이거? 집게발이 있네."

2대가 웃었다.

『가재로군. 먹을 수 없는 건 아니지만, 피하는 편이 무난하겠어. 놓아주는 게 어떠냐.』

그 말을 듣고 놓아주려 하자, 2대가 외쳤다.

『야, 이 바보!』

"아얏!"

집게발에 손가락을 집히고 말았다. 놓아준 직후의 일이라, 가재는 그대로 도망쳐서 강으로 뛰어들었다.

"……하아, 슬슬 돌아갈까."

도구를 정리한 나는 시간도 딱 됐기에 노웸 일행과 합류하기 위해 여관으로 향하려 했다.

3대가 조금 아쉬워했다.

『으~음. 낚시도 안 되나. 다음에는 뭘 추천할까?』

나는 보옥을 손끝으로 굴렸다. 결과는 좋지 않았지만 딱히 낚시는 싫지 않았다. 단지, 다음에 낚시를 할 때는 좀 더 깨끗한 강에서 느긋하게 보내고 싶었다.

은근히 좋아하게 된 걸지도 모른다. 기다리는 동안에는 역대 당주들의 대화를 들으며 시간도 때울 수 있고, 내게 잘 맞는 느낌이 들었다.

도구상자를 왼손에, 낚싯대를 오른손에 들고 어깨에 걸쳐서 여관을 향해 걸었다. 다음에는 노웸이라도 권유해볼까 했는데 눈앞에서 누군가와 말다툼을 하는 노웸 일행을 발견했다. 장소는 인적이 드문 어두운 골목길이다.

상대는 모르는 사람들이었다.

한 소녀가 데려온 남자가 세 명. 분위기로 보아 무척 좋지 않은 걸로 보인다.

4대가 나를 재촉했다.

『좋지 않은 광경이군요. 라이엘, 서두르세요.』

그 말을 듣고 달려서 노웹 일행에게 다가가자 목소리가 들려왔다. 모르는 여성은 노웹 일행에게 고함을 지르고 있었다.

"영주 귀족의 관계자인지는 모르겠지만, 지금은 집에서 쫓겨난 녀석에게 뒷걸음질을 치다니 내 자존심이 용납할 수 없어!"

서둘러 달려가자 아리아 씨와 소피아 씨가 조금 안심하며 나를 봤다.

"라이엘, 마침 잘 됐어."

"확실히, 살았네요."

나는 사정을 듣기로 했다.

"저기, 무슨 일이 있었던 건가요? 그보다, 이건 대체……."

노웹이 나를 보더니 고개를 가로저었다.

"아리아 씨의 지인인 것 같은데, 제 태도가 마음에 들지 않았던 모양이에요. 그 때문에, 남자를 모아서 앙갚음을 하러 온 모양이라……."

나는 소녀와 그 뒤에 있는 세 남자들을 봤다. 세 사람 모두 무기를 들고 있다. 검을 허리에 찬 걸 보면, 모험가인가…….

그러자 6대가 코웃음 쳤다.

『궁정귀족의 말석인지, 아니면 가문을 못 잇는 차남인지 삼남인지……. 꽤나 연약한 녀석들을 데리고 왔군.』

7대도 침착했다.

『뭐, 지금 라이엘 일행의 위치는 전 귀족이니만큼 약하니까요. 하지만 데려오더라도 좀 더 실력이 있는 녀석이 없었을까요? ……아니, 실례. 궁정 귀족에게 기대하는 게 오히려 이상하군요.』

그러자 보옥 안의 역대 당주들이 일제히 웃음을 터뜨렸다. 뭐가 재미있는 건지 모르겠다. 이유를 물어볼 여유도 없으므로 나는 앞으로 나왔다.

"이쪽이 실례를 저질렀다면 사과드리죠."

소녀는 나를 보고 코웃음 쳤다.

"영락한 녀석들에게 잘 어울리는 남자네. 꾀죄죄한 차림새…… 모험가? 밑바닥에는 밑바닥 남자가 어울린다니까!"

틀렸다. 대답이 되지 못한다. 그보다, 너무 시비조라 곤란하다. 상대는 실질적으로 세 명이지만, 부상을 입히면 성가신 일이 벌어질지도 모른다.

언뜻 봐서는 질 거라는 생각이 들지 않는 상대다. 움직임도 나쁘고, 허리에 찬 무기도 손질이 되어있지 않았다. 단지, 귀족 상대로 싸움을 건다는 일이 주저됐다.

어떻게 해야 할지 고민하고 있는데, 왼손에 든 낚싯대가 눈에 들어왔다.

"이제 됐어. 이 녀석들에게 쓴맛을 보여줘. 여자는 얼굴을 노려. 그리고, 마지막은 마음대로 놀아도 좋아. 아아, 죽이지는 말아줘. 처참하게 살아남는 게 즐거우니까."

소녀의 말로는 보이지 않는다. 대기하던 세 사람이 무기를 뽑았기에 나는 왼손에 든 도구상자를 노웰에게 건넸다.
"라이엘 님?"
"이거면 되겠지."
낚싯대를 들자, 상대가 내 얼굴을 보고는 동료들끼리 얼굴을 마주 보며 웃었다.
"뭐야, 이 녀석 낚싯대로 싸울 셈이야?"
"허리에 찬 무기는 장식인가? 좋아, 덤으로 그 녀석도 받아가 주겠어."
"여자 앞에서 수치를 안겨주마."
뭐랄까, 이렇게까지 심한 소리를 들은 건 처음이다. 모험가들도 입은 험하지만 이렇게 심한 녀석들은 적었던 것 같다.
도적 녀석들과 싸웠던 때를 떠올렸다. 아아, 도적과 분위기가 똑같다. 이래도 괜찮은 건가, 반세임의 궁정 귀족.
낚싯대를 채찍처럼 휘면서 그대로 무기를 든 남자의 손을 노렸다. 손등에 맞아 빨갛게 부풀어 오르자 남자가 무기를 떨어뜨렸다.
"이, 이 녀석!"
그대로 앞으로 나온 남자에게 앞차기를 날리고, 덤으로 무기를 멀리 걷어찼다. 바로 한 명이 다가왔기에 후려쳐서 무기를 떨궜다.
3대가 놀랐다. 내가 아니라 눈앞의 남자 세 명에게.
『세 명이나 있는데 둘러싸지도 않다니, 얘들은 바보야? 실전경험, 너무 부족하잖아.』

처음에 발차기를 맞았던 남자는 바닥에 엎드려서 신음하고 있었다. 리더라고 생각해서 처음에 걷어찼던 건데 아무래도 맞았던 모양이다. 남은 두 사람에게 조금 전의 기세는 없었다.

마지막으로 무기를 이쪽으로 들고 떨고 있는 남자를 봤다. 젊다. 나와 또래로 보였다.

낚싯대를 겨누자, 당황하며 무기를 휘둘렀다.

"이게! 이게!"

푸른 머리, 푸른 눈동자를 가진 소년은 나를 보고 무서워했다. 손에 든 무기를 걷어차서 떨구자 바로 도망칠 자세를 잡았다.

아리아 씨의 목소리가 들렸다.

"잠깐만, 그 사람은……."

거기까지 말했을 때, 큰소리가 들렸다.

"거기서 뭘 하는 거냐!"

소리가 난 방향을 보자, 장신의 남자 한 명이 이쪽으로 걸어왔다. 은발에 갈색 피부를 가진 성실해 보이는 남성이다. 망토를 입고 있지만 몸의 움직임을 봐선 단련하고 있다는 걸 알 수 있었다. 게다가 망토 속에서 보이는 허리에 찬 무기는 롱소드다.

당황한 남자들이 도망쳤다. 소녀가 외쳤다.

"도, 도망치지 마! 너희들, 도망치면 용서하지 않을 거야!"

드세 보이는 소녀였지만 아무래도 공포심 탓에 움직이지 못하는 모습이었다. 남자는 이쪽으로 오더니 내 모습이나 도망친 남자들을 보고 조금 고민하고 있었다.

"……조금 이야기를 들어보는 편이 좋겠군."

나는 낚싯대를 어깨에 걸고 남성과 이야기를 했다. 소녀는 아리아 씨와 소피아 씨가 뒤로 돌아 들어가서 도망칠 수 없었다.

"그렇군. 그건 확실히 손을 대더라도 불만을 말할 수 없겠어. 게다가 도망친 세 명은 낚싯대에 진 건가. 궁정 귀족의 질이 낮다고는 들었다만, 상상 이상인걸."

소녀가 어금니를 악물고 우리를 노려봤다. 단지, 남성은 귀족인지 동요하는 모습이 전혀 없었다.

남성의 이름은【할라이트 그란츠】— 영주 귀족이었다. 이번에 센트럴에는 양부모의 호위로 함께 왔다고 한다. 꽤나 실력을 크게 산 모양이었다.

"말하고 싶지는 않지만, 생트집을 잡아놓고 반대로 격퇴를 당하면 평판이 안 좋아지겠지. 여기선 서로 칼을 거두고, 없었던 걸로 하지 않겠나?"

할라이트 씨가 소녀를 보고 그렇게 말하자 소녀는 겨우 움직일 수 있게 됐는지 노성을 내질렀다.

"시골뜨기 영주 귀족, 게다가 양자 같은 작은 가문이, 내게 거스를 셈이야!"

그러자 할라이트 씨가 곤란한 듯이 긴 은발을 긁적였다.

"그쪽은 물러날 생각이 없나. 곤란하군. 시골뜨기라며 바보 취급을 하고, 시비를 걸어와서야 나도 양부모에게 보고하지 않을 수 없겠어. 궁정 귀족 아가씨에게 원한을 사서 습격을 받을지도 모른다고, 말이지."

그러자 소녀는 명백하게 동요하기 시작해서 시선을 이리저리 돌렸다. 아리아 씨가 소피아 씨에게 사정을 확인했다.

"어떻게 된 거야?"

"양부모인 영주는 적어도 남작 이상입니다. 그런 가문에게 시비를 건다면, 궁정 귀족이라도 쓸려나갈 뿐이죠. 궁정 귀족에게는 자기 병사가 적으니까요."

센트럴에서 국왕의 비호하에 있고, 영지를 갖지 않지만 매년 연금이라는 형태로 수입이 있는 궁정 귀족들. 영지를 관리하는 귀찮은 일은 없지만 수입은 영주 귀족에 비해서 무척이나 적다.

할라이트 씨가 탄식을 내쉬었다.

"서로를 위해서 여기서 물러나지 않겠나? 라이엘이었던가? 자네도 그러면 되겠지?"

나는 끄덕였다. 딱히 복수를 하려는 생각도 없다. 오히려 얽히고 싶지 않았다. 소녀가 어쩔 수 없다며 전제를 뒀다.

"어, 어쩔 수 없네. 시골뜨기의 무례는 눈감아주기로 하겠어. 비켜!"

아리아 씨와 소피아 씨를 젖히고 분개한 모습으로 걸어가는 소녀. 그 뒷모습은 우아하게 보이지 않았다.

할라이트 씨가 쓴웃음을 지었다.

"저런 녀석들은 조심하라고. 그보다도, 정말로 낚싯대로 남자 세 명을 쓰러뜨린 건가?"

할라이트 씨에게는 그쪽이 신경 쓰이는 모양이었다.

나는 낚싯대를 휘둘러 보였다.

"네. 탄력도 있어서, 때리기만 하는 거라면 꽤 아플 것 같았거든요. 이런 식으로."

공기를 가르는 소리가 들렸지만, 동시에 뭔가 강하게 끌리고 말았다. 어딘가에서 비명이 들려왔다.

"잠깐, 꺄아아앗!!"

소리가 난 방향을 돌아보자, 조금 전 소녀의 스커트 뒷부분이 들려있었다. 잘 보니, 내 낚싯대에서 뻗어 나온 실이 이어져있다. 바늘이 스커트에 걸린 거다. 스커트가 올라가서 안이 다 보였다.

2대가 어이없다는 목소리를 냈다.

『라이엘, 바늘은 제대로 빼놔라.』

소녀가 허둥지둥했고, 나를 둘러싸는 네 사람의 시선이 엄해졌다. 할라이트 씨가 나를 보며 말했다.

"일단은, 낚싯대를 놓을까."

아리아 씨는—.

"라이엘, 잠깐 이야기 좀 하자."

소피아 씨도 화를 냈다.

"라이엘 공이 이런 부끄러운 일을 하시다니."

나는 변명했다.

"아, 아니야! 이건 우연이라고!"

3대가 소리를 내며 웃었다.

『아하하하, 라이엘은 굉장하네. 낚싯대로 여자아이를 낚았어.』

6대도 크게 웃었다.

『월척을 낚았구나! 아주 좋아!』

웃을 일이 아냐! 노웸을 보자, 나를 진지하게 바라보고 있었다.

"라이엘 님. 실수라고는 생각하지만…… 저 사람은 안 돼요. 월트가의 가훈을 만족하지 않아요."

노웸…… 너는 나를 대체 어떤 남자라고 생각하는 거야? 나중에 그쪽을 이야기하려고 결심한 나는 줄을 끊었다.

그러자 소녀가 이쪽을 울먹이며 돌아보더니 그대로 떠나갔다.

그 뒷모습을 향해 내가 외쳤다.

"죄송합니다! 일부러 한 게 아니에요! ……들렸을까?"

4대가 조금 노기를 품은 목소리로 내게 말했다.

『일부러 한 게 아니더라도 안 됩니다! 당장 달려가서 사과를 하고 오세요!』

나는 소녀를 쫓아가서 사과했다.

밤.

여관 식당에서 나는 노웸에게 할라이트 씨에 대한 이야기를 들었다.

"반세임의 2대 기사?"

소피아 씨는 내가 2대 기사를 모른다는 것에 놀랐다. 단지, 할라이트 씨가 그런 유명인이었다는 건 몰랐던 모양이었다.

"오란에 있는 국경에서 활약하고 있는 기사입니다. 한 명은 흑기사. 또 한 명은 모래 거인이라 불리는 기사죠. 하지만 저 할라이트 공이 흑기사였다니……."

오란은 론도 씨 일행이 향한 도시이며, 국경이 있기 때문에 용병이나 모험가가 모이는 곳이다.

노웸이 말을 이었다.

"국경도 있고, 활약할 수 있는 기회가 많은 것도 이유에요. 판바이유 방면은 왕녀가 반세임의 왕태자에게 시집을 오게 되어서 진정됐고, 요즘은 북부나 오란이 분쟁의 중심이니까요."

강한 기사라 해도 활약할 자리가 없다면 유명해지지 않는다는 뜻이다.

5대가 가르쳐주었다.

『이명 같은 건, 거창해지는 만큼 표적이 되기 쉬운데 말이지. 단지, 이명을 가지고도 싸워서 살아남았다면 진짜라는 거야. 지금의 라이엘이라면 질지도 모르지.』

확실히 분위기도 있었지만 그 이상으로 실력이 뛰어나게 느껴졌다.

"세상은 넓네."

그렇게 말하자, 아리아 씨가 떠오른 듯이 외쳤다.

"아, 맞다! 저기, 습격했던 그 남자 세 명 말인데, 한 명이 라이엘하고 비슷하지 않았어?"

그걸 듣고 노웸이 즉시 부정했다.

"비슷하지 않아요. 같은 머리색, 눈색을 하고 있었을 뿐이에요."

아리아 씨가 놀랐다.

"그, 그래? 비, 비슷하다고 생각했는데……."

보옥 안에서는 6대가 골똘히 생각하고 있었다.

『뭐, 머리하고 눈색이 비슷했고, 한심한 분위기도 비슷했던 것 같기도……. 신경 쓸 건 없나! 그보다도 라이엘, 오늘은 즐거웠구나!』

확실히 즐거웠다. 이것저것 해서 지쳤지만, 즐거운 휴일이었던 건 틀림없다. 단지, 스커트 건은 내 의지가 아니다, 라고 강하게 주장하고 싶다.

에필로그

—센트럴의 술집은 밤이 되어 손님으로 북적였다.

어느 정도 비싼 술집에 들른 것은 할라이트였다. 점원에게 이야기를 해서 개인실로 안내받았다.

찾던 손님은 먼저 술을 마시며 기다리고 있었다.

“막심, 오랜만이구나.”

막심이라 불린 거한은 할라이트에게 손을 들었다.

“오우, 얼마 전에 증원으로 내가 그쪽에 간 이래 처음이지? 너도 건강한 것 같네.”

국경에서 분쟁이 많은 지역이기도 해서, 때로는 주변에 증원을 요청하기도 한다. 두 사람은 그 기회에 알게 되었다.

“『모래 거인』도 변함없이 건강해 보이는군. 그리고, 그 이야기는 들었나?”

점원은 방을 나갔고, 할라이트는 작은 목소리로 막심에게 말을 건넸다.

“거짓말이라고 생각하고 싶은데. 혼약 파기라니 제정신이 아니야. 하물며, 그게 나라끼리의 관계라면 더더욱.”

할라이트도 같은 의견이었다. 주변에 들리지 않도록 주의하며 작은 목소리로 이야기했다. 개인실이기 때문에 너무 조심하는 것 같기도 하지만, 그렇게나 위험한 이야기이기도 했다.

"아직 소문은 퍼지지 않았지만, 진실인 것 같아. 나의 양부모가 확인했어."

"……웃을 수 없는 농담이야."

너무 큰소리를 낼 수 없는 이야기이기에 짧게 말했다.

"예전부터 조금씩 센트럴의 상황이 이상해졌어. 그래서 내 양부모도, 네 주인도 센트럴에 온 거겠지."

막심은 술을 마시면서 센트럴의 이변에 대해 이야기했다.

"귀족만이 아니야. 주민도 이상한 느낌이야. 알고 있어? 얼마 전에 월트가가 센트럴에 오니까 일부에서 축제 같은 소란이 벌어졌다고 해. 확실히 인기 있는 가문이기는 하지만, 이상하다고."

할라이트는 월트가라는 말을 듣고 씁쓸한 표정을 지었다.

"왕태자의 혼약 파기 이유가 그 월트가야. 아니, 정확하게는 월트가의 외동딸이지."

"외동딸? 아아, 적자는 폐적되었었지. 무슨 짓을 했던 건지……. 그래서, 사실이야?"

끄덕인 할라이트는 막심에게 자기가 모은 정보를 말해줬다.

"오늘, 그 폐적된 남자와 만났어. 확실히 미묘한 부분은 있었지만, 폐적될 정도로는 보이지 않더군. 오히려 유망주야. 싸웠다면, 나나 너라도 다칠 거다."

그걸 듣고 막심이 웃었다.

"좋네. 강한 녀석은 환영이야. 그게 아군이라면 더더욱 좋지. 그래서, 미묘한 부분은?"

말할지 고민하던 할라이트가 낚싯대로 남자 세 명을 쓰러뜨리고는 마무리로 소녀를 낚았다는 이야기를 하자, 입을 벌리고 듣고 있던 막심이 마지막에 크게 웃음을 터뜨렸다.

"그거 걸작인데!"

할라이트도 살짝 웃었다.

"확실히. 뭐, 여성에게 할 행동은 아니었지만, 최종적으로는 사과했으니 나쁜 인간은 아니었어. 자, 본론이다."

할라이트가 진지한 표정을 짓자, 막심도 자세를 고쳤다.

"이대로 혼약 파기 이야기가 진행되면 반세임이 어지러워질 거다. 아니, 대륙 전체에서 불씨가 폭발할지도 몰라. 아무래도 안 좋은 흐름이야. 막심, 너도 조심해라."

막심은 끄덕였고, 이윽고 두 사람은 긴장을 풀고 그대로 친구끼리 술을 마시기로 했다.

—아람사스.

그곳은 학원을 중심으로 한, 반세임 국내에서도 드문 도시다.

학원을 다니는 학생 중에는 귀족 자제도 많다. 대다수는 아파트나 조금 호화로운 방을 빌리는 정도지만, 작위를 가진 귀족 자제는 아람사스에 저택을 빌리는 일도 드물지 않았다.

그런 저택 중 한 곳.

사크라이 자작가가 빌리고 있는 저택에는 두 자매가 살고 있었다.

언니인 【미란다 사크라이】는 공허한 표정으로 여동생 【샤논

사크라이】의 침대에서 여동생에게 무릎베개를 받고 있었다.

샤논은 미란다의 머리를 어루만졌다.

"언니는 참 고집도 세다니까. 좀 더 순순히 내 말을 들으면 좋을 텐데."

샤논— 흐릿한 보라색에 웨이브가 진 긴 머리에, 하얀 피부. 바깥에 나가지 않기 때문인지 그 하얀 모습이 더욱 부각된다. 그리고 무엇보다 눈길을 끄는 것이 쳐진 눈에 금색 눈동자. 보통은 노란색이지만, 지금은 금빛으로 빛나고 있었다.

언니인 미란다는 옅은 녹색 머리를 어깨까지 길렀다. 평소에는 반짝이는 녹색 눈동자는 감겨있었다. 때때로 천천히 눈을 뜨지만, 그 빛은 사라져서 혼탁하게 보였다.

가녀린 몸의 샤논에게 무릎베개를 받고 있지만, 언니인 미란다는 몸매도 여성답고 나올 곳은 나와 있다.

평소에는 장난기가 넘치는 얼굴은 여동생의 무릎에 묻혀서 생기가 느껴지지 않았다.

"아우아……."

말다운 말을 내지 않고, 그리고 여동생에게 몸을 맡긴 채였다. 이상한 광경이다.

샤논은 보이지 않는 눈으로 천장을 올려다보고는 입가를 끌어올리며 웃었다.

"이제, 이제 얼마 남지 않았어. 나를 버린 사크라이가도, 나를 인정하지 않았던 그 여자도 나를 인정하게 만들어줄 거야."

오른손을 움켜쥔 샤논은 보이지 않는 눈으로 『마력의 흐름』

을 보고 있었다. 그건 일반인에게는 보이지 않는 것. 일반인이 보는 것은 보이지 않지만, 보이지 않는 것이 보이는 눈동자.

연약하고, 가문에게서 버려진 샤논이 손에 넣은『힘』이다.

샤논은 마력의 흐름을 읽고, 그걸 이용하는 방법을 손에 넣었다. 언니인 미란다를 실험대로 삼아서 그 마음을 조종하려 하고 있었다.

"자, 언니, 나의 귀여운 인형이 되어줘야겠어. 나를 위해 일해 줘."

샤논에게는 보이지 않는 위치. 무릎에 얼굴을 묻은 미란다는 입가를 끌어올려 샤논 이상으로 의미심장한 얼굴로 웃고 있었다.

—다음날.

미란다는 아침 일찍부터 부엌에 서서 아침식사 준비를 하고 있었다.

"하아. ……가정부, 왜 계속해주는 사람이 없는 걸까? 조건은 문제없고, 대우도 다른 곳보다 좋다고 생각하는데."

귀족 집 딸이 아침부터 요리를 하며 여동생을 돌봐준다. 궁정 귀족, 게다가 자작가의 아가씨라는 신분인 걸 생각하면 이상한 광경이기도 했다.

문을 여는 소리가 들렸다.

"어머. 일어났니? 샤논."

"네. 언니."

연약한 목소리와 함께 휠체어를 타고 벽에 손을 대며 이동하는 여동생을 보자 미란다는 웃는 얼굴로 대응했다.

"잠시만 기다려. 식사 준비를 할 테니까. 그리고, 점심은 만들어둘 테니 제대로 먹어야 해. 나는 학원에 갈 테니까 누가 찾아와도 부주의하게 나오면 안 돼."

샤논은 귀엽게 대답했다.

"알고 있어요, 언니. 그보다도, 학원은 힘든가요?"

미란다는 허리에 손을 댔다.

"그럭저럭, 일까. 재미있는 수업도 있긴 하지만. ……이크, 서둘러야지. 샤논, 식사 전에 얼굴을 씻자."

눈이 보이지 않는 여동생을 돌봐주는 미란다는 좋은 언니였다. 마음씨 착하고, 눈이 보이지 않는 샤논을 내버려둘 수 없다면서 함께 아람사스까지 데리고 올 정도로.

"네, 언니."

휠체어를 밀고 세면대로 향하는 미란다는 샤논에게 오늘은 뭘 먹고 싶은지 물었다.

그곳에는, 사이좋은 자매의 모습이 있었다.

연결마차 창문에서 보이는 것은 학술도시 아람사스였다.

긴 여행도 나름대로 재미있었지만, 역시 계속 앉아있으면 질려온다. 창밖에 목적지가 보이자 안도했다.

"겨우 아람사스인가."

남부에 가까운 토지이며, 센트럴에서 연결마차로 직통편이

다닌다. 이동에는 편리하지만 역시 거리가 있었다.

아리아 씨도 겨우 왔다는 느낌으로 어깨를 돌렸다.

"너무 앉아있어서 몸이 쑤셔. 그건 그렇고, 외벽보다 높은 건물이 많네."

외벽에서 엿보이는 건물이 많고, 건축물의 높이를 멀리서도 잘 알 수 있었다.

소피아 씨도 창밖을 보고 조금 흥분하고 있었다.

"아람사스도 꽤 커다란 도시네요. 영주가 없는데 용케 발전하고 있군요."

노웸이 소피아 씨에게 설명했다.

"특수한 곳이기도 하고, 미궁을 가진 자원 풍부한 도시니까요. 뭐, 다른 도시보다 별난 건 확실한 것 같아요. 그리고, 모험가에게는 그다지 다정하지 않다고 들었어요."

나는 놀랐다.

"어? 그거 괜찮아?"

노웸은 황급히 정정했다.

"아뇨, 그렇게 심한 대우를 받는 게 아니라, 그저 우선순위가 특수하니까요. 다리온에서는 영주님이 길드를 확실히 관리하고 계셨지만, 아람사스에서는 학원이 도시를 지배하는 것 같아서요."

학원이 도시를 지배? 잘 이해할 수 없는 곳이다.

보옥 안의 역대 당주들도 흥미가 들끓는 모양이었다.

『학술도시라. 어떤 곳일까.』

『뭐, 가보면 알겠지. 그보다, 나는 도서관이 신경 쓰이네.』
『이것저것 배울 수 있다면 좋겠군요.』
『학원이 도시를 지배한다라. 실제로 보지 않으면 뭐라 말할 수가 없네.』
『딱딱한 곳이라, 놀 곳이 적어 보이는군요.』
『미궁을 보유하고 있고, 마석이나 자원이 풍부하니까요. 나머지는, 귀족 자제를 보내는 곳이라는 느낌일까요? 궁정 귀족이 많을 테니, 실랑이가 벌어지지 않으면 좋겠습니다만.』
센트럴에서 조금 실랑이가 벌어져서 그쪽이 신경 쓰이기도 했다. 쓸데없는 소란에 말려들고 싶지 않다.
이것저것 배울 수 있다면 좋겠는데…….
정신이 들자 노웸이 내 얼굴을 보고 미소 짓고 있었다.
"왜, 왜 그래?"
"라이엘 님. 꽤나 좋은 표정을 지으실 수 있게 됐네요."
"그런가? 그럼 좋겠지만."
그렇게 대답하자 아리아 씨도 나를 봤다.
"응, 전보다 좋은 느낌. 미궁 토벌 뒤에 뭔가 떨쳐냈다는 표정이었고."
소피아 씨도 같은 의견인 모양이다.
"그렇죠. 그 경험은 헛수고가 아니었다, 는 걸까요."
나는 쑥스럽게 뺨을 손가락으로 긁적였다.
"론도 씨나 렉스 씨하고 약속했으니까. 열심히 하지 않으면, 베인에서 재회했을 때 웃음거리가 될 거야."

그래. 약속했다. 베임에서 만나기로. 그럼, 지금의 나는 베임으로 가면 된다. 아직까지 내가 일류 모험가가 되는 모습은 떠오르지 않는다.

그러나 친구들과 어깨를 나란히 하고 싶다고 생각한다.

보옥 안의 역대 당주들도 내 의견에 조금은 납득해주었다.

『뭐, 지금은 그거면 되겠지.』

『그러게. 이것저것 배우고 나서 정하면 되고.』

『라이엘이 어떤 장래상을 가질지, 저로서도 흥미가 있군요.』

『무엇을 하려고 해도 힘이나 돈이 필요해. 그걸 얻기 위해서라도 모험가의 실력을 갈고 닦는 건 찬성이야.』

『조금은 놀이도 기억해줬으면 하는데요.』

『손주의 성장을 기뻐해야 할지, 아니면 모험가로서 이대로 나아가는 것을 한탄해야 할지…….』

연결마차가 아람사스의 문으로 가까워졌다.

나는 노웸, 그리고 아리아 씨와 소피아 씨에게 말했다.

"자, 내릴 준비를 할까."

아람사스, 대체 어떤 곳일까? 불안과 기대감에 나도 조금 긴장이 되었다.

〈『세븐스 4』로 계속〉

■역자 후기

안녕하세요. 불초 역자입니다.

이번에는 라이엘 일행의 미궁 토벌 이야기였습니다. 역시 모험가라면 던전에 들어가서 보스를 잡고 경험을 쌓는 게 대명사겠죠. 다른 모험가들과의 충돌도 있었고, 그 밖에도 이런저런 문제가 있었지만 멋지게 해결하고 또 한 발짝 전진한 모습이 돋보였습니다. 그런데도 여전히 드문드문 한심한 모습이 남아있는 게 아직 멀었다는 생각도 들지만요.

한편으로는 여동생 세레스의 불온한 행보가 슬슬 본격화되는 느낌입니다. 여러모로 정상이 아닌 게 새삼 드러났는데, 과연 그 비밀은 무엇이며, 아람사스로 향한 라이엘과 어떻게 다시 얽히게 될지 궁금해지네요.

그럼 후기는 이쯤 하고, 다음 권에서 뵙겠습니다.

세븐스 3

초판 1쇄 발행 2018년 4월 10일

지은이_ Yomu Mishima
일러스트_ Tomozo
옮긴이_ 이경인

발행인_ 신현호
편집국장_ 김은주
편집진행_ 최은진 · 김기준 · 김승신 · 원현선 · 김솔함 · 권세라
편집디자인_ 양우연
국제업무_ 정아라 · 고금비
관리 · 영업_ 김민원 · 이주형 · 조인희

펴낸곳_ (주)디앤씨미디어
등록_ 2002년 4월 25일 제20-260호
주소_ 서울시 구로구 디지털로 26길 111 JnK디지털타워 503호
전화_ 02-333-2513(대표)
팩시밀리_ 02-333-2514
이메일_ lnovelpiya@naver.com
L노벨 공식 카페_ http://cafe.naver.com/lnovel11

ISBN 979-11-278-4464-6 04830
ISBN 979-11-278-4190-4 (세트)

값 7,200원